Kenzaburo Oe

Der kluge Regenbaum

Vier Erzählungen

Verlag Volk & Welt
Berlin

Aus dem Japanischen von Buki Kim und
Siegfried Schaarschmidt; aus dem Englischen von
Ingrid Rönsch

Mit einer Nachbemerkung von Siegfried
Schaarschmidt
© Siegfried Schaarschmidt, 1994

Der kluge Regenbaum

»*Wollen Sie* sich nicht lieber einen Baum ansehen als die Leute hier?« hatte die Deutsch-Amerikanerin vorgeschlagen, als sie mich aus dem Partyraum holte, der voller Gäste war, um mich durch einen breiten Korridor auf die Veranda hinauszuführen, vor eine weitausladende Finsternis. Im Rücken noch den Partylärm und Gelächter, starrte ich in diese Finsternis, aus der es nach Wasser roch. Daß sie fast vollständig mit einem einzelnen, ungeheuer großen Baum angefüllt war, erkannte ich an ihrem Saum, wo ein schwacher Widerschein von Licht auf strahlenförmigen und sich vielfach überlagernden brettartigen Wurzeln lag, die auf uns zustrebten. Auch den blaugrauen Glanz, den das einer Umzäunung aus schwarzen Brettern ähnliche Gebilde kaum merklich zeigte, nahm ich allmählich wahr. Bei so stark entwickelten Brettwurzeln bestimmt ein paar hundert Jahre alt, sperrte sich der Baum in dieser Finsternis gegen den Himmel und das weit unten am Abhang liegende Meer. Von dort, wo wir standen, unter dem Vordach der Veranda eines großen Hauses in neuenglischem Stil, wäre er, gemessen an menschlichen Proportionen, auch bei Tage nur bis unterhalb der Knie zu sehen gewesen. Für ein Haus wie dieses mit spärlich gehaltener Beleuchtung, was dem alten Baustil, mehr noch dem bloßen Alter des Gebäudes entsprach, war der Baum im Garten ein regelrechter Wall der Finsternis.

»Nach landesüblicher Bezeichnung, die Sie doch gern wissen wollen, hat so ein Baum den Namen Regenbaum. Und dieser hier ist ein besonders kluger Regenbaum«, erklärte mir die Amerikanerin, eine Frau in mittleren Jahren, die wir einfach Agathe nannten, denn ihren Zunamen hatte sich keiner genau gemerkt ... So zu beginnen erweckt vielleicht den Eindruck, es handle sich um eine Geschichte, wie man sie hierzulande neuerdings häufiger findet, eine Liebesgeschichte, die ein fremdsprachlich versierter Landsmann im Ausland erlebt, doch an solcher Muße hat es in meinem Fall während jener zehn Tage gefehlt. Ich war Teilnehmer eines Seminars, das vom Ost-West-Kulturzentrum der Universität Hawaii zu dem Thema »Rückbesinnung auf kulturelle Kontakte und Traditionen« veranstaltet wurde. Und auf welcher Höhe meine Englischkenntnisse waren, erwies sich schon bei den drei Teilnehmern aus »Kanada«, alle drei zu meiner Verwunderung Inder und in Wahrheit sehr wohl aus Indien, der indischen Region Kannada nämlich, was mir jedoch erst aufging, als der größere Teil der Konferenz bereits vorüber war. Tatsächlich gehörten zu den Teilnehmern der Konferenz, da sie dem Andenken des indischen Humanisten Ananda Coomaraswamy gewidmet war, Vertreter der verschiedensten Regionen Indiens, die auch sehr verschiedenartig englisch sprachen. An den Wortmeldungen eines Inders jüdischer Herkunft aus Bombay etwa gefiel mir die humorvolle Art seines Ausdrucks, die etwas ausgesprochen Indisches hatte und dennoch ganz jüdisch war, aber wenn ich mich hinterher nicht genau erkundigte, wie seine Äuße-

8

rungen im einzelnen gemeint waren, ist es eben schwierig gewesen, in der Diskussion weiter mitzuhalten.

Amerika selbst war durch einen Mann vertreten, der als Dichter der Beat-Generation ein ganzes Zeitalter repräsentierte. Jeden Morgen erschien er in Begleitung eines Jungen, der stets von körperlicher Erschöpfung und seelischer Verletzung gezeichnet war (so beklagenswert erschien mir zumindest sein Zustand), und pflegte, wenn der Junge dann hinter dem runden Tisch, um den die Seminarteilnehmer saßen, auf dem Fußboden lag und schlief, mit einem sanften Blick zu ihm hinunter zu erklären: »He is my wife.« In der Diskussion, die er, der New-Yorker, Feinheiten und Ausgefallenes höchst eigenwillig kombinierend, in einem Englisch bestritt, dem ich größtenteils gar nicht folgen konnte, wollte er mich trotzdem zu einem Urteil über ein von ihm verfaßtes sogenanntes Haiku bewegen, das ich gleich anführen werde. Auf einer Papierserviette aus der Cafeteria machte er mir eigens eine Skizze zu dem Gedicht: Schneebedeckte Berge, gesehen durch die Flügel einer Fliege, die an einer Fensterscheibe klebt. Und darüber wollte er unbedingt das zuverlässige Urteil eines Schriftstellers aus dem Lande des Haiku in Erfahrung bringen. Als Freund, zu dem ich somit geworden war, konnte ich während seines Vortrags schwerlich irgendwelchen anderen Gedanken nachhängen.

Snow mountain fields
seen through transparent wrings
of a fly in windowpane.

Als ich die Konferenz für diesen Tag hinter mir hatte und wieder in das Studentenheim kam, in dem wir untergebracht waren – ein Wohnheim für Mädchen übrigens –, eigentlich in der Absicht, etwas auszuspannen, bevor, wie jeden Abend, die Party begann, erwartete mich aber unten in der Halle ein kleiner, sehr bekümmert wirkender Amerikaner mit nervösen Zuckungen im Gesicht, der mich unbedingt sprechen wollte. In einer Provinzstadt am Japanischen Meer hatte er bis vor fünf Jahren in einer Bewegung gearbeitet, die desertierten Soldaten des Vietnamkriegs half. Bis er erfuhr, daß seine Mitstreiter das Gerücht verbreiteten, er sei ein Spion des CIA; da war er heimlich nach Tokyo verschwunden und von dort aus wieder nach Amerika gegangen. Ob ihn die damaligen Führer der Bewegung noch immer als Spion in Erinnerung hätten? Er selber entsinne sich nicht mal genau ihrer Namen, sonst würde er versuchen, erneut Verbindung mit ihnen aufzunehmen. Wegen seiner Schwerhörigkeit habe er das Englisch der Japaner nie so richtig verstanden, Japanisch natürlich erst recht nicht, was für ihn schon damals, als Mitglied der Bewegung, die Quelle mancher Mißverständnisse gewesen sei und eine Menge Verwirrung gestiftet habe.

Dem inständig auf mich einredenden jungen Mann machte der seinem Gedächtnis unfaßbare Spionagevorwurf dermaßen zu schaffen, daß er sich nun in einer privaten Anstalt für psychisch Kranke befand. Solche Einrichtungen, sagte er, gebe es hier auf Hawaii von sehr kostspieligen an abwärts in den verschiedensten Preisklassen. Ihm würden dort, wo er sei, zwar kaum mehr als die tatsächlich anfallenden Kosten berechnet, doch um dieses Geld aufzubringen, gehe er tagsüber von der Anstalt aus einer Arbeit nach. Wie hätte ich den jungen Amerikaner, der zum Erbarmen litt, diesen schmächtigen Mann, der von Kopf bis Fuß rußgeschwärzt war (was offenbar mit der Art seiner Arbeit zusammenhing), trösten können? Einen tiefbekümmerten Menschen wie ihn, der den Kopf gespannt zu mir hingeneigt hatte wie ein Vogel, als wolle er mir gleich sein Ohr an den Mund pressen, und mein Englisch, eben das eines Japaners, mit dem schwerhörigen Ohr trotzdem kaum zu verstehen schien?

Auch die Frau in mittleren Jahren, die mir soeben den Baum zeigte, von dem die vor uns liegende Finsternis erfüllt war, ohne daß darin mehr von ihm zu sehen war als einige wenige Vorsprünge am Saum seiner stark entwickelten Brettwurzeln, betrieb eine der hiesigen Einrichtungen zur Behandlung psychisch Kranker, von denen der leidgeprüfte junge Mann gesprochen hatte, allem Anschein nach eine der oberen Kategorie, und zwar in dem großen alten Haus in neuenglischem Stil.

In Amerika gehört zu einem öffentlichen Seminar, das von einer Unviersität oder einem Forschungsinstitut veranstaltet wird, meistens ein Kreis von sogenannten Sponsoren. Diese mit keineswegs großen Beträgen beteiligten Spender, gewöhnlich Frauen mittleren Alters oder älter, kommen in das Seminar und hören, rund um die Diskussionsteilnehmer sitzend, zu. Manchmal geht es ihnen auch darum, in Gestalt einer Frage die eigene Meinung publik zu machen. Abends dann geben die Sponsoren reihum bei sich zu Hause eine Party, zu der die Seminarteilnehmer eingeladen sind. Und so eine Party bereitet einem Teilnehmer, für den Englisch nicht die Muttersprache ist, besonders aber dann, wenn seine Englischkenntnisse von dem Niveau sind wie meine, keine geringere Pein als tagsüber schon das Seminar. Zumal einem die Sponsoren zu allem, was man zuvor im Seminar geäußert hat, unermüdlich Fragen stellen.

Was nun die von allen nur Agathe genannte Deutsch-Amerikanerin, die zu unseren Sponsoren gehörte, veranlaßt hatte, mich aus dem großen Partyraum herauszuholen, um mir von der Veranda aus den Baum im dunklen Garten zu zeigen, stand gleichfalls in direktem Zusammenhang mit einer Sache, die ich an dem Tag im Seminar zur Sprache gebracht hatte. In der Ausstellung der Coomaraswamy-Sammlung, die man parallel zu unserem Seminar veranstaltete, befand sich auch ein Beispiel der indischen Volkskunst, eine fein ausgeführte Miniaturzeichnung auf einem Bananenblatt, die »Krishna auf dem Baume« zeigte. In einem Fluß sah man nackte Frauen stehen, von denen Krishna angerufen wurde. Diese Frauenkörper, hatte dazu als erster der Beat-Dichter bemerkt, der auch Forscher auf dem Gebiet der Hindu-Kultur war, seien ausgesprochen indisch in jedem Detail, denn die dargestellten Körperformen, vor allem die Brüste und die Hüftpartien, sagten geradezu aus, daß es sie so nur bei den Frauen in Indien gebe und nirgendwo sonst in der Welt. Und wer Indien bereise, werde Frauen mit solchen Formen auch wirklich begegnen. – Dazu waren dann Stellungnahmen aus anderen Regionen Asiens erbeten worden, worauf es von einigen Inderinnen aus der Zuhörerschaft heftige Reaktionen gegen den amerikanischen Dichter gab, und ich erläuterte meine Gedanken zu dem Bild dadurch, daß ich die Aufmerksamkeit auf den Baum lenkte.

»Was Allen eben sagte«, begann ich, »enthält den Hinweis darauf, daß die Darstellung des Menschen in der indischen Volkskunst stilistische Eigenarten besitzt, die indischer Natur sind, und in dem Punkt stimme ich ihm natürlich zu. Auch der Ansicht, daß dies rückwirkend Einfluß auf den Menschen in Indien bis hin zur Form seines Körpers hat, würde ich halbwegs zustimmen. Denn sinngemäß – Allen hat es nur auf seine Weise ausgedrückt – ist das sicherlich so zu verstehen, daß der Stil der indischen Volkskunst von der körperlichen Erscheinung des indischen Menschen bestimmt wird. Da ich aber nicht kompetent bin, aus eigener Erfahrung über den Körper der indischen Frau zu sprechen, will ich versuchen, dieselbe Betrachtung über den Baum anzustellen.

Dieser schwarze Baum«, fuhr ich fort, »auf dem wir Krishna sehen, dürfte nach der bei uns in Japan üblichen Bezeichnung eine Indische Linde sein. Dargestellt ist er zweifellos im Stil der indischen Volkskunst, mit der ihr eigenen Sensibilität und Technik. So sind die Besonderheiten zwar übertrieben, aber die Beschaffenheit des Stammes und die Krümmung der Zweige oder die schweifartige Verlängerung der Blattspitzen sind jedenfalls Dinge, die auf realistischer Beobachtung beruhen. Mir kommt der Baum,

13

als Ganzes gesehen, dadurch um so indischer vor. Anhand dieses konkreten Beispiels möchte ich eine Hypothese aufstellen, die mit Allens Auffassung auf einer Linie liegt. Mir scheint, daß zwischen den Bäumen einer bestimmten Gegend und den Menschen, die dort zu Hause sind, gewisse Ähnlichkeiten bestehen. Hat man von Cranachs Bäumen denn nicht den Eindruck, daß es leibhaftige Menschen aus dem Oberfränkischen sind, die man da stehen sieht?«

In dem Zusammenhang sprach ich auch von meiner Vorliebe für Bäume und ihre je nach der Gegend anderslautenden Namen: »Sooft ich im Ausland bin, ist es mir ein Vergnügen, in einer fremden Landschaft die ihr entsprechenden Bäume zu entdecken. Erst wenn ich weiß, wie ein Baum in seiner angestammten Gegend heißt, habe ich das Gefühl, ihn zu kennen, ihm wirklich begegnet zu sein. Wie ich schon sagte, nennen Japaner den Baum, den wir hier mit Krishna sehen, eine Indische Linde. Für uns ist das im Unterschied zu der klassifizierenden Bezeichnung ›Ficus religiosa Linn‹ eine besondere Form des Ausdrucks. Der wissenschaftliche Name gibt mir eine Erklärung über den Baum, ist aber nicht dasselbe wie sein Name.«

Das war die Vorgeschichte, die dann bewirkte, daß mich Agathe von der Party weg mehr schleppte als führte, vor den riesigen Baum hin, der den Garten vor dem Haus einnahm. Die gesamte Erscheinung des Baumes jedoch hatte ich weder zuvor, bei der Ankunft, zu sehen bekommen – es war schon nach Einbruch der Dunkelheit, als ich aus dem Kleinbus stieg –, noch sah ich sie jetzt, wo ich durch das Dunkel zu jener Stelle hinstarrte, an der der Baum vermutlich stand. Wie auch immer, Agathe war dabei, mir den Namen zu erklären, den der Baum hier trug, und sagte: »Regenbaum heißt er deshalb, weil bei ihm das Wasser, wenn es nachts einen Schauer gegeben hat, am nächsten Tag spätestens bis zum Nachmittag aus den Blättern tropft, als ob es regnet. Andere Bäume werden gleich wieder trocken, er dagegen hat eine Menge fingerdicker kleiner Blätter, in denen er den Regen speichert. Ein kluger Baum, nicht wahr?«

Der Abenddämmerung, die an diesem Tag nach Sturm ausgesehen hatte, war in der Tat ein Regenschauer gefolgt. Der aus dem Dunkel dringende Geruch nach Wasser kam also daher, daß der Baum die in den vielen kleinen Blattfingern gespeicherten Tropfen jetzt wieder abregnen ließ. Wenn ich mich trotz des Lärms der Party, die in den Räumen schräg hinter mir im Gange war, auf die Geräusche vor mir konzentrierte, war in ziemlich weitem Umkreis des Baumes tatsächlich ein feines Regenrauschen zu hören. Dabei nahm ich auf der Wand aus Finsternis, die mir vor Augen stand, so etwas wie zweierlei Dunkelheit wahr.

Das eine Dunkel machte den Eindruck eines riesigen, kolbenförmigen Baobab-Baumes, während an seinen Rändern ein in bodenlose Tiefe stürzendes Dunkel von großer Anziehungskraft lag – ein Dunkel, von dem man einfach nicht glaubte, daß darin jemals etwas vom Meer und von den Bergen oder sonstwelchen Dingen der Menschenwelt erkennbar würde, auch dann nicht, wenn jetzt ein spätes Mondlicht darauf fiele. Genauso ein Dunkel muß es gewesen sein, das die Einwanderer vor einhundert oder einhundertfünfzig Jahren, als sie vom amerikanischen Festland kamen und sich dieses Haus hier bauten, in der ersten Nacht vor Augen hatten, dachte ich und hätte in Fortsetzung des Gedankens beinahe etwas ausgesprochen, was ich – dank der Angewohnheit, mir keine Äußerung in einer fremden Sprache, auch wenn sie mir schon auf der Zunge liegt, unkontrolliert entschlüpfen zu lassen – für mich behalten habe, die Überlegung nämlich, ob eine Umgebung wie diese, wo im Garten eine Finsternis klafft, die auf Leib und Seele eines Betrachters wie ein Sog wirken muß, das richtige sei für ein Haus, das seelisch mehr oder minder gestörte Menschen beherbergt.

Es war besser, so etwas nicht zu sagen, es hätte Agathe, die in dem Haus lebte und die Verantwortung für die Kranken trug, vorkommen müssen wie eine auf sie gemünzte Kritik. Doch meine Empfindungen angesichts der zweifachen Finsternis, der einen in Gestalt des Baumes, den es von Anfang an nur als Produkt meiner Vorstellung gab, und einer zweiten, die außerhalb davon lag, schien die Deutsch-Amerikanerin, die seitlich hinter mir stand, trotzdem zu teilen. Denn von ihrem Kopf her, der – oval geformt und mit erhobenem Kinn getragen – auf einem kerzengeraden Rücken saß, vernahm ich deutlich den langen Seufzer, den sie nun von sich gab, ihn geradezu ausstieß wie einen dunklen Pfeil. Dann wandten wir uns von dem Baum in dem finsteren Garten, aus dem es nach Wasser roch, ab, um uns über die große, gedielte Veranda wieder zurückzuziehen.

Ein wie alle amerikanischen Frauen im Umkreis des Seminars stets praktisch und aktiv handelnder Mensch wie Agathe aber konnte den dunklen Garten unmöglich wortlos hinter sich lassen, ohne selbst für diese Handlung einen Beweggrund zu haben. Vor einem der vielen Zimmer stehenbleibend, die an der Veranda lagen, blickte sie, die Hüften ein wenig gebeugt und den geraden Rücken leicht vorgeneigt, wie in Betrachtung eines ihr besonders lieben Gegenstandes in den Raum hinein, auf die Wand direkt gegenüber. Neugierig schaute ich daraufhin selbst zu der vollständig mit Bücherregalen bedeckten Wand hinüber, die von der hohen, stuckverzierten Decke her nur matt erleuchtet wurde. (Die Räume, in denen jetzt die Party stattfand, waren im Gegensatz zu der oft verschwenderischen Beleuchtung, die ich auf Hawaii beobachten konnte, ebenfalls nur von einem sanften Licht erhellt, so daß man überzeugt sein durfte, sich hier in einer Einrichtung für psychisch kranke Menschen zu befinden.) Bei meiner Größe brauchte ich mich nicht mal so weit vorzubeugen wie Agathe.

Nachdem ich so lange ins Dunkel gestarrt hatte, bot sich meinen Blicken in dem mehr zwielichtigen als hellen Raum hinter der Scheibe ein in halber Höhe der Regalwand frei hängendes, etwa 40 × 50 cm großes Ölgemälde, sonderbar genug, da es so, wie es dort hing, die Bücher in den Regalen dahinter völlig verdeckte. Die Stelle schien aber genau die richtige zu sein, um das Bild zu betrachten, entweder von der Veranda aus, wie wir es jetzt taten, oder von dort, wo in der Finsternis des Gartens die Wurzeln des Baumes lagen. Nun meinte ich auch, zwischen den stark entwickelten Brettwurzeln einen Stuhl aus einem dunkel gestrichenen Metall gesehen zu haben.

»Mädchen zu Pferde«, sagte Agathe in einem Ton, als lese sie den Titel des Bildes ab, und wie ich nun erkannte, war da ein braunes Pferd, stabil wie ein Ackergaul, auf dem in einem Sattel, der tief in den Leib des Pferdes einzuschneiden schien, ein blondes Mädchen mit blauen Augen saß.

Die Einfriedung im Hintergrund des Bildes sah düster und streng aus wie eine Lager- oder Gefängnismauer und paßte gar nicht zur Reitsportatmosphäre, doch an dem »Mädchen zu Pferde« selbst fiel mir dann auf, daß es niemand anderes als Agathe sein konnte, die da als Kind porträtiert war. Als ich meine Vermutung aussprach, war ihrem Gesicht sogar im Dunkeln anzusehen, wie das Blut unter der dünnen Haut in Wallung geriet. »Ganz recht«, sagte sie, »das ›Mädchen zu Pferde‹ bin ich in Deutschland gewesen, damals, als diese wirklich entsetzlichen, unglückseligen Dinge noch nicht geschehen waren.«

Die glühendroten, von den Spitzen des blonden Flaums her geradezu Hitze verströmenden Wangen Agathes und der flammende Blick ihrer blauen Augen hatten bei diesen Worten etwas so Eindringliches, das mir verbot, sie zu fragen, was »diese wirklich entsetzlichen, unglückseligen Dinge« gewesen seien. Von Agathe wußte ich nur, daß sie nach Hawaii eingewandert war, nachdem sie Deutschland, ihr Vaterland (ich wußte nicht mal, ob das der Osten oder der Westen war), verlassen hatte. Der Umstand, daß ihre Party von den jüdischen Seminarteilnehmern

18

aus Europa und Amerika geschlossen boykottiert worden war, konnte in diesem Zusammenhang nicht ohne Bedeutung sein. (Der jüdisch-indische Dichter aus Bombay, einesteils schon bei der kleinsten Krabbe am Strand dagegen, daß jemand sie mitnahm, hat das Leben und Sterben von Menschen als Politikum von sozusagen höherer Warte aus betrachtet.) Aber so einer Sache genauer nachzugehen, sie zu prüfen und zu beurteilen, darauf wollte es im letzten Moment nie jemand ankommen lassen, worin denn auch jenes Quentchen Weisheit lag, das den friedlichen Ablauf des Seminars und der dazugehörenden Parties ermöglicht hat.

Auf der Party, zu der wir jetzt wieder stießen, war in der kurzen Zeit unserer Abwesenheit eine neue zentrale Figur in Erscheinung getreten, die Agathes Rolle übernommen hatte. Doch im Gegensatz zu Agathe, die mehr als Hostess fungierte, war hier jemand Mittelpunkt der Versammelten geworden, der die Party übermächtig wie ein Usurpator zu beherrschen schien. Auf den ersten Blick meinte man, in dem zwergenhaften älteren Mann, der da zusammengesunken in einem Rollstuhl saß, ein Kind vor sich zu haben, das wie für ein Märchenspiel als Zauberhexe verkleidet war. Das lange elfenbeinfarbene Haar war über dem Kragen der roten Satinjacke rund gestutzt. Der große Mund hatte etwas von einem Hundemaul, die hohe Nase und die grauen Augen mit den doppelten Lidern dagegen waren von stolzer Schönheit, und die aus dem großen Mund dringende kraftvoll gespannte Stimme gab der Erscheinung des Mannes sogar etwas Arrogantes. Beim Sprechen be-

hielt er stets die Leute im Auge, die um ihn herum-
standen und dicht bei seinem Rollstuhl auf dem Boden saßen. Was er sagte, war direkt an den Beat-Dichter gerichtet, der sich ihm gegenüber aufgestellt
hatte, doch dem Disput, von beiden Seiten mehr ein
Spiel, eine Art theatralische Performance, war deutlich anzumerken, daß sich der Mann im Rollstuhl –
wie der Dichter natürlich auch – dabei weniger seines
Opponenten als vielmehr des Publikums bewußt gewesen ist.

»Der Architekt Komarowitsch, unser genialer Architekt! Heute abend ist er in Stimmung!« rief Agathe aus, wie um mir damit einen Besitz, der ihr ganzer
Stolz war, zu erläutern, jedoch nicht so wie zuvor bei
dem »Mädchen zu Pferde«, nicht in dieser Erregung,
die noch etwas von einer tiefinneren Schwermut
hatte, sondern mit einer dem munteren Ton der
Party, die vor unseren Augen ablief, im Nu angepaß-
ten Heiterkeit. Dann ließ sie mich stehen und strebte
aufrecht und mit langen Schritten, den Füßen und
Knien der auf dem Boden Sitzenden vorsichtig aus-
weichend, auf den Mann im Rollstuhl zu.

Ich blieb, wo ich stand, am Eingang des Raumes,
und beobachtete von dort aus das Hauptereignis des
Abends, das fast schon eine Veranstaltung war – die
Debatte zwischen dem Architekten im Rollstuhl und
dem Beat-Dichter. Wenn ich alles, was an dem Abend
geschah, ausgewogen schildern wollte, wäre ich ge-
zwungen, das Wortgefecht in dramatische Form zu
bringen, ein handlungsarmes Dialogstück in einem
Akt daraus zu machen. Denn die Party in der Einrichtung für psychisch Kranke hatte zum größten

Teil aus diesem Meinungsstreit bestanden und war kurz darauf abrupt zu Ende gegangen. Wie ich aber schon zu Anfang sagte, ist es bei meinem Verständnis des Englischen nicht möglich gewesen, dem äußerst vieldeutigen Wortwechsel zwischen dem seltsam hoch sprechenden, gern zu verschnörkelten Wendungen greifenden Architekten und dem Dichter, der nach Manier des New-Yorkers zu Spitzfindigkeiten neigte, zudem die Schrulligkeit des einstigen Beat-Idols an sich hatte und, wenn er sprach, kaum den Mund öffnete, Wort für Wort zu folgen. Nur nach und nach, das Gespräch stückchenweise rekonstruierend, erfaßte ich das Spiel mit den Worten in ihrer Logik und Unlogik. So hat mich der fast einstündige Streit auch nicht gelangweilt.

Was ich hier niederschreibe, kann demnach nur die Wiedergabe dessen sein, was schon damals Rekonstruktion war und sich inzwischen, unter dem Eindruck von Zeit und Gedächtnis, noch verzerrter und lückenhafter darstellt. Will ich also mehr als eine langweilige Zusammenfassung geben, sollte die Atmosphäre des Streites auch so geschildert werden, wie ich sie visuell erlebte. Zumal da nicht nur die Selbstinszenierung des Architekten und des Dichters war. Wie darauf nämlich die Gäste der Party, intensive Zuhörer der Debatte, an der sie ständig beteiligt schienen, ohne daß sie ausdrücklich in sie eingegriffen hätten, und die den Gästen Imbiß und Getränke bereitenden und damit hin und her laufenden Kellnerinnen und Kellner reagierten, erscheint mir noch jetzt, um es mit einem im Seminar oft benutzten Wort zu sagen, »colourful«.

Zu Füßen des Dichters, der, dem Architekten im Rollstuhl Paroli bietend, die ganze Zeit über stand, hatten sich drei fünfzehn- bis sechzehnjährige Jungen niedergelassen, nach Gesicht und Körperbau wohl das, was dem Schönheitssinn des Dichters entsprochen haben dürfte und was sie einander ähnlich machte wie Brüder. Ganz anders als die sportliche Jugend auf Hawaii saßen die drei gedankenverloren da, so blaßgesichtig, als hätten sie noch nie in ihrem Leben den Strand betreten. Der eine von ihnen war dem Dichter am Morgen ins Seminar gefolgt, fassungslos wie ein Mädchen, das eben seine Jungfräulichkeit verloren hat, was alle Anwesenden veranlaßt hatte, verlegen wegzuschauen. Unter den jugendlichen Anhängern des Dichters, die um diese drei herum den Platz zu seinen Füßen füllten, befand sich auch ein Mädchen in einem Judoanzug, der nicht die geringste Spur von Verschleiß aufwies. Es spielte den Burschen, um das Interesse des Dichters auf sich zu ziehen, war dazu aber schon viel zu betrunken. Kaum sah man sie, wenn er sprach, wie zur Bekräftigung seiner Worte energisch mit dem Kopf nicken, hatte sie im nächsten Moment schon der Schlaf überwältigt, so daß ihr der Kopf mit einem Ruck nach vorn fiel und sie ihn dann schütteln mußte, um dem Dichter zu demonstrieren, daß sie ihm noch immer zuhörte.

Hinter dem Architekten und ihm zur Seite hatten, sozusagen als zuverlässige Stützen des genialen Mannes, Agathe und die übrigen älteren Frauen Platz genommen, die ordentlich auf Stühlen und Sofas saßen und ins feindliche Lager hinüberblickten, voller Mit-

22

gefühl für das betrunkene Mädchen im Judoanzug, das sie aber nie direkt ansahen. Ihr stummer Tadel richtete sich an den Dichter, und zwar durch den Architekten, den Anwalt all ihres moralischen Empfindens. Dabei hatten gerade sie, die den Architekten mit ihrem Schweigen bestärkten, stellvertretend für sie den Angriff zu führen, mehr getrunken als die auf dem Fußboden sitzenden jungen Leute. Von den Barkeepern und der Bedienung, vermutlich Studenten, die die Arbeit auf der Party nur als Job übernommen hatten, wurden drei Getränke serviert, Gin Tonic, Whisky mit Soda und Bier, und die Frauen in den mädchenhaften, am Hals mit Spitze verzierten Kleidern – so uniformiert, wirkten sie ausgesprochen altjüngferlich bis witwenhaft – hatten nicht Bier, sondern Hochprozentiges in ihren Gläsern, das sie, Agathe nicht ausgenommen, verstohlen hinunterstürzten, um einem Kellner sogleich das Zeichen zum Nachschenken zu geben. Die einzigen Biertrinker waren Teilnehmer des Seminars, die sich mehr am Rande der Debatte hielten.

Obwohl die Bedienung an der Bar und unter den Gästen nur eine Gelegenheitsarbeit für Studenten sein konnte, wirkten diese Kellnerinnen und Kellner sonderbar, nicht nur durch die Kleidung, auch durch den eigentümlichen Stil ihres Benehmens, der einem wie eingeübt vorkam. Die jungen Männer, ausgestattet mit altmodischen schwarzen Westen über seidenen Hemden mit bauschigen Ärmeln, die Mädchen in Kleidern von derselben Art, wie sie die älteren Frauen trugen, nur mit einer verzierten Schürze darüber, waren durchweg blasse, hagere und, soviel man vom äußeren Eindruck her sagen konnte, autistische junge Leute. Lustlos unter den Partygästen umhergehend, brachten sie ihnen zu essen und zu trinken, ohne den Betreffenden dabei anzusehen. Und bei aller Flinkheit, mit der sie sich bewegten, oder vielleicht gerade wegen dieser behenden Art, war, sooft sich jemand von ihnen an mir vorbeigedrängt hatte, ein von totaler Erschöpfung zeugendes schweres Schnaufen zu vernehmen. Dabei bemerkte ich auch, daß diese jungen Leute, keineswegs im Widerspruch zu ihrer Reinlichkeit, ein irgendwie altbacken-muffiger Körpergeruch umschwebte. Der Debatte ferner stehende Seminarteilnehmer, die das flüsternd festgestellt hatten, wunderten sich auch schon darüber.

So jedenfalls sah die Kulisse aus, in der die Diskussion zwischen dem Architekten und dem Dichter ihren Lauf nahm. In Abwehr der Attacken des Architekten versuchte der Dichter auszuweichen, jedoch nie so, daß man hätte meinen können, er nehme die Sache nicht ernst. Von seiten des Angreifers kamen, soweit ich das heraushören konnte, folgende Argumente: »Sie lieben den Knaben, den Jüngling, und das mit Leidenschaft, was an sich eine großartige Sache ist. In der Hinsicht vertreten Sie und ich sogar denselben Standpunkt. Offenkundig trennen uns aber schon hier, an unserem Ausgangspunkt, kaum zu überwindende Unterschiede. Denn Ihre Leidenschaft ist darauf gerichtet, die jungen Leute abwärts zu ziehen, sie ins Verderben zu stürzen, meine dagegen ist es, sie aufwärts zu führen, sie sich entfalten zu lassen. Sie mögen der Ansicht sein, ihnen dadurch die dunklen, mysteriösen Tiefen des Wissens und

Fühlens zu eröffnen. Körperliche und geistige Liebe, sagten Sie eben, seien ihrem Wesen nach beide dunkel und mysteriös und daher auch beide wichtig für den Menschen.« (Dies nämlich hatte ihm der Dichter mit einer scherzhaften, aber kurzen und scharfen Bemerkung entgegnet, die der Architekt nun in einem blumig und weitschweifig konstruierten Zusammenhang in ihr Gegenteil verkehrte, womit er zumindest den Konsumenten hochprozentigen Alkohols, die er auf seiner Seite hatte, das angenehme Gefühl verschaffte, den Streit für sich entschieden zu haben. Obwohl der Dichter ohne weiteres auf das Langatmige, Ungenaue in der Aussage des Architekten hätte verweisen können, zuckte er nur die Achseln und gab dabei, dröhnend wie der Weihnachtsmann, ein lautes Ho-hoo! von sich, ging jedenfalls nicht näher auf diesen Schwachpunkt ein, ja, er schien sogar Spaß daran zu haben, in dem Wortgefecht, oberflächlich gesehen, eine Niederlage nach der anderen einzustecken.) – »Körperliche und geistige Liebe als ein Akt, der gerade den Jüngling, den jungen Mann leiten soll …«

Im weiteren erläuterte der Architekt, nun schon in dozierendem Ton, wie vom Katheder herab, die baulichen Besonderheiten der von ihm konzipierten Einrichtung für psychisch Kranke, in der wir uns befanden, und kam von diesen Besonderheiten auf die hier praktizierte Anstaltsführung zu sprechen, so daß er seine Überzeugung vom Bauen und das Konzept, das er daraus abgeleitet hatte, deutlich machen konnte: »Für empfindsame, feinfühlige Naturen, wie es die seelisch Leidenden sind, die aus ganz Amerika hierher, in dieses alte Haus, kommen, hatte ein Refugium zu entstehen, das dem körperlichen Zustand eines jeden von ihnen entsprechen sollte. Wie gut wäre es gewesen, hätte hier jeder auch seinen Hügel, sein Tal bekommen können. So nämlich hielt es ein vom Schicksal geschlagener, verrückt gewordener König in der guten alten Zeit in Europa mit den Schlössern und Landgütern, auf die er sich zurückzog. Einer wunden, bloßen Seele aus Amerika aber ist heutzutage nicht mal die eigene Behausung garantiert. Darum war ich bemüht, im Rahmen dieses Hauses jedem Zufluchtsuchenden seine ›Postion‹ zu sichern. Meine eigene setzte ich zuunterst an, indem ich die Garage im Keller des Hauses zu meinem Arbeitsraum machte. Beginnen Sie also, wie ich es tat, in dem Raum, der genau unter uns liegt, steigen Sie in den Keller hinunter, in meinen Arbeitsraum, und stellen Sie sich von dort aus die ›Positionen‹ aller übrigen Bewohner des Hauses in den anderen Räumen, in allen nur möglichen Teilen davon vor. Diese ›Positionen‹, in der Tendenz immer aufwärtes führend, ergeben ein synthetisches Ganzes. Es ist die Ansammlung all dieser einzelnen ›Positionen‹. Sie werden das gleich selber feststellen. Der von mir konzipierten inneren Struktur des Hauses folgend, ließ ich den Umbau so durchführen, daß gerade jüngeren Menschen im Rahmen dieser Ansammlung von ›Positionen‹ bewußt werden muß, wie sie Stufe für Stufe einer immer höher hinaufführenden, himmelwärts strebenden Treppe erklimmen. Die übrigen Bewohner der Einrichtung haben ihre ›Positionen‹ an den Stellen, die den ständigen Aufstieg der Jüngeren fundamentartig abstützen. Es sind hauptsächlich Frauen in schon höherem Lebensalter, die von dort aus seufzenden Herzens den Aufstieg der jungen Menschen, der Kinder in himmlische Höhen hinauf verfolgen.« Auch ihm, warf hier der Dichter ein, gehe dieses Konzept zu Herzen, doch frage er sich, ob jene auf den unteren »Positionen« zufrieden seien mit dem, was man ihnen zugewiesen habe. Würde ein solches Konzept, da die oberen »Positionen« naturgemäß nur für wenige erreichbar wären – das sage einem schon der Anblick einer Pyramide –, nicht auf Kritik aus der ganzen Gesellschaft stoßen, so daß die jugendlichen Nutznießer des Konzepts im Gegenteil schlecht damit fahren würden? Erst recht in einer geschlossenen »Gesellschaft« wie dieser Anstalt? Die Bemerkung hatte den Architekten ruckartik auffahren lassen, so daß er nun hocherhobenen Hauptes dasaß wie eine mystische Erscheinung. »Ausgerechnet Sie«, rief er. »Sie als glühender Liebhaber der Jungen fürchten sich, einem Weg, der diese Jungen zu lichten Höhen führt, Anerkennung durch die Gesellschaft zu verschaffen. Genau das ist ja der Grund, weshalb Sie ihnen nur den Sturz ins Verderben bringen. Sie kennen nur eine Leidenschaft – sich mit dem Jungen an dunklen, gemeinen Orten zu verbergen, um sie dort der gegenseitigen Beschmutzung und dem Vermodern preiszugeben. Das nenne ich die Leidenschaft eines Nekrophilen! Mein Prinzip ist ein anderes. Was ich in diesem Haus bereits verwirklicht habe, soll über die Grenzen einer geschlossenen Gesellschaft wie dieser hinaus in ganz Amerika, ja in der ganzen Welt zu einer Architekturbewegung werden, die die Jüngeren überall in die ihnen gemäßen ›Positionen‹ auf der Stufenleiter des Aufstiegs bringen wird. Schulen für Kinder, Theater und Bibliotheken für Kinder sind das erste, was man in Angriff nehmen muß. Indem ich meinen eigenen Körper, der einmal der eines normalen Erwachsenen war, durch Komprimierung und Verkürzung zu dem gemacht habe, was er heute ist, zu diesem kindlichen Körper, mit dem ich hier vor Ihnen sitze, begab ich mich, nun selbst nicht mehr größer als ein Kind, in dessen ›Position‹ und habe dadurch erfahren, wie die Welt aus seiner Warte aussieht, wie sie mit Körper und Seele des Kindes empfunden wird. Da ich ein weltumspannendes Modell nach Maßgabe des Kindes entwickeln will, versuche ich auch, mich körperlich und seelisch als Kind in die Welt einzubringen, um auf diese Weise herauszufinden, welcher architektonische Raum in welcher Strukturierung der für das Kind geeignetste ist – eine Frage, die mich Tag und Nacht beschäftigt. Mein komprimierter, verkürzter Körper ist somit dazu bestimmt, Modell für die gesamte Architektur der Zukunft zu sein!«

Wie er so dasaß und diese Erklärung abgab, hätte man ihn bei genauerem Hinsehen durchaus für einen künstlichen Zwerg halten können, bei dem die Partie zwischen Brust und Hüften durch ein paar Falten zusammengedrückt war. Um diesen Eindruck zu erzeugen, schien der Rollstuhl unentbehrliches Requisit zu sein. Als er dann plötzlich die in rotem Satin steckenden Arme über dem Kopf erhob, wirkte er wie ein rosiger König mit dem Mäulchen eines niedlichen kleinen Hundes, und die älteren Frauen hinter ihm, durch den Alkohol noch bedächtiger in ihren Gesten, spendeten ihm auf gemessene Art Beifall. »Wahnsinnig phantastisch, der Mann!« rief nun selbst sein Widersacher, der Beat-Dichter, aus und dabei blitzten in dem vollen, bärtigen Gesicht die Augen hinter den dicken Brillengläsern auf, für die jungen Leute das Zeichen, unbekümmert in den Applaus einzufallen.

Der dann folgende Aufbruch der Partygäste zu einem Rundgang durch das Haus, in dem der große Entwurf des Architekten bereits konkrete Form angenommen hatte, lag wohl einfach in der Natur der Sache. Dem Mann im Rollstuhl die Führung überlassend, schritten wir zur Besichtigung dessen, was das Kernstück seines Konzepts war, der richtungweisend als Aufstieg angelegten Zimmer. Da im Parterre außer den Räumen, in denen die Party stattfand, nur noch Versammlungsräume und die Bibliothek lagen, drängten wir sogleich zur Treppe, die in den ersten Stock hinaufführte. Den Rollstuhl transportierten, ihn von hinten und an den Seiten fassend, dieselben jungen Leute, die dem Architekten eben noch mit schweigender Ablehnung begegnet waren. In einer Hochstimmung, die alle verband, zogen wir unter dem ständigen Eindruck, nach und nach höher zu steigen, sooft es um eine Ecke ging und dahinter erneut ein kurzer Treppenabsatz erschien, durch das weitläufige Gebäude, an lauter leeren kleinen Zimmern vorbei, in die wir jedesmal einen Blick warfen. Leere Zimmer kann man es eigentlich nicht nennen, eher eine Ansammlung von Wohnschachteln mit jeweils verschieden hoch angesetztem Fußboden. Was ursprünglich ein einziger großer Raum gewesen war, bestand nun aus vier bis fünf rechteckig abgetrennten Teilen, eins immer etwas höher angelegt als das andere, so daß insgesamt der Eindruck einer aufwärtsstrebenden Bewegung entstand. Sie setzte sich auch im Nachbarraum fort: Von der höchsten Stufe des eben verlassenen Raumes aus ging der Aufstieg weiter, was faktisch zwar nicht realisierbar war, aber durch den täuschenden Effekt der Farbgestaltung dennoch erreicht wurde. Die Treppe jedoch, ohnehin geeignet, den Eindruck des Aufsteigens konkret zu unterstreichen, war besonders dazu angetan, einem das Gefühl zu geben, sich in freischwebendem Zustand in einem hohen Turm zu befinden. Als wir noch höher kamen, mußte ich mich sogar fragen, ob wir uns etwa in einen Pulk von Ratten verwandelt hatten, die ein Anfall von kollektivem Wahnsinn trieb, diese Turmtreppe zu ersteigen. Einem solchen Gemeinschaftsgefühl abgeneigt, hatten einige von uns schon begonnen, sich abzusetzen.

Als wir anderen, zusammen weitersteigend, das oberste Stockwerk erreicht hatten (bei der dem Haus eigenen Aufwärtstendenz waren wir uns nicht mal sicher, ob es darüber nicht doch noch Zimmer im Dachboden gab), glaubte ich, in der Tiefe all der hier noch kleiner gewordenen Schachtelzimmer, jenseits all der dunklen Fenster das Blattwerk des riesenhaften Regenbaums zu spüren, von dem ich zuvor nicht mehr als den Standort hatte feststellen können, oder erschienen mir vielmehr all diese Zimmer wie dicht von der Laufmasse des Baumes umhüllte Vogelnester. Bei unserem Rundgang durch die überall leeren schachtelartigen Räume stießen wir im hintersten Winkel des obersten Stockwerks auf ein Zimmer, das man in vier Wohnschachteln unterteilt hatte, von denen eine tatsächlich bewohnt war.

Wie ich bereits sagte, gab es einige unter uns, denen die Prozession durch das Haus von der ganzen Atmosphäre her nicht mehr behagt hatte, andere wieder mißtrauten angeblich von Natur aus der Stabilität hölzerner Treppen und Korridore oder hatten die bei aller Absonderlichkeit stets gleichbleibende Art der Rekonstruktion der Zimmer auf die Dauer ermüdend gefunden, so daß nur wenige den obersten Winkel des Hauses überhaupt erreichten – der Architekt und von den Jüngeren nur noch zwei, die ihn im Rollstuhl schleppten, dazu der Beat-Dichter, Agathe und ich und der jüdisch-indische Dichter aus Bombay. Das war auch gut so, denke ich. In der äußersten Ecke, dem Raum dicht an der Hauswand, der wie ein schachtelartiger Wandvorsprung wirkte, sah man eine Frau, die vielleicht vierzig war – dem Gesichtsausdruck nach spürbar verwandt mit den stillen älteren Frauen, die vor kurzem noch, hinter und neben dem Rollstuhl des Architekten sitzend, dessen Beredsamkeit genossen und dabei kräftig dem Alkohol zugesprochen hatten –, in einer den ganzen Raum einnehmende Wanne aus Metall hocken, vollkommen nackt, das eine Knie hochgezogen und damit beschäftigt, sich den Körper vom Hals an abwärts mit einer dunklen, rötlichen Flüssigkeit zu beschmieren. Dann blickte sie uns aus kleinen schwarzen Augenlöchern an und wischte sich das flüssige Zeug quer über die niedrige Stirn …

Der Beat-Dichter verlor zwar kein Wort darüber, schien jedoch sehr beeindruckt zu sein, während der jüdisch-indische Dichter seinem Unmut offen Ausdruck gab und bemerkte, daß er den Geruch unerträglich fände. Worauf der Architekt, dessen Hochstimmung auf einmal in Trübsinn umgeschlagen war, entschuldigend meinte, das Zimmer sei der »Position« dieser Frau auch gar nicht angemessen, wegen der Party sei sie nur vorübergehend hierher verlegt worden, wo sie durch den ungewohnten Raum, die ungewohnte »Position« ihr Gleichgewicht verloren habe. Und Agathe, bei der die Beschwerde des indischen Dichters eher feindselige Abwehr hervorrief, erklärte noch dazu, daß die Frau nun mal ihr altes Blut benutzen müsse, wie könne man ihr das zum Vorwurf machen, schließlich sei sie durchaus imstande, dasselbe auch mit frischem, lebendigem Blut zu tun, allerdings nur zu besonderen Zeiten in ihrem Leben …

Als seien Agathes Worte der Auslöser gewesen, überstürzten sich die Ereignisse. Das erste war, daß der indische Dichter und ich fast gleichzeitig dieselbe Entdeckung machten. Ein Blick zwischen uns genügte, da wir in dem Moment beide erkannt hatten, daß der Beat-Dichter von Anfang an alles durchschaut haben mußte, … erkannt hatten, daß sämtliche Patienten dieser Einrichtung für psychisch Kranke, ausgenommen die mit dem Blut ihrer Genitalien beschmierte Frau vor uns, die Veranstalter der nächtlichen Party gewesen waren, daß all die jungen Lcute, die uns vorhin Imbiß und Getränke serviert hatten, nicht zu reden von den stillen, unentwegt

Schnaps trinkenden älteren Frauen, nichts anderes als Patienten waren – und als wir das eben festgestellt hatten, kam jemand aus unserem Seminar, ein Journalist aus Iran, die Treppe heraufgerannt. Um uns Bescheid zu sagen, daß die anderen entschlossen seien, das Haus unverzüglich zu verlassen.

Das nächste, woran ich mich deutlich erinnere, war der Anblick, den der im Rollstuhl so jungenhaft klein erscheinende Architekt bot, nachdem er mit einem Satz aufgesprungen war und ich von hinten sah, wie er – plötzlich doppelt so groß und sogar besonders langaufgeschossen – mit vornübergeneigtem Körper die Treppen hinunter davonlief, auf Agathes Schultern gestützt. Unter dem vergnügten Gelächter, in das der Beat-Dichter, um die blutbesudelte Frau nicht zu erschrecken, erst ein Stockwerk tiefer ausbrach, hörten wir dann von dem Iraner, daß er und ein Englisch-Professor aus Südkorea, kurz nachdem wir anderen uns den oberen Stockwerken zugewandt hatten, nach unten in die Garage gegangen waren, in den Arbeitsraum des Architekten, weil ihnen die Sache schon zu der Zeit komisch vorgekommen sei. Dort unten hätten zwei große starke Männer in Uniform gelegen, beide in Fesseln – genau so, wie man das aus amerikanischen Fernsehserien kenne. Und nebenan im Bad hätten sie drei ebenfalls gefesselte Krankenschwestern vorgefunden. Mit ihnen sei abgesprochen worden, daß wir Seminarteilnehmer sofort den Bus besteigen und in unser Quartier fahren sollten, da man in dem Fall davon absehen wolle, nach unserer Mitverantwortung für die Vorkommnisse des heutigen Tages zu fragen; auch die Männer von der Nachtwache seien dafür gewesen. Wenn es für den Anschlag der Patienten auf die Wache und die Schwestern später in irgendeiner Form Vergeltung geben sollte, brauche uns das nicht zu kümmern. Außerdem würden die Mittel für diese Einrichtung von den Angehörigen der Patienten kommen, die hohe Beträge für deren Unterbringung zahlten, so daß mit drastischen Strafen nicht zu rechnen wäre. Sollte jedoch die Presse über den Vorfall berichten, dann, schloß der Iraner, könnte das für ihn und den südkoreanischen Professor unangenehm werden, wenn sie wieder zu Hause wären (es war damals wenige Jahre vor der Khomeini-Revolution in Iran).

So dachten wir gar nicht daran, uns in dem Durcheinander der aufgeregt die Treppen hinauf-, die Flure entlanghastenden Schar betrunkener Frauen und noch immer vor sich hin blickender junger Leute, die nun alle wieder ihre »Positionen« aufsuchten, von irgend jemandem zu verabschieden, sondern drängten uns einfach zwischen ihnen hindurch nach draußen, wo wir den im Vorgarten schon mit laufendem Motor wartenden Kleinbus bestiegen. Von den Männern der Nachtwache, die es doch so eilig gehabt haben sollten, uns hier zu vertreiben, bekam ich nicht einen zu Gesicht; unter den vielen geduckt umherlaufenden Leuten waren mir nur zwei erschreckend großgewachsene und sehr aufrecht gehende Schwestern aufgefallen. Zuletzt hatte ich von dort, wo – meinen Blicken durch die Finsternis noch immer entzogen – der kluge Regenbaum stand, einige Male den heulenden Aufschrei einer Frau gehört, der ihren Körper vor Schmerz zu zerreißen schien.

34

Unser Bus und die vor und hinter ihm fahrenden Motorräder, auf denen ein paar Jüngere von uns losgestürzt waren, rasten nahezu fluchtartig auf der steil ansteigenden, in eine Kurve übergehenden Straße davon, aber etwas wie der Nachhall der eben gehörten Schreie kreiste im Innern unseres Fahrzeugs weiter durch das Dunkel und gab endlich auch dem Beat-Dichter, der die ganze Zeit über nicht aufgehört hatte, laut zu lachen, ein fast ebenso grüblerisches, trübsinniges Aussehen, wie es die beiden Männer aus Südkorea und Iran hatten, die sich jetzt ausmalten, welche Wirkung der Skandal auf die diktatorischen Regierungen in ihren Heimatländern haben würde. Daß ich mich aber im Bus nicht mehr nach dem riesigen Regenbaum umgesehen hatte, obwohl er sich auch nachts, und wäre es noch so finster, gegen die hellere, der Morgendämmerung zugewandte Seite des Himmels in kompakter Schwärze hätte abzeichnen müssen, berührt mich heute seltsam. Gerade weil ich mir so oft vorstelle, wie Agathe in ihrer »Position« auf dem Stuhl am Fuße des Baumes zwischen den in großen Falten vorspringenden Brettwurzeln das ihr gegenüber, jenseits der Veranda hängende Bild des »Mädchens zu Pferde« betrachtet und wie sie dann zu dem Haus aufschaut, das emporragt wie ein zweiter Riesenbaum, wie das Gegenstück zu dem Baum im Garten, inwendig konstruiert wie eine Leiter, auf der man endlos himmelwärts steigt – weil ich mir all das vorstelle und doch jetzt nicht mehr feststellen kann, was für ein Baum es gewesen ist, den Agathe ihren klugen Regenbaum nannte …

Der Sündenbock

Mein Atem riecht nach Kokosöl, Professor, aber ich kann ja nicht ewig die Luft anhalten. Übrigens habe ich Sie schon mal gesehen, im Supermarkt, Professor, beim Einkaufen. Ich bin Ihnen bestimmt nicht aufgefallen. Es ist nämlich meine Art, mich wie eine Echse in Winkel und Ecken zu ducken. Dann richte ich meinen runden, graumelierten Kopf auf und spähe umher. So reagiere ich auf jeden, der mir wie ein Japaner vorkommt, und diese Angewohnheit hat sich schon als nützlich erwiesen. Sooft hier jemand aus meinem Dorf auftauchte und nach mir suchte oder jemand aus dem Dorf in Kolumbien, das sich Leute aus meinem Dorf da gebaut haben, mit dem Auftrag herkam, mich zurückzuholen, hat meine Methode noch immer geholfen, sie ins Leere laufen zu lassen. Von der Botschaft aus wird natürlich verbreitet, ich würde mir das alles nur einbilden, aber ich bleibe bei meiner Ansicht, und was ich von der Sache halte, stärkt mir allemal den Rücken. Deswegen müssen Sie, Professor, nicht unbedingt mit meinem Dorf zu tun haben, das will ich nicht behaupten. Ich bestehe ja nicht auf dem Prinzip, auf irgendso einer fixen Idee. Was hätte ich davon, einem fremden Menschen wie Ihnen, Professor, meine Ansicht aufzudrängen. Wenn ich »fremd« sage, meine ich damit jeden außer mir, den anderen Menschen allgemein und nicht Sie persönlich, nehmen Sie es mir also nicht übel. Wer so geschwollenes Zahnfleisch hat und fiebert wie Sie, wird allerdings nicht noch Lust haben, irgendwas übelzunehmen.

In dem Supermarkt an der Insurgentes-Straße entdeckte ich Sie an einem Freitag, als am Fleischstand wieder mal Paella im Angebot war. Ursprünglich hatten Sie wohl die Absicht, sich eines von den gewöhnlichen Brathühnern zu kaufen, die sich an diesem Stand sonst immer an Spießen drehen und mit flüssigem Fett traktiert werden, daß es nur so zischt. Da statt dessen ein Gericht aus Reis mit Muschel- und Hummerfleisch zu haben war, machte es Ihnen nichts aus, daß Sie Brathuhn nicht bekommen konnten. Was Sie in dem Moment empfanden, gab Ihrem Gesicht einen Ausdruck, auf den die Beschreibung »Falsche Rechnung mit glücklichem Ausgang« paßt – so würden die jungen Männer von den japanischen Handelsfirmen, die sich hier aufhalten, in ihrer Sprache dazu sagen. Die Verwandlung Ihrer Miene konnte ich, das sagte ich bereits, in meiner geduckten Echsenhaltung genau verfolgen. Sie kauften also die Paella, die zweifellos aus Reis besteht, doch ansonsten ein nicht ganz gares, öltriefendes Halbfertigprodukt ist, gar nicht gut für den Magen. Aus ärztlichem Pflichtgefühl war ich nahe dran, Ihnen davon abzuraten. Ich habe es nicht getan, und ich habe Ihnen, als Sie an der Kasse standen und zahlten, auch nicht geraten, ein Auge auf das Geld zu haben, weil die Mestizinnen, die in dem Supermarkt arbeiten, nichts vom Rechnen verstehen. Denn wie schon erwähnt, es hätte ja sein können, daß Sie im Auftrag meiner beiden Dörfer auf der Suche nach einem flüchtigen Arzt waren. Lassen Sie sich vorweg etwas gesagt sein, was zu den weisen Einsichten gehört, die ich aus Erfahrung gewonnen habe und deshalb wohl auch einem gebildeten Mann wie Ihnen nahelegen darf, ohne ihm damit zu nahe zu treten: Falsche Rechnungen mit glücklichem Ausgang, Professor, die gibt es in dieser Welt nicht.

In dem Supermarkt sah ich Sie später noch einmal. Das war in der Weinabteilung, wo die Regalreihen wie Wände ragen und es mir ganz unmöglich machen, mich nach Echsenart an sie zu schmiegen. Sie hatten sich so weit zu den Flaschen hingebeugt, daß Sie fast schon mit der Stirn anstießen, entweder aus Kurzsichtigkeit oder weil Ihnen das Spanisch auf den Weinetiketten nicht so geläufig ist. Hätte ich hinter Ihnen gestanden, Sie hätten es gar nicht gemerkt. Sind Sie eigentlich in dem Supermarkt schon mal von einem Taschendieb erleichtert worden, Professor? Wenn ja, wird es bei den Regalen der Weinabteilung gewesen sein. Sie sahen mir jedoch nicht aus wie einer, dessen Börse es wert sein sollte, daß sich ein Dieb auch noch die Mühe des Stehlens machte, soviel habe ich gleich erkannt.

Wie es um Ihre Finanzen bestellt ist, wurde mir in der Weinabteilung an der Stelle klar, wo die Weine für zwanzig Pesos stehen, die Sie, am Regal auf und ab gehend, dann und wann mit einem kleinen bedeutungsvollen Kopfnicken bedachten oder mit plötzlich vorgestrecktem Kopf musterten. Wer in puncto Alkohol nicht besonders wählerisch ist und nur so zur Abwechslung etwas Mexikanisches probieren will, kauft sich wahrscheinlich die erstbeste Flasche

Tequila oder Sangria. Wer aber gerne trinkt und etwas Gutes sucht, greift eher zu Wein. Ist es schon kein französischer, sogar nicht mal spanischer, wird es ein anderer Import sein, wenigstens einer aus Argentinien. Sie dagegen hielten sich bei Wein aus Mexiko auf, immerhin bei dem Regal mit den besseren Sorten, und gingen davor – weit war der Weg wahrlich nicht – unschlüssig hin und her. Doch wohl eingedenk Ihrer finanziellen Möglichkeiten. Oder sollte ich mich da geirrt haben?

Jedenfalls hatten Sie sich am Ende für einen Rot- und einen Weißwein entschieden und gingen mit den beiden Flaschen an die Kasse nur für Spirituosen. An die Kassiererin werden Sie sich nach allem, was dann geschah, sicher noch gut erinnern. Sie war ein Halbblut mit dunkler Haut und einem länglichen, zarten Gesicht, ein junges Mädchen von kindlicher kleiner Statur. Dieses Mädchen nahm nun die Flaschen, die Sie an der Kasse abgestellt hatten, mit geübtem Griff hoch und stellte sie mit einer kräftigen Drehung des Handgelenks auf den Kopf. Die Prozedur spielte sich dicht vor Ihrer Nase ab. Der Wein wurde auf Trübung kontrolliert. Und wie haben Sie darauf reagiert, Professor? Wie ein ertappter Lausejunge, überwältigt von einem, der viel größer und stärker ist und Widerstand unmöglich macht. Es fiel Ihnen nicht einmal ein, beiseite zu springen. Sie harrten vor der Kasse aus, auf einem Bein stehend und das andere, das Sie angehoben hatten, krampfhaft in der Schwebe haltend, den Oberkörper zusammengekrümmt. Obwohl Ihnen unbegreiflich war, welchen Grund das junge Mädchen an der Kasse haben sollte, mit den

Flaschen auf Sie einzuschlagen, waren Furcht und Zweifel beherrscht von der Bereitschaft, die so unverdiente Strafe ergeben hinzunehmen. So standen Sie, die Augen halb geschlossen. Die Kassiererin starrte Sie nur verblüfft an, während der Geschäftsführer das verächtliche Lachen des mexikanischen Macho von sich gab. Sie erinnern sich bestimmt noch daran. Das war der Zeitpunkt, wo ich Sie hätte ansprechen sollen, aber ich konnte mir selber das Lachen kaum noch verbeißen und flüchtete an einer anderen Kasse vorbei schleunigst ins Freie, auf die sonnendurchglühte Insurgentes hinaus.

Vor Lachen außerstande, mich noch einmal nach Ihnen umzublicken, überließ ich mich draußen dem Menschengewühl, was nicht heißt, daß ich Sie schon vergessen hatte. An Ihnen beunruhigte mich zweierlei. Das eine war natürlich, daß Sie das Gebaren der kleinen Mestizin beim Kontrollieren Ihrer Weinflaschen geradezu wie einen Angriff aufgenommen hatten, obendrein in der Haltung des Verlierers, der nur noch darauf wartet, diesen nicht mal begründeten Angriff über sich ergehen zu lassen, und auf Widerstand vollkommen verzichtet hat. Bei den Japanern in Mexico-City – in den letzten vier, fünf Jahren sind es ständig mehr geworden, die sich hier aufhalten – hatte ich so etwas nie beobachtet. Etwas Vergleichbares fiel mir nur ein, wenn ich daran dachte, wie ein paar von den japanischen Passagieren während der Überfahrt nach Kolumbien auf das Gebaren von weißen Matrosen reagiert hatten. Die Japaner befanden sich am Deck des Schiffes. Auf ein lautes Geschrei der Matrosen hin zuckten sie alle zusammen wie geprügelte Hunde. Es sah genauso aus wie bei Ihnen. Dieselbe Haltung, derselbe niedergeschlagene Blick in finsterer Miene. Hier dagegen, unter all den japanischen Geschäftsleuten, kam solche Bewegungsstarre garantiert nicht vor, das wußte ich genau. Ich hatte damals natürlich noch keine Ahnung, daß Sie ein Universitätsprofessor sind, Professor. So blieb mir nur die Überlegung, daß ein Japaner, der sich so verhielt wie Sie, irgendeinen Grund haben mußte, sich vor den jungen Mestizinnen von Mexico-City oder vor den Mexikanern überhaupt schuldbewußt zu fühlen. Deutete Ihr Benehmen auf eine dunkle Tat hin, die Sie auf mexikanischem Boden begangen hatten? Dieser Gedanke, Professor, kam mir, als ich schon ein ganzes Stück die Straße hinuntergegangen war. Der Lachzwang hatte sich gelegt, und zur Erfrischung machte ich mir eine Flasche Bier auf.

Da war aber noch etwas. Als Sie mit den Weinflaschen zur Kasse gingen, hatte ich es nicht weiter beachtet, ich hielt es für etwas ganz Normales. Nun, da ich mir die Szene bei einer weiteren Flasche Bier nochmals vergegenwärtigte, sah ich es wieder deutlich vor mir, dieses Etikett auf der kleinen runden Flasche, die Sie zusammen mit den wesentlich größeren Weinflaschen zur Kasse trugen. Es zeigte ein goldenes Drachenzeichen, eingefaßt von einem Ährenkranz – das Markenzeichen der »Salsa Soya Mexicana«, der Sojasoße mexikanischer Produktion. Ein Mann namens Luis Kamizawa-Osawa, den ich sogar kenne, stellt sie in seinem Betrieb in Guadalajara her. Obwohl es in dem Supermarkt zum selben Preis japanische Sojasoße in den Plasteflaschen von »Kikkoman« zu kaufen gibt und obwohl diese Soßenflaschen im Regal gleich neben den mexikanischen stehen, haben Sie die »Salsa Soya Mexicana« genommen. Warum? Diese Frage stieg erst jetzt in mir auf.

Der japanische Hersteller von Sojasoße unterhält in Mexiko einen eigenen Betrieb, das bietet sich heutzutage an. Was dort produziert wird, geht in den Export nach Nordamerika, aber auch nach Mittel- und Südamerika. In Mexiko selbst ist die japanische Soße natürlich sowieso auf dem Markt. Doch das Geschäft mit der »Salsa Soya Mexicana«, das seit den schweren Vorkriegs- und Kriegsjahren ein mühsames Ringen um den Fortbestand des Familienbetriebs geblieben ist – im Namen des Inhabers klingt das ja an –, geriet dadurch endgültig in die Klemme. Um für den jetzigen Inhaber, der den Betrieb in der dritten Generation führt, eine Frau zu finden, hat man sich extra in der Gegend von Hiroshima umsehen müssen, trotz der Einwanderungsbestimmungen. Im Unterschied zu den normalerweise hier ansässigen Leuten der japanischen Kolonie erfahre ich nicht bloß den üblichen Klatsch, sondern werde schon mal ins Vertrauen gezogen, wenn es um solche Nöte geht. Jedenfalls hatte die Sojasoße mit dem Drachenzeichen in einem Zugereisten wie Ihnen, der allem Anschein nach nur für kürzere Zeit hierhergekommen war, einen Käufer gefunden. Wer einmal beobachtet hat, wie Sie Ihren Wein aussuchen, der weiß, daß es nicht Ihre Art ist, sich bei Einkäufen von spontanen Eingebungen leiten zu lassen. Um so mehr fragte ich mich, warum gerade Sie nicht die japanische Soße von »Kikkoman« gekauft hatten. Mußte das nicht einen Grund haben?

Daß Sie nur neugierig auf die »Salsa Soya Mexicana« waren, die Sie noch nie gesehen und von der Sie nie etwas gehört hatten, nahm ich nicht an. Sojasoße ist ein lebensnotwendiges Mittel, noch dazu ein bescheidenes. Wer hat schon die Zeit, selbst bei solchen Lebensmitteln noch jedesmal die eigene Note zur Geltung zu bringen. Und wie ein so großer Feinschmecker, der die mexikanische Soße probieren wollte, um den Unterschied zur japanischen herauszufinden, kamen Sie mir auch nicht vor. Was ich vermutete, war eher folgendes: Konnte es nicht sein, daß Sie sich aus irgendeinem Grund soweit wie möglich von Japan und den Japanern fernhalten wollten? Die Sojasoße durchkreuzte Ihre Absicht, der Körper verlangte danach, und in dem Dilemma fiel Ihr Blick auf die mexikanische Soße mit dem Drachenzeichen. Mußten Sie da nicht ohne Zögern zugreifen? Ich nahm jedenfalls an, daß es so war. Zu denken gab mir auch dieses verwirrende Viertel zwischen der Insurgentes und der Nuevo Leone, das eigentlich kaum eine Gegend für Japaner ist. Hotels, in denen Geschäftsleute aus Japan sitzen, gibt es dort ebensowenig wie japanische Handelsbüros. Zum Beweis braucht man nur in beliebiger Richtung loszugehen, man wird im Umkreis von vier bis fünf Häuserblocks nicht ein japanisches Restaurant finden. In dieser Gegend, Professor, hatten Sie sich einquartiert – offensichtlich allein, soviel sagten mir Ihre Einkäufe im Supermarkt. Mußte eine solche Lebensweise, Professor, nicht ebenfalls Ausdruck Ihrer Haltung zu Japan und den Japanern sein? Die lebhafte Einbildung und das Bier, das wohl auch seine Wirkung tat, ließen mir das Herz schneller schlagen bei dem Gedanken, daß eine Unterhaltung mit einem Mann wie diesem den Versuch vielleicht lohnte. Der Verdacht, Professor, Sie könnten von meinen beiden Dörfern den Auftrag haben, mich zu suchen, war natürlich geblieben. Mein Vorsatz war daher der, Sie bei nächster Gelegenheit anzusprechen und eventuell bei »Sanborns« an die Bar einzuladen, den Verdacht aber noch für mich zu behalten. Da »Sanborns« eine Buchabteilung hat, könnte ich mir vorstellen, Professor, daß Sie dort schon mal gewesen sind. An sich ist es ein ziemlich unauffälliges Gebäude. Wenn Sie das nächste Mal hingehen, sehen Sie sich nur gründlich um. Ganz hinten ist eine Bar. Aber Kettenläden wie diesen kann man hier in Mexiko-City überall finden.

Als ich schon darauf aus war, mit Ihnen zu reden, liefen Sie mir nicht mehr über den Weg. Ich will nicht sagen, für eine Stadt, die bald die größte der Welt sein dürfte, sei das normal. Der Grund lag wohl eher woanders: Wir wohnen beide im selben Viertel. Eine Gegend, wo Japaner selten sind, ist mir aus Gründen, die ich nicht noch einmal nennen muß, lieber. Sie werden sich das schon gedacht haben, Professor. Sie selbst hatten sich in dem Viertel bestimmt darauf eingerichtet, wenig aus dem Haus zu gehen, höchstens mal in den Supermarkt, um etwas zu essen oder Wein zu kaufen, nicht wahr? Ich hätte es also darauf anlegen müssen, Sie im Supermarkt abzupassen, dann hätte ich mein Ziel, mit Ihnen zu reden, auch erreichen können. Der Aufwand war mir zu groß. Sagen wir mal: Die Unterlassung war dem Grad meines

Interesses angemessener. Nehmen Sie mir das nicht übel, Professor. Schließlich war meine Vorstellung von Ihnen reine Spekulation, wirklich gewußt habe ich von Ihnen gar nichts. Überhaupt kann ich mir als Arzt schon von Berufs wegen so viel Zeit gar nicht nehmen.

So war es seitdem dabei geblieben, daß Sie mir nirgendwo mehr begegneten. Nur einmal kam es mir so vor, als hätte ich Sie knapp verfehlt. In der Gegend zwischen der Insurgentes und der Nuevo Leone, wo auf allen Seitenstraßen Prostituierte im Auto die Runde machen, um Kunden aufzugabeln, gibt es auch Hotels, wo sie mit den Kunden absteigen. Von diesen Häusern gibt es zwei. In keinem von beiden je gewesen zu sein, Professor, werden Sie nicht behaupten wollen. Vielleicht ist der Versuch, Ihnen den Unterschied zwischen den beiden östlich beziehungsweise westlich der Insurgentes gelegenen Hotels zu erklären, trotzdem nicht ganz umsonst.

Das Charakteristische ist nämlich nach Einbruch der Nacht, auch wenn Sie um die Zeit zwei- oder dreimal dort gewesen sein sollten, nicht ohne weiteres zu erkennen. Im großen und ganzen unterscheiden sich die Hotels kaum voneinander. Aber da ist etwas, das das eine hat und das andere nicht. Worin dieses Etwas besteht, ist schwer zu sagen und läßt mich von vornherein zweifeln, ob meine Erklärung deutlich genug sein wird, es Ihnen begreiflich zu machen. Die Sache ist die, daß man bei diesen beiden alten Hotels, sofern man tagsüber hingeht, hier wie dort über einem kleinen Hauseingang das dichte Rankengeflecht einer Bougainvillaea herabhängen sieht. Die zahllosen Blüten an den beiden großwurzeligen Bougainvillaea-Büschen sind bei genauerem Hinsehen verschieden im Farbton – etwas heller im Ton die einen, etwas dunkler die anderen, dabei aber von derselben dunkelrot blühenden Art. Der Teil jenseits, also westlich der Insurgentes, ist ein Viertel mit dicht an dicht liegenden kleinen Läden. In dem Kino, das auch dazugehört, lauern einem im Durchgang zur Toilette zu beiden Seiten Strichjungen mit aufreizend gemeinten oder bloß brutalen Blicken auf. So eine Gegend ist das. Da liegt das eine Hotel, das mit der dunkler blühenden Bougainvillaea.

Dagegen reiht sich diesseits der Insurgentes Wohnhaus an Wohnhaus. Hier steht auf einem dreieckig von Straßen eingefaßten Grundstück so nackt, als wäre ihm die Haut abgezogen worden, das andere Hotel mit dem helleren, schon ins Gelbliche gehenden Blütentrauben. Ich glaube, man könnte bei jedem Mexikaner, den man fragen würde, welche der beiden Blütenfarben wirklich typisch für Mexiko sei, aus der Antwort sogar auf seinen Charakter schließen. Wenn Sie die beiden Bougainvillaea gesehen hätten, Professor, würde ich zu gern auch von Ihnen hören, welche Ihnen typisch für Mexico-City erscheint.

In das Hotel mit den dunkleren Blüten kommen die Kunden nicht etwa im Schlepptau von Strichern, die aussehen wie im Kino die Mörder, das gerade nicht, doch die Prostituierten lassen die Autos, mit denen sie die Männer anbringen, lieber in einer dunklen Straße stehen und gehen zum Hintereingang hinein. Bei dem Hotel mit der heller blühenden

Bougainvillaea stellen die Frauen ihre Autos ringsum an allen drei Straßenseiten ab und gehen von vorn, unter einem Bogen von Blüten hindurch, ins Haus. Von der halbrunden Eingangshalle, die sich über Treppen nach oben fortsetzt, gehen im Parterre und im ersten Stock die Zimmer ab, die alle den Prostituierten vorbehalten sind. Draußen aufgelesene Männer sind nicht ihre einzigen Kunden; sie kommen ihnen zu zweit oder dritt auch ins Haus, direkt in die Eingangshalle. Einfach so, in aller Öffentlichkeit. Was konnte die Prostiutierten der beiden Hotels nur dazu bringen, sich so unterschiedlich zu verhalten? Das verstand ich nicht, und ich verstehe es eigentlich bis heute nicht.

Wer meint, daß es an den unterschiedlichen Farbtönen der Bougainvillaea liegt, macht sich nur lächerlich, aber eine einleuchtendere Begründung als diese fällt mir nicht ein. Es geht ja oft so zu in der Welt, oder glauben Sie nicht, Professor?

Wenn ich Ihnen die Sache mit den beiden Bougainvillaea-Büschen, die vor dem einen Hotel heller und vor dem anderen dunkler blühen, erzählt habe, dann deshalb, weil es meiner Überzeugung nach in dem Hotel mit den helleren Blüten war, daß ich Sie das eine Mal fast getroffen hätte. In Wirklichkeit wußte ich zu der Zeit noch nicht das geringste von Ihnen und fand es einfach beruhigend, daß Sie – derselbe, der sich bei der Weinkontrolle der Kassiererin im Supermarkt so entsetzt gezeigt hatte und statt der »Kikkoman«-Soße offenkundig lieber die »Salsa Soya Mexicana« kaufte – nicht in dem Hotel mit der dunkler blühenden, sondern in dem mit der heller blühenden Bougainvillaea waren, um sich eine Frau zu kaufen. Demnach, Proefssor, brachte ich Ihnen völlig vorbehaltlos ein gutes Gefühl entgegen. Nicht wahr? Genauer gesagt, Professor, stellte ich mir – gleichgültig, ob Sie wirklich in dem Hotel mit den helleren Blüten waren und dort mit einer Prostituierten geschlafen haben oder nicht – rein gefühlsmäßig vor, daß es so war.

Wenn ich also meiner Überzeugung nach glaube, Sie in dem Hotel mit der heller blühenden Bougainvillaea beinahe getroffen zu haben, denken Sie vielleicht, ich sei dort gewesen, um mir selber eine Prostituierte zu kaufen. Mein Lebenswandel ist durchaus nicht so, daß ich es nötig hätte, dergleichen zu bemänteln, wäre es an dem, doch ich hatte dort als Arzt zu tun. Um mich in Mexiko ärztlich zu betätigen, fehlt mir eigentlich die Qualifikation. Es verbietet sich schon wegen der Leute, die hierher kommen, um mich zu suchen. Man mag der Ansicht sein, die Leute in dem kleinen japanischen Dorf auf Shikoku hätten längst auf mich verzichtet, kein Mensch käme mir von dort aus hinterher, erst recht nicht über den Pazifik, und meine Furcht davor sei eine Zwangsvorstellung. Wer das so sieht, wird auch die Verfolger aus dem anderen Dort in Kolumbien für meine Einbildung halten. Das ist gut möglich. Denn Kolumbien liegt ziemlich weit weg von Mexiko. Außerdem spricht keiner von diesen Leuten – die in dem Dorf auf Shikoku genausowenig wie die anderen, die von dort nach Kolumbien gegangen sind – englisch oder spanisch. Was sie sprechen, ist ein vom Kansai-Dialekt entstelltes Japanisch, das nicht mal in Tokyo

Aussicht hätte, verstanden zu werden. Einen Verfol-
gertrupp aus diesem meinem Dorf am Werk zu sehen
ist vielleicht doch nur meine Einbildung. Eines darf
ich dennoch bemerken: Wenn hier Leute aus meinen
beiden Dörfern auf der Suche nach mir sind, kann das
wirklich niemand anders wissen als ich. Wer sollte
mir dann aber raten können? Muß ich nicht auf
meine Weise weitermachen und zusehen, an auftau-
chende Verfolger oder solche, die es sein könnten,
von mir aus heranzukommen? Das ist es eben. Ständig in Furcht vor den Nachforschungen der Leute aus
meinen beiden Dörfern zu leben und ihnen ständig
auszuweichen ist das Prinzip meines Daseins geworden. Eines Tages werde ich das aber von Grund auf
ändern, und ich weiß auch schon, wie. Die Vorbereitungen sind bloß noch nicht so weit gediehen ...

Jedenfalls sind das die Umstände, die mich spät
nachts in jenes Hotel mit der heller blühenden Bougainvillaea führten. Als Arzt, nur nicht als solchen,
den man zu den Ehrenwerten dieses Standes zählt.
Wenn Sie es in der Hinsicht peinlich genau nehmen
sollten, Professor, werden Sie gleich die Stirn darüber
runzeln, daß ich dort der Arzt war, der die Abtreibungen machte. Doch als weniger empfindlicher
Mensch wären Sie darüber sicher genauso entsetzt.
Ich habe nicht vor, Professor, die Notwendigkeit einer Arbeit, die in Abtreibungen für Prostituierte besteht, vor Ihnen zu rechtfertigen. Durch ärztliche
Schmutzarbeit wie diese habe ich zu den Menschen
in dieser ausgedehnten Wildnis Kontakt bekommen.
Wie werden in Mexiko Abtreibungen vorgenom-
men? Wie müssen bei den jungen Mestizinnen, die

aus der Provinz kommen und in Mexico-City gewöhnlich die Wahl haben, Dienstmädchen oder Prostituierte zu werden, unerwünschte Schwanger-
schaften ausgehen? Sie, Professor, werden das besser
wissen als ich. Was ich von den Realitäten des Lebens
zu erfahren kriege, hat seine Grenzen und ergibt ein
ziemlich schiefes Bild, während Sie, Professor, mit
Lateinamerikaspezialisten aller möglichen Fachge-
biete auf einer Stufe stehen.

Ich für mein Teil nehme meine Tasche, in die ich ein
aus Heilkräutern der Indios bestehendes Narkosemittel und die Instrumente zum Auskratzen gepackt
habe, und mache mich damit auf den Weg, mal zu dem
einen Hotel, vor dem die Bougainvillaea heller blüht,
mal zu dem anderen, wo sie dunkler blüht. Krankenschwestern brauche ich nicht mitzunehmen, in den
Hotels erwarten mich viele Mädchen, die alle bereit
sind zu helfen. Jede weiß, daß es morgen sie treffen
kann. Wer die beschwerliche Sache auf sich nehmen
will, kommt zu mir, auf diesen schwachen Beinen, die
für die jungen Mestizinnen so bezeichnend sind. Die
dünnen Beine und der harte, hohe Hintern. Ob aber
jede, die zu mir kommt, auch Prostituierte ist oder
nicht doch ein Dienstmädchen, das bloß gehört hat,
was hier vorgeht, weiß ich nicht. Vielleicht ist es auch
ein Mädchen, das als Magd in der eigenen Großfami-
lie arbeitet. Oder eins, das im Supermarkt an der
Kasse sitzt. Es kann sogar eine ordentlich verheiratete
Hausfrau sein. Mir ist das jedenfalls egal. Ich mache
meine Arbeit, weiter nichts …

So auch damals in dem Hotel mit der heller
blühenden Bougainvillaea, wo ich in einem Zimmer

an der halbrunden Eingangshalle diese Arbeit gerade hinter mir hatte. Es war schon kurz vor Mitternacht, als eine splitternackte Mestizin mit verlegener Miene zu mir hereinkam. Ohne anzuklopfen und, wie gesagt, splitternackt, geradezu überfallartig. Eigentlich sind die im Parterre und im ersten Stock an die Eingangshalle grenzenden Zimmer, die dem Geschäftlichen dienen, so gut wie nicht abschließbar. Der Kunde, den eine Prostituierte mitbringt, ist beruhigt, wenn er sieht, daß die Frau die Tür abschließt, und die Frau, die weiß, daß das nur pro forma geschieht, ist auf ihre Art ebenfalls beruhigt. Allein mit dem Kunden in einem verschlossenen Zimmer zu bleiben, hätte sie Angst. Das Verfahren war sicher nicht schon von Anfang an so üblich, es wird sich mit zunehmender Altersschwäche des Hauses ergeben haben. Mir reichte ein nur zum Schein verschlossener Raum natürlich nicht, um beruhigt arbeiten zu können. Ich verlangte von den Mädchen, daß vor der Tür Wache gehalten wurde. Zu diesem unentgeltlichen Dienst fand sich auch immer jemand bereit. Denn, wie ich schon sagte, das Schicksal der einen, die gerade operiert wurde, konnte den anderen nicht gleichgültig sein. Als das nackte Mädchen hereinkam, glaubte ich daher, eine von den Aufpasserinnen würde nach der Kollegin sehen wollen, die nach der Betäubung mit dem Indio-Narkosemittel erst wieder zu sich kommen mußte und noch im Bett lag. Doch bei dem splitternackten Zustand des Mädchens war dieses Mißverständnis nicht von langer Dauer.

Außerdem, ich müßte es vorhin erwähnt haben, wirkte das Mädchen auch verlegen. Jedoch so, daß unter dieser Miene, hätte man sie ihr vom Gesicht gezogen, ein seltsam unterdrücktes Lachen zum Vorschein gekommen wäre. Es war nicht die Verlegenheit der nächsten in der Reihe jener Mädchen, die ich mir zum Auskratzen vornehmen mußte, sondern eine Verlegenheit ganz anderer Art. Ihr Eindringen in das Zimmer, in dem ich arbeitete, hatte denn auch nichts mit mir als Arzt zu tun. Sie kam vielmehr zu dem »japonés«, doch da er kein Wort Spanisch verstand, hatte es irgendwelche komischen Komplikationen gegeben, und nun war sie da, um sich deswegen Rat zu holen.

Was das Mädchen vorbrachte, war im wesentlichen folgendes. Gewöhnlich tauchten Kunden wie die »japonéses« zu dritt oder viert auf, doch an dem Abend war ausnahmsweise ein einzelner zu ihr ins Auto gestiegen. Als man soweit war, ins Bett zu gehen, fragte dieser Kunde, ob sie nicht ein Kondom hätte. Sie besaß so was nicht. Und befreundete Prostituierte in jenem Hotel mit den helleren Bougainvillaea-Blüten hatten auch keins übrig. Die Mädchen benutzen so was kaum, sie nehmen die Pille. Der »japonés« bestand aber darauf. So fuhr man in ihrem Wagen noch einmal los und hielt bei einer Drogerie auf der Insurgentes. Doch reingehen und kaufen sollte er selber. Das spanische Wort »condón« hatte sie ihm beigebracht. Da man sich zuvor mit Händen und Füßen verständigt haben dürfte, war zwischen den beiden in dem Moment das erste Wort geboren. Hört sich das bis hierher nicht wie eine schlichte Liebesgeschichte an? Dann war man mit dem Einkauf wieder im Hotel, und als sie den Mann ausgerüstet hatte, konnte man endlich beginnen. Ob dieser »japonés« so richtig bei der Sache war, war fraglich, denn ein flotter Arbeiter war er beileibe nicht. Bei dem Tempo konnte er kaum ans Ziel kommen.

Daher, sagte sie, hätte sie seine Arme mit den Fäusten bearbeitet. Sie hat mir gezeigt, wie das geht, und das war eindrucksvoll. Damit erreichte sie, daß er von ihr abließ und sich auf den Rücken drehte. Nun setzte sie sich, beide Fußgelenke des »japonés« fest im Griff, rittlings auf seine Hüften – eine Stellung, die hier ziemlich oft vorkommt – und brachte den Hintern ordentlich in Schwung, um die verlorene Zeit wiedergutzumachen. Unterdessen war von dem »japonés« ein gequältes Ah! zu hören. Er schien sich zu winden wie unter Schmerzen, um mit dem Oberkörper hochzukommen und nachzusehen, was das war, dort unter dem Hintern des Mädchens, das ihm den Rücken zukehrte. Das machte ihr die Sache wirklich schwer. Zumal er auch noch begann, am Kopfende des Bettes nach der Brille herumzutasten, die er zuvor abgenommen hatte. Endlich fand er sie, setzte sie auf und starrte, wieder unter Gezappel, hindurch. Es folgte ein diesmal völlig resigniert geseufztes A-aah! Da gab auch sie es auf, hier noch zu einem Schluß zu kommen, und blickte sich nach ihm um. Das runde, bebrillte Gesicht des »japonés« sah weinerlich aus, unverständliche Worte trafen sie, vielleicht japanische, vielleicht auch englische, jedenfalls Worte einer ihr fremden Sprache, die irgendwie erbittert klangen. Nach wie vor starrte er auf ihren Hintern, der seinen nun schrumpfenden Penis erdrückte. Ihr kamen Bedenken. Sie erhob sich, drehte

sich zu ihm und sah den Grund der mit gestenrei-
chem Protest geführten Klage: Vom Penis des »japonés« war das Kondom verschwunden. Obwohl sie
nun überall suchte, im Bett und daneben, war es nicht
zu finden. Sich beschwerend, deutete der »japonés«
mit tief bedrückter Miene nur immer auf seinen er-
schöpften, doch ohne Samenerguß gebliebenen Penis. Es schien, als würde sie verdächtigt, mit dem
Kondom nur so getan zu haben, um es dann ver-
schwinden zu lassen und den Mann hinters Licht zu
führen. Aus welchem Grund denn nur! Da sie aber
nicht wußte, wie sie die Sache aufklären sollte, war
sie zu mir gekommen und hatte mich gebeten, die
Schlichtung zu übernehmen.

Statt nun mit der Prostituierten auf ihr Zimmer
zu gehen und an dem Bett, in dem der »japonés« angeblich noch immer mit betrübter Miene saß, den
Dolmetscher zu spielen, schlug ich ihr eine andere
Lösung vor. Ich bat sie – als Arzt, wohlgemerkt –
sich auf alle viere niederzulassen. Die harten Schwel-
lungen des Hinterns waren bei diesem Mädchen mit
ungefähr drei Finger breiten Querstreifen gemu-
stert, die sich von den üppigsten und zugleich hell-
sten Stellen aus zu den Hüften hinzogen. Wie in
Schichten ging die Farbe der Haut von Streifen zu
Streifen in ein immer tieferes Schwarz über. Der jungen Mestizin schien die Geschichte ihrer Blutmi-
schung in klaren Konturen auf die gespannte Haut
zwischen Hintern und Hüften geschrieben. Dem
Auf und Ab so stabiler, aus Leibeskräften in Bewegung gesetzter Hüften konnte ein asiatischer Penis
schwerlich standhalten, das sah ich ein und empfand

direkt Mitleid. Als ich das Kondom vorzeigte, das ich ihr aus der Scheide entfernt hatte, mußte sie schallend lachen. Die bekümmerte Miene, mit der der »japonés« jetzt dasaß, erklärte ich ihr mit seiner Angst vor einer mittelamerikanischen Geschlechtskrankheit und gab ihr fünf, sechs Körnchen eines Antibiotikums, in Papier eingewickelt, für ihn mit. Darauf ging die Mestizin, und es trat Ruhe ein, man hörte weder laute Stimmen noch das Geräusch zu Bruch gehender Gegenstände. Nach einer Stunde etwa kam sie angezogen wieder. Und mit einer Miene, die nun auch bei ihr wegen der Erschöpfung irgendwie bekümmert wirkte, streckte sie mir allen Ernstes fünfzig Pesos entgegen! Warum, war mir unklar. Auf meine Frage erzählte sie, der »japonés« hätte sie nicht länger verdächtigt, als er erfuhr, daß das Kondom doch da war, und hätte auch sofort das Antibiotikum geschluckt. Anschließend soll er sich, nachdem er ihr gestikulierend hundert Pesos in Aussicht gestellt hatte, noch ziemlich lange ihr Geschlechtsteil betrachtet haben.

Wenn einer schon Gift frißt, dann samt dem Teller, könnte man dazu sagen. Er hätte noch masturbiert, erklärte sie, und wäre dann gegangen. Nun wollte sie mir von dem zusätzlichen Verdienst die Hälfte als Honorar überlassen … Und ich, Professor, habe mir überlegt, ob nicht Sie dieser »japonés« gewesen sein könnten. Nicht etwa auf Grund konkreter Anhaltspunkte. Sie brauchen sich nicht aufzuregen, ich habe das nur mal konstruiert. Was die nähere Umgebung betrifft, Professor, ist mir aber kein anderer Japaner eingefallen als Sie.

Es versteht sich von selbst, Professor, daß der Zusammenhang zwischen Ihnen und dem seltsamen japanischen Kunden, da er schon jeden Beweises entbehrte, ein von mir so gewollter war. Das kann ich Ihnen versichern. Wenn ich mir vorstellen wollte, der Japaner im Bordell seien Sie gewesen, dann deshalb, weil ich Sie im Blick hatte, als Sie im Supermarkt den Wein und die Sojasoße kauften – oder vielmehr: weil es Ihr Benehmen war, das meinen Blick auf sich zog. Und Sie, nämlich diesen Japaner im Supermarkt, wollte ich mit jenem anderen, dem komischen Japaner in dem Bordell mit der heller blühenden Bougainvillaea, in Verbindung bringen.

Diese Feststellung, Professor, wird Ihnen – Sie sind ja ein Intellektueller – sicher das Gefühl geben, mich bis auf den Grund meiner Seele durchschaut zu haben. Was Sie sich jetzt denken, wird im großen und ganzen sogar richtig sein. Das würde ich, wenn auch widerwillig, zugeben müssen. Nach mancher Begegnung mit Intellektuellen aus Japan, Leute von der Botschaft eingeschlossen, wäre es nicht die erste Erfahrung dieser Art, die ich mache. Was Sie sich denken, ist doch folgendes: Da soll ein Japaner, der sich in einem Supermarkt merkwürdig ängstlich benimmt, zu einem Typ gemacht werden, der ins Bordell geht und plötzlich gar nicht mehr kleinmütig, sondern unverschämt ist. Dieser sonderbare Japaner soll nach meinem Willen real existieren. Weil ich, alleinlebend in Mexiko, einen Japaner wie diesen so gut brauchen kann. Er soll unbedingt sein, was ich immer behaupte und keiner ernst zu nehmen scheint – ein Verfolger aus meinen beiden Dörfern, weil ich mir das so wünsche. Es wäre nicht das erstemal, daß ich das höre.

Aber dann, könnten Sie mir jetzt vorhalten, Professor, glauben Sie doch schon lange selber nicht mehr, daß so ein Verfolger aus Dörfern, die auf Shikoku in Japan und im Hinterland von Kolumbien liegen, wirklich hier auftaucht. – Womit Sie mir das Stichwort geben würden, Ihnen darzulegen, daß es nicht so ist. Anlaß zu so einer Entgegnung habe ich jedenfalls auch nicht das erstemal. Nach meiner Flucht vor der unweigerlich bevorstehenden Ansiedlung in Kolumbien bin ich nicht gleich nach Mexico-City gegangen, ich zog erst lange Zeit im Land umher. Das Vagabundenleben brachte mich zu der Einsicht, daß ich bei aller Gewißheit, Verfolgern aus den beiden Dörfern entflohen zu sein, nicht imstande war, mich einfach dort niederzulassen, wo ich vor Ihnen sicher gewesen wäre, nämlich an einem Ort, den noch kein Japaner in den letzten hundert Jahren betreten hatte. Mußte ich an einem solchen Ort, als einziger Japaner, Professor – versetzen Sie sich in meine Lage –, nicht von vornherein so gut wie tot sein? Hätte ich dann durch meine Flucht nach Mexiko nicht genauso gehandelt wie einer, der sich aus lauter Angst vor dem Sterben erhängt? So ging ich wieder in die Stadt, wo es nicht ausblieb, daß mir ab und zu ein Japaner über den Weg lief. Nicht genug damit, kriegte er, wenn ich mit ihm ins Gespräch kam, auch zu hören, wie ich aus Japan hergekommen war, plauderte ich sogar aus, wie ich auf dem Weg nach Kolumbien die Flucht ergriffen hatte, und dabei konnte ich durchaus eine halbe Flasche Tequila leermachen und zwei Teller voll Zitronenstücke mit Salz verputzen.

Indem ich es auf diese Art mehrmals probierte, sah ich Verfolgern aus den beiden Dörfern sogar gefaßt entgegen. Ich halte mich stets bereit, denn jeden Augenblick können sie dasein. Mit Gewalt bringen sie mich nicht zurück, aber wenn sie es schafften, mich zu überreden, mache ich der schon so lange dauernden Reise ein Ende und gehe wieder in das Dorf nach Japan. Irgend etwas tief in der Seele regt sich tatsächlich, wenn ich daran denke, doch das ist nur in solchen Augenblicken der Fall. Nüchtern betrachtet, möchte ich weder in dieses noch in das andere Dorf. Darum muß ich bereit zu meiner Verteidigung sein. Wenn ein Verfolger, aus welchem der Dörfer auch immer, kommt, habe ich ihm voraus zu sein, indem ich ihn schon erwarte. Nichtsahnend von hinten überwältigt zu werden, um mir erst dann, wenn es zu spät ist, zu sagen: Jetzt ist er da! – das darf mir nicht passieren. Besser, ich bin durch rechtzeitige Kenntnis seiner Ankunft auf ihn eingestellt, dann kämpfe ich mit einem Verfolger, den ich vor mir habe. Um mich mit ihm zu messen, hatte ich meine Methoden, eine Hinterlassenschaft meines Vagabundenlebens. Sie mögen unzulänglich sein, liefern mich jedoch keinem Verfolger so wehrlos aus, daß ich gesenkten Hauptes vor ihm stehen müßte. Das erklärt, Professor, weshalb ich meine Sinne darauf trainiert habe, jeden Verfolger aus den beiden Dörfern gefühlsmäßig wahrzunehmen, sobald er sich nur nähert. Außerdem begann ich mich ab und zu bei bestimmten informationsträchtigen Stellen einzufinden, wo die Aussicht

61

bestand, von einem Verfolger zu hören. Ihm konnten dadurch zwar ebensogut Informationen über mich zugetragen werden, doch das nahm ich in Kauf.

Mehr noch, ich habe dem potentiellen Verfolger, der in jedem Fall – käme er aus dem Dorf auf Shikoku oder aus dem in Kolumbien – eine beängstigend große Entfernung zu überwinden hätte und treuherzig genug sein müßte, dies auch zu schaffen, meine Anwesenheit in Mexico-City regelrecht anzeigen wollen. Wüßte er, daß ich mich in dieser Stadt hier versteckt halte, dürfte es immer noch schwer für ihn sein, meinen Wohnort ausfindig zu machen. Denn er kann unmöglich eine Vorstellung davon haben, was für ein Viertel das ist, in das er hier geraten würde. Angenommen selbst, er fände das Haus, in dem ich wohne, würden mich all die Leute, denen meine Arbeit als Arzt schon geholfen hat, nicht so einfach an ihn ausliefern. Was ich den beiden Dörfern antat, verletzt ja kein Gesetz des japanischen Staates. Kein Verfolger kann im Namen des Rechts gegen mich auftreten. Obwohl ich also Grund gehabt hätte, Verfolgern aus dem Dorf gelassen entgegenzusehen, wollte ich mich ungern überrumpeln lassen. Auf verdächtige Japaner hatte ich immer ein wachsames Auge. Vor diesem Hintergrund, Professor, ist es zu sehen, daß ich Sie im Supermarkt beobachtet und nach der Geschichte mit dem sonderbaren Japaner in dem Bordell mit der heller blühenden Bougainvillaea vorsichtshalber überlegt habe, ob nicht Sie derjenige gewesen sein könnten.

Warum habe ich Sie dann nicht aufgespürt, nicht die mexikanischen Freunde, die ich im Viertel habe, zu Rate gezogen? Weil ich nicht annahm, daß Sie, wären Sie wirklich ein Verfolger aus dem Dorf, auch zugeben würden, es zu sein, wenn das ungünstig für Sie wäre. Weil Sie dann darauf bestanden hätten, das Dorf gar nicht zu kennen, weder das auf Shikoku noch das in Kolumbien. Weil es Ihnen doch nicht schwergefallen wäre, rundheraus zu behaupten, daß kein Mensch daran dächte, Tag für Tag eine Verfolgungsjagd wie aus dem Roman zu veranstalten. Solange mein Flüchtlingsdasein jetzt schon dauert, ist mir das von wenigstens zwei Verfolgern erklärt worden, ehe sie sich aus dem Staube machten. In die enge getriebene Mäuse, die es diesmal vermieden, die Katze anzugreifen, aber wiedererkannt habe ich sie trotzdem. Sie sind unverrichteterdinge in mein Dorf zurückgekehrt.

Vorhin sagte ich zwar, Ihr Benehmen an der Kasse im Supermarkt wäre der Grund dafür gewesen, daß ich Sie ins Auge faßte, aber eigentlich – es wird Sie vielleicht empören, Professor, wenn ich das sage – lag es an der Ähnlichkeit, die Sie mit mir oder, besser, mit jenem hatten, der ich damals war, als ich nach Mexiko flüchtete. Womöglich glauben Sie jetzt, Professor, ich sei nicht ganz bei Trost. Gesetzt den Fall, so würden Sie sagen, es hat diese Ähnlichkeit gegeben, wie konnten Sie dann mich, der ich Ihnen, dem Flüchtling, angeblich so ähnlich war, in Verdacht haben, Ihr Verfolger zu sein? – In der Tat, Professor, sofern ich davon ausgehe, Sie wären mir gefolgt, wären an die Universität in Mexico-City gegangen, um Ihrer Sucharbeit die nötige Grundlage zu geben, und wären dem Gesuchten sogleich selber über den Weg

63

gelaufen, erübrigte es sich, Ihre Frage zu beantworten. Doch ich betrachte Sie hier einmal als unbeteiligten Dritten, und als solcher sollen Sie den Grund erfahren, warum bei der Ihnen unterstellten Ähnlichkeit mit mir durchaus ein Verhältnis vorliegen kann, in dem der eine der Flüchtling und der andere sein Verfolger ist.

Der Grund ist das Dorf, das eine von den beiden, aus denen ich geflüchtet bin, dasjenige nämlich, das zuerst da war und von dem das andere die bis nach Kolumbien reichende Fortsetzung ist. Ein Außenstehender wird mir darin nicht beipflichten können, doch handelt es sich um ein Dorf, das sich zwar auf den ersten Blick in nichts von anderen Dörfern zwischen den Bergen auf Shikoku unterscheidet, aber von Menschen bewohnt ist, die etwas Besonderes an sich haben. Den Beweis für die Absonderlichkeit des Dorfes sehen Sie in mir, einem Menschen, der aus ihm und jenem anderen Dorf in Kolumbien geflüchtet ist und den es bis nach Mexiko verschlagen hat. Also ist da ein Dorf, das erst einen Menschen wie mich hervorbringt und ihn dann verfolgen läßt, die Verbindung mit ihm einfach nicht mehr aufgibt – das gebe ich Ihnen zu bedenken. Sind denn so ein Dorf und seine Bewohner nicht in höchstem Maße absonderlich?

Bei einem so seltsamen Dorf wie diesem würde es nicht verwundern, hätte es einen der Seinen beauftragen wollen, einen geflüchteten Mann zu verfolgen, wenn nötig, bis ans Ende der Welt. Ist in Anbetracht der seltsamen Leute dieses seltsamen Dorfes nicht anzunehmen, daß sich der eine, der bereit war, den

Auftrag zu übernehmen und dem Geflüchteten, wohin auch immer, zu folgen, gefunden hat? Und ist es an diesem Punkt der Überlegung nicht natürlich, auch anzunehmen, daß ein Mann, der mir, dem Flüchtling, mit oft enttäuschter und immer neuer Erwartung bis nach Mexiko gefolgt ist, Ähnlichkeit mit mir haben wird? Ist es nicht überhaupt sehr oft so, daß zwei Leute, die sich zu Hause im selben Dorf nicht im mindesten ähneln, nur fern von ihm zusammenzutreffen brauchen, um ähnlich wie zwei Insekten derselben Art zu wirken? Nach langen Jahren eines Lebens ohne Familie und ohne ordentlichen Beruf bin ich hier in Mexiko, seit ich kurz vor der Ansiedlung in Kolumbien die Flucht ergriff, gewiß heruntergekommen, doch der mir von Shikoku oder Kolumbien her nachgesandte Verfolger wird auch nicht gerade reichlich mit Geld versehen sein. Mehr als ein Flugticket dürfte er kaum bekommen haben. Darüber hinaus wird er nicht anders als ich zusehen müssen, durch Arbeit am jeweiligen Ort die Mittel für seinen Unterhalt und weitere Reisen im Interesse seiner Nachforschungen selber zusammenzubringen.

Bestimmt ist es bitter, so zu leben, doch einen Vorzug hat die Sache. Wer die Verfolgung einmal auf sich nimmt, kann, wenn er nur will, ein Leben lang dabei bleiben. Soviel kann ich ihm versprechen. Denn was dem einen Flucht, ist dem anderen Verfolgung – das ist das einzige, was uns unterscheidet, da ich selber wie im Auftrag des Dorfes, eben nur in der Rolle des ewigen Flüchtlings, lebe und meine Existenz aus eigener Kraft bestreite. Könnte, wenn ich mein Leben lang auf der Flucht bleibe, nicht auch er, mein Verfolger, der aus meinem Dorf stammt und einer wie ich ist, dabei bleiben wollen, mich weiter zu verfolgen, solange er lebt?

Wenn man als das berücksichtigt, Professor, habe ich sehr wohl Grund, die mich verfolgende Macht des Dorfes zu fürchten und bemüht zu sein, ihren Nachstellungen möglichst zu entgehen, doch dem Verfolger selbst gilt eine nicht zu leugnende Sehnsucht, das ist doch selbstverständlich, nicht wahr? Verstehen Sie nun, Professor, was mich tief im Innern bewegt hat, als ich Sie im Supermarkt traf und Ihr Gesicht, Ihre Gestalt, Ihr ganzes Benehmen sah?

Wenn Sie nun trotz allem darauf bestehen, Professor, nicht der Verfolger aus dem Dorf zu sein, kann ich Ihnen ja ruhig erzählen, warum ich von den Dorfleuten eigentlich verfolgt werde. Wie könnten Sie das sonst wissen? Wenn ich Ihnen bei dem unglaublich geschwollenen Zahnfleisch, das Sie haben, gleich zwei Zähne ziehen soll, muß ich Sie sowieso erst betäuben, und dafür habe ich nur ein Betäubungsmittel, das die Indios benutzen. Wie schon gesagt, fehlt mir die Qualifikation, um hier in Mexiko offiziell als Arzt arbeiten zu können. Daher bin ich auch nicht in der Lage, mir Narkosemittel zu besorgen, die die westliche Medizin verwendet. Ausweisung oder zwangsweise Rückführung nach Japan darf ich gar nicht erst riskieren. Und Sie, Professor, werden sich in Anbetracht der ordentlichen Tätigkeit, der Sie in Mexico-City nachgehen, Beziehungen zum illegalen Handel mit Betäubungsmitteln kaum leisten können. Es bleibt also bei dem Kräuterextrakt, demselben, den ich den Mädchen vor der Abtreibung gebe, er tut schließlich auch seine Wirkung. Es dauert eben nur länger. Aber, lang ist auch die Nacht, und mir bleibt genügend Zeit, Ihnen zu erzählen, was mir das Dorf antat und wie ich ihm das heimgezahlt habe, wie es überhaupt dazu gekommen ist, daß ich jetzt als Flüchtling lebe. Vielleicht habe ich Ihre Behandlung nur übernommen, weil ich ohnehin vorhatte, Ihnen das alles mal zu erzählen. Geholt hat mich die Verwalterin des Hauses, in dem Sie wohnen, eine freundliche ältere Mestizin, die mitten in der Nacht kam und erklärte, da wäre bei ihr ein japanischer Professor, der hätte furchtbare Zahnschmerzen und Fieber. Und für einen kranken Japaner, davon war sie überzeugt, gab es nichts Besseres als einen japanischen Arzt. Ich bin mir fast hundertprozentig sicher, in diesem Zimmer hier schon mal gewesen zu sein, als es einer Lehrerin von der Japanischen Schule gehörte, die ich behandelt habe. Schon damals war die Mestizin zu mir gekommen, aus Mitleid mit der Lehrerin, die angeblich einen verheerenden Durchfall hatte und bloß noch kriechend vom Bett zur Toilette kam. Eigentlich hätte sich eine Lehrerin aus Japan, die auf offiziellem Wege hergekommen war, durch Vermittlung der Schule an ein Krankenhaus wenden können. Doch wenn sie die Stellung gerade erst angetreten hatte, reichte ihr Spanisch vielleicht nicht mal dazu. Oder hat sie – bei dem Durchfall, kaum daß sie da war – befürchtet, es könnte eine Infektionskrankheit festgestellt werden, so daß man sie gleich wieder heimschicken würde? Jedenfalls hielt sie die Mexikaner ihrer Umgebung allesamt für nicht vertrauenswürdig, das war bei ihr schon neurotisch. In dem Zimmer, in das mich die Verwalterin geführt hatte, stank es durchdringend nach Fäkalien und Sojasoße. Soviel die Lehrerin, den Tränen nahe, herausbrachte, hatte sie nicht mehr die Kraft gehabt, auf der Toilette den Spüler zu drücken, und wieder zum Bett kriechend, stieß sie die Flasche mit der Sojasoße um, eine große Flasche von »Kikkoman«, die noch aus Japan stammte und nun in Scherben lag.

Die Lehrerin, das muß ich sagen, sah mit ihrem dunkelblauen gedunsenen Gesicht so häßlich aus, wie ich noch keine Japanerin gefunden hatte. Diese Frau – ein stöhnendes Bündel unter einer übelriechenden Decke, das man kaum für ein menschliches Wesen halten konnte – reagierte in ihrem schmerzgeplagten Zustand auf alles, was ich, mit ihrer Pflege beschäftigt, erzählte – und erzählt habe ich von meinem Leben auf der Flucht –, mit der größten Skepsis. Das hat mich befremdet. Immerhin war sie bei mir in Behandlung. Und sie quälte sich mit einem Durchfall, der nicht aufhören wollte. Folglich hätte sie nichts weiter zu tun gehabt, als mich reden zu lassen und still zu sein, statt meinen Gefühlen dauernd in die Quere zu kommen. Professor, sie hörte angestrengt zu, mit grimmigem Blick, die gelben Vorderzähne fest auf die fiebrig zitternden Lippen gepreßt, bis sie es wieder nicht lassen konnte, mir ins Wort zu fallen und unter heftigem Kopfschütteln zu widersprechen: Ausgeschlossen! Wo gibt es denn so was! Das kann gar nicht sein! – Worauf sie jedesmal erblaßte, weil es wieder höchste Zeit war, den Weg zur Toilette anzutreten. Mit mir, ihrer Stütze.

Was ging in der Lehrerin vor, welche Art von Leidenschaft konnte das sein? Etwa doch die pädagogische? Ich bin bis heute nicht dahintergekommen, Professor. Zumal sie das eine Ereignis, auf das ich beim Erzählen kam, eine Sache, die nur aus Zufall passiert sein konnte, ohne weiteres akzeptiert hat. Ja, sagte sie, das sei gut möglich. Ich hatte ihr von dem Hochwasser erzählt, Professor, das sich in jenem Herbst ereignete, als ich gerade zehn Jahre alt war. All unsere Nachbarn kamen damals durch einen Erdrutsch ums Leben. Unsere Familie stürzte mit dem Haus, dem der Grund wegbrach, in den Fluß und wurde, auf dem strohgedeckten Dach treibend, ein Opfer der reißenden Strömung. Nur ich konnte damals gerettet werden. Das war ein Jahr vor Kriegsende. Sie müßten ungefähr im selben Alter wie ich sein, Professor, und werden, falls Sie selber aus einer Berggegend stammen, bestimmt noch wissen, wie häufig es damals Hochwasser gab. Das lag an den fehlenden Bäumen, man hatte sie im Krieg aus Mangel an Rohstoffen aufs Geratewohl abgeholzt. Stärkerer Regen schlug sich sofort in einem Hochwasser nieder. Wer weiß wie oft starrte ich vom Vorgarten unseres Hauses, das an einem steilen Hang auf halber Höhe eines Berges lag, auf den stetig anschwellenden Fluß hinunter.

Wenn man in diesem Dorf zwischen den Bergen auf Shikoku aus dem eigenen Haus auf den Fluß hinuntersehen konnte, wohnte man unter nicht sehr günstigen Bedingungen. Auf dem gerodeten Hang am Berg standen fünf solche Häuser. Der Hang hatte einen felsigen Untergrund, das gab ihm Festigkeit;

problematisch waren die Erdschichten darüber. Sie lockerten sich, bis sie am Ende vollständig wegbrachen. Daß an dieser gefährlichen Stelle überhaupt Häuser gebaut worden waren, hatte, im nachhinein betrachtet, durchaus seinen Sinn ...

Die Topographie meines Dorfes auf Shikoku – nicht in der vereinfachten Darstellung, die einer Landkarte im Maßstab von 1:50 000 zu entnehmen wäre, denn damit ist sie bestimmt nicht zu vergleichen, sondern so, wie sie die Karte im Kopf eines Kindes zeigte, das in dem Dorf zu Hause war – umfaßt den von Ost nach West fließenden Odagawa und beiderseits davon, die Ufer entlang einander gegenüberliegend, Berghänge, zwischen den Bergen auch enge Täler und, überall verstreut, Siedlungen. All diese Siedlungen zusammen bildeten das, was die Leute »zai« nannten, das Heimatdorf, »das Dorf«. Ein Stück weiter am Unterlauf des Flusses war auf der einen Seite, an der die Berge etwas zurücktreten, ein schmaler Streifen Tal geblieben, Naruya genannt, wo das Dorf sein Zentrum hatte. Von hier aus führte eine Betonbrücke über den Odagawa. Sie war auch für Autos passierbar. Überquerte man sie, stand man drüben vor einem Berghang, bedeckt mit Kastanienwald und hohem Bambusgebüsch, und überquerte man diesen Berg, gab es jenseits davon nur einen Pfad zum nächsten Dorf, so daß Autos höchstens auf die andere Seite fuhren, wenn Holz zu verladen war. Dennoch begannen bei der Brücke die Läden, die sich beiderseits der Zufahrt konzentrierten, gab es sogar ein mörtelverputztes Sake-Lokal und außer dem Gemeindeamt noch den Shinto-Schrein und den buddhistischen Tempel. Wie dieses ebene Terrain zu dem Namen Naruya gekommen war – das habe ich nicht nachgeprüft, allerdings sagt man in unserer Gegend zu allem, was flach ist, »narui«, vielleicht besteht da ein Zusammenhang.

Die nach dem Erdrutsch vom Hochwasser weggespülten Häuser, jene fünf, die unsere Siedlung bildeten, gehörten nicht zum Naruya, aber auch nicht zu »dem Dorf«. Daß das irgendwie eigenartig war, habe ich als Kind, als unser Haus noch stand und ich dort mit der Familie wohnte, vage empfunden. Es auch zu begreifen ist mir später in eindringlicher Weise beigebracht worden.

Der »das Dorf« durchziehende Odagawa kommt von Oda-Misaki her, dort entspringt er und wendet sich, ehe er auf das Naruya-Tal zufließt, nach Norden. Nicht lange, denn er trifft auf den starken Felssockel eines Berges, staut sich zu abgründiger Tiefe und wendet sich dann nach Süden, um in Stromschnellen abwärts zu fließen. Nur an der Stelle, wo der Fluß die Richtung wechselt, rücken die Berghänge von beiden Seiten noch dichter aufeinander zu als im Bereich »des Dorfes«, so, als bildeten sie eine zusammengedrehte, erst beim Naruya weiter werdende Sacköffnung. Felder gibt es dort nur sehr wenige, Sonnenlicht schon gar nicht, die Berge halten es ab. Verglichen mit »dem Dorf« und dem Naruya schien sich hier die Sonne das ganze Jahr über verfinstert zu haben. So gesehen, könnte der Name Naruya, da »naru« in dem koreanischen Ausdruck für »sonnig« vorkommt, eher mit dieser Bedeutung zu tun haben. An der Stelle, die die Sonne finster läßt, nämlich am Hang auf dem Felsen, das sagte ich schon, standen die fünf Häuser, darunter unseres, und diese Siedlung gehörte eben weder zu »dem Dorf« noch zum Naruya ...

Bei dem Hochwasser im Jahr vor Kriegsende sind, wie gesagt, sämtliche Bewohner der fünf Häuser ums Leben gekommen, bis auf mich, doch ich war noch ein Kind und weiß bis heute nicht genau, warum die fünf Häuser als einzige nicht dazugehörten, nicht zu »dem Dorf« und nicht zum Naruya, denn meine Eltern konnte ich nicht mehr danach fragen, und in der Familie des Bürgermeisters, die mich nach dem Hochwasser in Pflege nahm, ist davon nie gesprochen worden. Ob die Bewohner der fünf Häuser vor Zeiten aus einer anderen Gegend zugezogen waren? Wahrscheinlich, anzunehmen ist es. Nach allem, Professor, woran ich mich als Kind erinnerte, sind aber unser Haus und die Häuser der Nachbarschaft die ältesten des ganzen Ortes gewesen. Zugezogen wären demnach schon die Eltern meiner Eltern. Schon seit der Zeit müssen die Leute in den fünf Häusern abseits von »dem Dorf« und vom Naruya gelebt haben. Und die anderen, die in »dem Dorf« und im Naruya wohnten – das war mein Verdacht –, müssen gewußt haben, wie gefährlich die unbesonnene Stelle am Hang auf dem Felsen, für die Häuser war, die dort standen. Sie wußten es und haben die ganze Zeit dazu geschwiegen. Ist das nicht eine abgefeimte, durchtriebene Bande, Professor? Das ganze Dorf, alle, wie sie da waren, von den Alten bis zu den Kindern ...

Doch solange die Häuser noch nicht vom Hochwasser vernichtet waren, hatte ich dort als ahnungsloses Kind von zehn Jahren nicht das Gefühl, unsereins würde diskriminiert. Es herrschte Krieg, auch von uns, aus den fünf Häusern, waren drei Männer im Feld, die alle drei fielen, und als die Urnen mit der Asche eintrafen, war das ganze Dorf im Naruya auf der Straße, um sie in Empfang zu nehmen. Als Außenseiter kam ich mir, aus solchen Gründen vielleicht, nicht vor. Meiner Erinnerung nach war mir nur eines durch und durch verhaßt: zu dritt in die weiter flußabwärts liegende Stadt zu gehen, vorneweg meine Mutter, die einen Fahrradanhänger zog, und dahinter, schiebend, meine ältere Schwester und ich. Die Tour galt dem Einkauf aller möglichen Haushaltswaren. Den damit beladenen und mit Binsenmatten abgedeckten Hänger schafften wir dann an den Läden im Naruya vorbei. Und auf dem Weg durch »das Dorf« ging es mit den Waren von Haus zu Haus. Hinter dem Rücken der Händler im Naruya taten wir etwas, was gegen die Regeln war; und den Leuten in »dem Dorf« dann minderwertige Sachen aufzudrängen, jedesmal zu spüren, wie sie auf einen herabsahen, und sie auch von sich aus aus tiefstem Herzen zu verachten – das war mir immer widerwärtig. Deshalb wollte ich, daß meine Mutter den Hausierhandel aufgab, aber wenn ich ihr das sagte, bekam ich zur Antwort: Sieh dir unser Feld an, kann man davon etwa leben! – das Feld, das mein Vater und mein Großvater bestellten, war nichts als ein schmaler Streifen Land am Berghang, hoffnungslos durchsetzt mit kleinen Steinen und im Vergleich zu den Feldern »des Dorfes« oder zu den Naßfeldern im Tal unterhalb des Naruya einfach armselig, zu der Feststellung gehörte nicht viel …

Unterdessen trat jenes Ereignis ein. Wie ich mich erinnere, begann es mit Taifun und strömendem Regen, und der Odagawa schwoll an, ich habe es noch vor Augen. Den Fluß in der Mitte zum Berg türmend, stürzten die Wassermassen mit Getöse heran, beobachtet von den Erwachsenen aller fünf Häuser, die, in Regenumhänge gewickelt, in ihren kleinen Vorgärten standen und von dort aus hinuntersahen. Wir Kinder schlüpften möglichst in eine Lücke, verzogen uns aber, als es Schelte gab, ins Haus. Sooft dann unten am Hang mit dem Hochwasser ankommendes Treibholz an den Felsen prallte, fuhr mein Körper hüpfend von der Matte hoch, auf der ich saß. So groß war die Gewalt des Wassers, und sie steigerte sich im Laufe der Nacht bis zum Äußersten, ohne daß auch nur einer aus den fünf Häusern die Flucht ergriff. Verwandte und sonstwelche Leute, die Zuflucht bieten konnten, hatte ja niemand. Am Morgen darauf tobten Sturm und Regen weniger heftig, zeitweise brach sogar die Sonne durch. Daher standen Erwachsene und Kinder diesmal gemeinsam draußen in den Vorgärten, um nach dem Fluß zu sehen. Daß sich zu ihren Füßen am Felsen ein Unglück anbahnte, werden alle gespürt haben, das glaube ich schon, obwohl kein einziger von ihnen geflüchtet ist und vielleicht wirklich niemand etwas ahnte. Wie war es denn in diesem Film, Professor – den Science Fiction-Streifen »Untergang der Erde« meine ich –, hat da irgend jemand noch an Flucht gedacht, als feststand, daß die gesamte Erde in Kürze zusammenstürzen würde? Zur Flucht fehlte das Ziel, es sei denn, man hätte eine Rakete zur Verfügung gehabt.

So ähnlich ging es, glaube ich, den Leuten am Hang, die sich bald alle in ihre Häuser zurückzogen. Dort saßen sie beieinander, jede Familie für sich, und lauschten auf das dumpfe Dröhnen, das direkt unter ihnen durch den Boden drang.

Das nächste in meiner Erinnerung ist, daß ich in schlammigem Wasser trieb, in einem Kessel, den der Fluß dort, wo ihn der abgestürzte Hang vorläufig blockierte, gebildet hatte. Mein Vater zog mich auf das Strohdach unseres Hauses hinauf. Naß bis auf die Haut, spürte ich am ganzen Körper das schmerzhafte Prickeln vieler kleiner Stiche, als wäre ich in eine Grube voller Disteln gefallen. Dazu kam eine Kälte, die eisig war. Das Dach, samt dem Haus im Wasser kreisend, trug nun meinen Vater, meine Mutter, meine Schwester und mich. Alle anderen, die Leute aus den vier Nachbarhäusern und mein Großvater, waren bereits umgekommen. Bald darauf bahnte sich das aufgestaute Schlammwasser mit Macht seinen Weg nach unten. Wie mitten in einem Ozean, so sah es ringsum aus, inmitten der hochschlagenden trüben Wasserflut, in der das Strohdach, auf dem wir saßen, schwankend und schlingernd abwärts trieb. Das also war unsere Lage.

… In meinem Dorf nun passierte es, seit Krieg war, so gut wie jedes Jahr, daß der Fluß bei Hochwasser auch Menschen mit sich riß oder die Leichen Ertrunkener auswarf, und wann immer das geschah, kam jemand mit dem Ruf »Mann im Strom!« den Weg am Fluß heruntergerannt. Der Ruf vervielfachte sich, je mehr Leute es wurden, die diesen Weg im Trab herunterkamen. Weil sie den im Wasser Treibenden von der Betonbrücke beim Naruya aus sehen wollten. Ihn aus dem Fluß zu retten war bei Hochwasser, gegen die Strömung, sowieso nicht möglich.

Selber im Wasser treibend, sah nun auch ich die dichtgedrängte Menge, die uns auf der Brücke erwartete, gellende Rufe ausstoßend, die – das beruht auf dem Dopplereffekt, Professor – kreischend hoch klangen, da wir mit größter Geschwindigkeit auf sie zurasten. Das Brausen des Wassers war so laut, daß ich nicht verstand, was die Leute riefen. Gleich darauf sah ich, wie das Wasser, auf den Pfeiler der Brücke treffend, emporstieg, hoch wie ein Berg; zu meinem Entsetzen waren wir drauf und dran, unter ihm begraben zu werden. Das war der Moment, in dem ich bemerkte, daß neben unserem Strohdach der Pferdestall unseres Nachbarn trieb – und ganz allein hinübersprang. Dann sauste ich auch schon unter der Brücke hindurch, während das Dach mit meinen Eltern und meiner Schwester an den beim Brückenpfeiler ineinander verkeilten Baumstämmen hängenblieb und kenterte. So bin ich mit meinen zehn Jahren auf dem Stall, mit dem ich flußabwärts in einer Niederung auf Grund lief, was meine Rettung war, als einziger mit dem Leben davongekommen …

Doch nun, Professor, da ich überlebt hatte, nahm mein Geschick eine seltsame Wendung. Das elternlose Kind von erst zehn Jahren aus jener Außenseitersiedlung wurde in »dem Dorf« und im Naruya zum gehätschelten Liebling. Ich kam erst einmal im Naruya beim Bürgermeister unter, der mich in seine Familie aufnahm. Und das gleich so, daß ich im ersten Stock des Hauses ein Zimmer bekam, mit allem, was darin war – zuletzt hatte dort der jüngste Sohn der Familie, der an einer Lungenkrankheit gestorben war, für die Aufnahmeprüfung gelernt, um an die Oberschule zu kommen. Zur Hinterlassenschaft des mehr naturwissenschaftlich interessierten Jungen gehörten Bücher über die Gestirne und über Schmetterlinge, aber auch ein Grammophon mit Kurbel, und all diese Dinge gingen nun in meinen Besitz über, denn der schon erwachsene Bruder des Jungen war in die Stadt abgewandert. Kein zweites Kind im Dorf hatte zu der Zeit mit zehn Jahren ein eigenes Zimmer und dazu noch so viele Besitztümer.

Ein derart bevorzugtes Kind war ich aus zwei Gründen geworden, von denen ich immer erzählen hörte. Legende eins war mein Sprung von dem im nächsten Moment mit dem Brückenpfeiler zusammenstoßenden Strohdach hinüber auf das Dach des schon halb untergegangenen Pferdestalls. Meine Eltern, sagte man, hätten sich stur an das Strohdach geklammert und es nicht fertiggebracht, sich von ihm zu lösen, ich dagegen hätte ungeheuer mutig gehandelt. Und Legende zwei zufolge war ich unter der Brücke hindurch in der noch immer reißenden Strömung davongetrieben, am Schrein vorbei, der dem Gott Oyama-tsumi-nokami geweiht ist, und hatte mich dort, unter den Augen der Leute, die mir die ganze Zeit über nachblickten – zum Schrein gewandt verbeugt! Ich war zehn, Professor, eine Waise, darauf angewiesen, mich im Leben, so gut es ging, zu behaupten, und mußte, da ich von den Erwachsenen aus »dem Dorf« und im Naruya in den höchsten Tönen gelobt, von jedem Kind als ein ganz besonderer

Junge behandelt wurde, bemüht sein, mir diesen Status als Lieblingskind des Dorfes zu erhalten. Deshalb ließ ich die beiden Heldenlegenden unwidersprochen. Fragte mich jemand danach, war meine Antwort ein stummes Lächeln. Ein Kind, jenem schrecklichen Erlebnis ausgesetzt und durch kühnes Handeln dem Tod entgangen, verneigte sich inmitten der Gefahr vor dem Heiligtum des Dorfes, vor dem Schrein, und erfreute Oyama-tsumi-nokami damit so sehr, daß er es aus dem reißenden Wasser errettete. Nach dem Urteil der Leute war es so, und ich nahm diese Rolle an. Und meine Strategie hatte Erfolg. Am Ende des Krieges und in den Wirren der Nachkriegszeit schickte mich der Bürgermeister, obwohl die Bodenreform ihn hart getroffen hatte, zur Oberschule in die benachbarte Stadt, und anschließend trieb er bei Spendern im Naruya die nötigen Mittel auf, damit ich Medizin studieren konnte.

Im Alter von zehn Jahren waren mir Unterhalt und Erziehung durch fremder Leute Wohlwollen wichtiger als alles andere, wollte ich von den Zweifeln, die mir gelegentlich kamen, nichts wissen; Bedenken wurden immer gleich unterdrückt. Trotzdem, ganz wohl war mir bei diesen Heldenlegenden, die mich zum Liebling des Dorfes machten, nicht, Professor, bei der einen so wenig wie bei der anderen. Dem Sachverhalt nach – um mit derjenigen zu beginnen, bei der das eindeutig ist – sah ich, als die Brücke hinter mir lag, in Richtung der Strömung rechts vorn den zum Schrein gehörenden Wald und die Steintreppe, das stimmt. Nur kann ich mich dort unmöglich verneigt haben. Unmöglich deshalb, weil sich unsere fünf nicht dazugehörenden Familien dem Schreinbezirk an Shinto-Feiertagen nicht einmal nähern durften. Uns Kindern war das von unseren Eltern mehr indirekt verboten worden. Mit feinem Gespür dafür lief ich höchstens mal die Steintreppe hoch, wenn ich hinter Zikaden her war oder einen Ameisenlöwen aufstöbern wollte, hielt mich aber unbedingt fern, wenn die Leute aus »dem Dorf« und dem Naruya zu einem Schreinfest versammelt waren. Und vor einem Gott, der ihm verboten war, sollte ein Kind – in reißender Strömung, in Todesangst an das Dach eines Pferdestalls geklammert – Grund gehabt haben, sich zu verneigen?

Über diese Legende von meiner Verneigung, Professor, habe ich mir erst später, als ich schon studierte, Gedanken gemacht, um hinter ihren Sinn zu kommen. Was ich mir überlegte, war folgendes: Man hatte unsere fünf Familien ruhig auf dem Felssockel siedeln lassen, obwohl man in diesem Dorf, aus langer historischer Erfahrung klug geworden, wußte, daß die Stelle gefährlich war. Damit hatte es angefangen, daß man die fünf Familien aus »dem Dorf« und dem Naruya ausschloß. Was endlich dazu führte, daß sie durch ein Hochwasser vernichtet wurden. Mit Ausnahme eines Kindes von zehn Jahren. Um sich nun aller Schuldgefühle zu entledigen, setzte die Bande eine Legende in die Welt. Der Schrein von Oyama-tsumino-kami, sagten sie, sei es gewesen, der die Menschen in »dem Dorf« und im Naruya immer fest habe zusammenstehen lassen, nur die fremden fünf Familien, die dann gekommen seien, hätten sich davon ausgeschlossen. Das Leben, das sie führten, habe kein gutes Ende nehmen können. Durch ihr eigenes Verhalten sei es soweit gekommen, die eigene Saat sei es gewesen, die ihnen zum Verderben wurde. Nur einem von ihnen nicht, dem Kind, das Oyama-tsumi-no-kami ehrte, selbst dann noch, als es der reißenden Strömung ausgeliefert war. Es habe sich zum Schrein hinüber verneigt, was zugleich ein Zeichen seiner Ergebenheit dem ganzen Dorf gegenüber gewesen sei – dieses Kind sei gerettet worden, und als Kind aller im Dorfe werde es seither großgezogen. So sah die Legende aus, die sie sich und anderen einredeten, und um alles Schuldgefühl von sich abzuwälzen, hatten sie dem Kind in der Hochwasserflut ein anderes Verhalten angedichtet. Das ist meine Überlegung gewesen, und ich war, wie früher schon, bereit, die Sache eben so hinzunehmen.

Über die andere Legende aber war ich mir selbst nicht im klaren. Wenn ich sie auch nicht ganz verstand, war es für mich doch geradezu die Folge davon, daß mein Leben die entscheidende Wende nahm. Und über diese Legende, die ich selber nicht verstand, hatte ich von der durchfallkranken Lehrerin mit dem dunkelblau gedunsenen Gesicht zu hören bekommen, sie verstehe das sehr gut. Den weiteren Verlauf meines Lebens aber, der doch damit zusammenhing, den fand sie unbegreiflich, darüber regte sie sich auf. Eine merkwürdige Sache, von der ich noch immer nicht loskomme, und das, obwohl die Lehrerin seit Ende ihrer Dienstzeit an der Schule bereits wieder in Japan, in der Gegend von Osaka, ist.

Was ich meine, wenn ich von der anderen Legende spreche, Professor, das ist der Sprung, den ich von dem Strohdach aus, das unsere Familie trug, ganz allein hinüber auf das Dach des Pferdestalls tat. Vielmehr das Gefühl, das mich dazu brachte, Vater, Mutter und Schwester – sie hockten mit bleichen Gesichtern da und hatten die Hände bis zu den Gelenken im Stroh, unter den Bambusstäben, die es zusammenhielten, vergraben – ohne ein Wort zu verlassen, den gefährlichen Sprung zu tun. Da wir mit unserem Dach direkt auf den Brückenpfeiler zurasten, an dem sich das Wasser brach und berghoch türmte, war das unmittelbare Gefühl dabei sicher Angst. Doch die Gefahr, an der Brücke zu zerschellen, war auf dem Pferdestall – immerhin trieb er so dicht bei dem Dach, daß man hinüberspringen konnte – nicht geringer. Ein Aufprall am Pfeiler hätte im Falle des Strohdachs, wäre es an den dort ineinander verkeilten Baumstämmen nicht hängengeblieben, im Rückstrom des vom Pfeiler abgestoßenen Wassers sogar gemildert werden können. Ich glaube also nicht, daß es das Gefühl war: Du mußt dich retten, du mußt unbedingt auf diesen Stall hinüber. Darum fühlte ich mich später auch nicht schuldig, obwohl ich als einziger der Familie am Leben geblieben war und die anderen den Tod gefunden hatten. Wenn es aber nicht das war, was mich bewogen hatte, über die brodelnde lehmrote Flut hinweg auf den Pferdestall zu springen, was dann? Eine Ahnung, Professor, die im Kopf des Zehnjährigen auftauchte und mir noch deutlich in Erinnerung ist – die eigentlich nur in einem wunderlichen Zustand von Geistesabwesenheit bestehende Ahnung: Vier Leute sind zuviel für das Strohdach, es ist nicht genug Platz für alle. Im Kopf des

Zehnjährigen schien das wie ein Signal gewirkt zu haben, ich fühlte mich wie in Nebel gehüllt. So stand ich gelassen auf und brachte es fertig, von unserem Dach aus auf den daneben treibenden Pferdestall zu springen. Zu alldem nun, Professor, was mir damals mit zehn Jahren, mitten im Hochwasser treibend, durch den Kopf ging, und zu dem Sprung, der dann folgte, hatte die Lehrerin, von Durchfall gequält und am ganzen Körper stinkend, gesagt: Das kann ich gut verstehen. Was mir erst einmal die Sprache verschlug. – Gesetzt den Fall, erklärte sie, der Pferdestall wäre in einen Strudel geraten, ich wäre dabei umgekommen, aber meine Eltern hätten sich retten können. So betrachtet, sei die Sache klar. Bei Kindern gäbe es das, die wunderliche Klarheit einer inneren Regung brächte sie dazu, in den Tod zu gehen, und hätten meine Eltern und meine Schwester, weil ich dafür sorgte, mehr Platz auf dem Dach gehabt und dadurch überlebt, hätte es geheißen, der Junge hat sich geopfert, um uns zu retten, was sie mir nie vergessen haben würden – ja, das könne sie gut verstehen. So bestimmt konnte sie sein, trotz ihres Zustands. Aber alles andere, Professor, was sich in dem Zusammenhang in meinem weiteren Leben ergeben hatte, fand sie unnatürlich, hielt es für völlig ausgeschlossen oder behauptete glatt, daß ich mir die Gründe, weshalb mein Leben so geworden war, nur deswegen ausgedacht hätte, damit das ewig so weitergehen könnte mit meiner Flucht vor Japan – es grenzte schon an Frechheit, wie sie mir dauernd widersprach. Eine dermaßen gestankverpestete, eine dunkelblau angelaufene plumpe Person wie diese Lehrerin, für die ich mir als Krankenpfleger die Nacht um die Ohren schlug …

Begonnen, Professor, hat es damit, daß ich erzählte, wie ich, noch als Kind, bei einem späteren Ereignis das gleiche Verhalten wie damals im Hochwasser zeigte. Trotz der ernsten Konsequenzen, die das hatte, war es auch diesmal eine Entscheidung, die ich meinem Empfinden nach in dem Augenblick völlig geistesabwesend traf. In solche Bedrängnis geraten zu sein, daß ich dieses Erlebnis einstellen mußte, hatte eine gewissermaßen entfernte Ursache, die, um auf den Ursprung zurückzugehen, darin bestand, daß ich, als das Hochwasser die fünf Häuser durch den Erdrutsch vernichtet hatte, auf den Pferdestall hinübersprang und als einziger überlebte. Danach nämlich, als Waise, die in »dem Dorf« und im Naruya gleichsam das Kind aller Familien, ihrer aller Lieblingskind geworden war, nahm ich mir vor, einmal Arzt zu werden und mich ganz in den Dienst des Dorfes zu stellen, zum Dank dafür, daß es so für mich sorgte, das hatte ich erklärt, und damit hing die Sache zusammen. Den Entschluß hatte ich meinen Pflegeeltern, dem Bürgermeister und seiner Frau, offenbart, worauf mein Ansehen als Liebling des Dorfes in neuem Glanz erstrahlte. Noch als Schüler – ich ging in die zweite Klasse der reformierten Mittelschule – war ich dann Gehilfe bei dem alten Doktor im einzigen Krankenhaus des Dorfes geworden, um Erfahrungen für meinen künftigen Beruf zu sammeln; diesen Status hatte ich damals.

Nun ergab es sich, daß die Schüler der dritten Mittelschulklasse zum erstenmal nach dem Krieg auf

Klassenfahrt in eine andere Präfektur gingen. Mit dem Fährschiff setzten sie nach Beppu, auf die Insel Kyushu, über, drei Tage später waren sie wieder da, und während sie uns Schülern der unteren Klassen von ihren Erlebnissen erzählten, machten sie seltsamerweise den Eindruck, als ob sie vor Kälte Gänsehaut hätten. Dabei war Sommerende. Schon da ahnte ich, daß etwas passiert war. Als ich am Tag darauf sah, daß mehr als zehn von diesen Schülern der dritten Klasse fehlten, berichtete ich dem Lehrer, daß mit ihnen etwas nicht in Ordnung gewesen sei. Bei dem alten Doktor ging ich auch gleich vorbei, um ihm Bescheid zu sagen. Ich fuhr mit dem Rad durchs Naruya, fuhr sogar bis in die entlegensten Winkel »des Dorfes« und suchte jeden, der in der Schule gefehlt hatte, zu Hause auf. Schon nach dem Mittag war ich mit dem Ergebnis meiner Erkundung zurück: Die Kinder hatten allesamt Fieber und schweren Durchfall. So verkündete ich dem alten Doktor, es wäre bestimmt die Ruhr, und ehe ich noch eine klare Antwort darauf bekommen konnte, hatte ich in höchster Erregung über diesen meinen ersten Talentbeweis als künftiger Mediziner schon das Gemeindeamt verständigt …

Kurz darauf brach im Naruya und in »dem Dorf« eine Art Panik aus. An sich war das Auftreten von Infektionskrankheiten für die damaligen Verhältnisse, wenige Jahre nach dem Krieg, nichts Ungewöhnliches. Nur begann so etwas damit, daß die Betroffenen nach und nach im Krankenhaus erschienen. Das nächste war, daß man sie unbemerkt isolierte. Darüber gab es dann eine Bekanntmachung, und damit hatte die Krankheit Eingang in das Leben des Dorfes gefunden – in der Form ging das gewöhnlich vonstatten. Sowohl die Kranken selbst als auch ihre Angehörigen setzten alles daran, die Sache zu verheimlichen. Gerüchte über Infektionskrankheiten waren deshalb, soweit es das Dorf betraf, nie so stark im Umlauf, wie es dem tatsächlichen Ausmaß der Krankheit entsprach. Ich als Kind aber war, wenn ich meinen Zustand beschreiben soll, einfach außer mir über meine Entdeckung, das Herz schlug mir bis zum Halse, wenn ich an das Unglück nur dachte, und den Kindern um mich herum ging es ebenso. Umgeben von einer Schar kindlicher Verehrer, für die ich bisher schon der Junge war, der sich im Hochwasser durch gelassenes Handeln behauptet hatte, und die mich nun auch bewunderten, weil ich die Infektionskrankheit festgestellt hatte, rannte ich nur noch zwischen Krankenhaus und Gemeindeamt hin und her. Was für die Ruhrepidemie die beste Reklame war.

Wie nicht anders zu erwarten, machte sich Furcht unter den Dorfbewohnern breit. Da war vor allem ein ehemals evakuierter und dann im Dorf gebliebener Schneider, der immer alles an die große Glocke hängte und auch der erste war, der das Gemeindeamt mit der Frage bedrängte, ob es nicht längst an der Zeit sei, die für meldepflichtige Infektionskrankheiten vorgeschriebenen Maßnahmen zu ergreifen. Daraufhin, Professor, sind alle Schüler, die die Klassenfahrt mitgemacht hatten und nun Ruhrsymptome zeigten – es waren an die zwanzig –, noch am selben Tag in der jenseits des Flusses in einem großen Bambusdickicht gelegenen Isolierstation untergebracht worden. In zwei, drei Fällen ging es den Kindern so schlecht, daß man sie auf Tragen hinbringen mußte, doch die übrigen, die das Ganze mehr als Fortsetzung der Klassenfahrt betrachteten und gewissermaßen in Feiertagsstimmung waren, nahmen den Weg zur Isolierstation über den bergab führenden Pfad zu Fuß. Ruhr und Brechdurchfall bei Kindern, erklärte der alte Doktor, seien bis vor kurzem noch gefürchtete Krankheiten gewesen, doch habe man jetzt ein Mittel dagegen, ein Sulfonamid. Das würden alle bekommen, und wenn sie sich schön ruhig verhielten, wäre die Sache in drei Tagen ausgestanden, und sie könnten wieder nach Hause. Er zeigte sich also durchaus optimistisch. Auf der anderen Seite hatte ich ihn noch nie so mißmutig gesehen, mißmutig darüber, daß es unbedingt eine Massenisolierung sein mußte, und wütend auf mich, den Urheber des ganzen Aufruhrs. Wenn es nach ihm gegangen wäre, hätte er die kranken Kinder mit dem Sulfonamid einzeln zu Hause kuriert und sich damit den Bericht an die Präfekturbehörde erspart. Das Auftreten einer Infektionskrankheit bei Schulkindern, die sich auf einer Klassenfahrt angesteckt hatten, war ja ein Fall, der ungeahnte Wirkungen haben konnte. Also hatte man die Sache ohne großes Aufsehen beilegen wollen, das war wohl die Absicht, die der alte Doktor und das Gemeindeamt verfolgten …

Die Isolierstation jedenfalls befand sich gegenüber der Stelle, wo unsere bei dem Hochwasser durch den Erdrutsch vernichtete Siedlung gestanden hatte, gegenüber dem Felsen, wo der nach Norden fließende Odagawa eine Wende nach Süden macht, in dem großen Bambusdickicht auf der dem Felsen gegenüberliegenden Seite des Flusses. Es war ein aus Treibgut des Hochwassers provisorisch errichtetes Gebäude, eine Baracke auf einem Steinfundament. Warum die Isolierstation direkt gegenüber unserer Siedlung lag, war für mich bis dahin keine Frage gewesen – weil unsere Siedlung eben nur gegenüber dem Bambuswald, in dem die Isolierstation stand, auf dem schlecht besonnten Hang am anderen Ufer gelegen haben konnte.

Mitten im Geschehen, als ich dreizehn, vierzehn war, ist mir dieser Umstand, eigentlich in kindlichem Einverständnis mit ihm, erst aufgefallen. Es war nämlich so, daß ich, nachdem ich die großangelegte Krankenisolierung mit soviel Wirbel verursacht hatte, den Kontakt zwischen Isolierstation und Krankenhaus halten sollte. Da ich ja über Krankenhausarbeit etwas lernen wollte, war mir die Aufgabe nicht unangenehm. So blieb ich über Nacht in der Isolierstation; das Stöhnen der Kinder erfüllte den dunklen Raum, in dem ich an einem Fenster mit kaputter Scheibe stand und auf die vom Mond hellerleuchtete Seite am anderen Ufer hinübersah. Den Blick hatte ich nach oben gerichtet, wo der Boden nach dem Erdrutsch noch immer unverhüllt eine weiße Narbe auf der Haut trug.

Nach dem tragischen Ereignis, das mitten in der Nacht passierte, war denn auch von der einen oder anderen Betreuerin, die die ruhrkranken Kinder damals pflegte, zu hören: Der Junge hat, wer weiß warum, auf die Stelle gestarrt, wo die bei dem Erdrutsch zerstörten Häuser standen! – Das tragische Ereignis,

Professor, von dem ich eben sprach, hatte damit begonnen, daß die tagsüber noch munteren Kinder nach Einbruch der Nacht Erbrechen und blutigen Durchfall bekamen. Bald klagte jedes Kind über Schmerzen, so daß die Lage völlig heillos wurde. Die einzige Krankenschwester, außer ihr eine Lehrerin, die an der reformierten Mittelschule Hygienekunde gab, und die Begleitpersonen der Schüler, ebenfalls Frauen, konnten mit den zwanzig Kindern, die in dem riesigen Raum lagen, allein nicht mehr fertig werden.

Ich als Kontaktmann machte mich deshalb auf den Weg zum Krankenhaus, und zwar, da der Hochwasser führende Fluß für ein Kind nicht passierbar war, über die andere Strecke, den schmalen Pfad durch das Bambusdickicht den Berg hinauf und auf gewundenen Wegen durch den Kastanienwald bis an die Brücke. Der alte Doktor indessen weigerte sich, meinen Bericht ernst zu nehmen. Schließlich hätten die Kinder Sulfonamid bekommen, demzufolge würden sie bis zum Morgen das Schlimmste überstanden haben; wie sehr ich auch in ihn drang, es machte auf ihn nicht den geringsten Eindruck. Heute, Professor, sehe ich das so, daß es sich um bereits solfonamidresistente Ruhrbazillen handelte, von deren Existenz der alte Doktor noch nichts wußte.

Unverrichteterdinge trat ich den Rückweg an, überquerte die Brücke, lief den Kastanienwald am anderen Ufer hinauf und den Pfad durch das Bambusdickicht hinunter, ohne Taschenlampe – die Batterie war leer –, so daß es mich stolpernd und stürzend abwärts zog, bis ich wieder bei der Isolierstation war. Dort hatte sich die Lage inzwischen noch verschlimmert. Die Kinder gebärdeten sich, als wären sie nicht mehr bei Sinnen. Die Schwester und die Hygienekundelehrerin, die mich sehnlichst erwarteten und nun erfuhren, daß ich nichts erreicht hatte, machten mir böse Vorwürfe. Das war mir in meinem ganzen Dasein als Lieblingskind des Dorfes noch kein einziges Mal widerfahren.

Auf der Stelle, sagten sie, hätte ich umzukehren, hätte nicht nur zu dem alten Doktor ins Krankenhaus zu laufen, denn das verstehe sich von selber, sondern auch zum Schuldirektor und zum Vorstand der Freiwilligen Feuerwehr, hätte sie aus dem Bett zu holen und ihnen zu sagen, daß sie herkommen und helfen müßten, die kranken Kinder wären schon halb verrückt. Den Tränen nahe, rannte ich los, auf das Bambusdickicht zu, und da, Professor, wurde mir wieder zumute wie damals bei der Hochwasserkatastrophe – es war, als ob mich mit einemmal von mir selbst ein Abstand trennte. Ich fühlte mich abwesend, es ging mich alles nichts mehr an, so schwerelos kam ich mir vor. Das Bambusdickicht ließ ich noch hinter mir, erreichte auf halber Höhe des Kastanienwaldes noch den großen Stein, in dessen Höhlung frisches Wasser sprudelte, und setzte mich dort nieder. Noch mal aufgestanden bin ich nur, um mir die Hände zu waschen, daran erinnere ich mich, und nachdem ich das Wasser weggeschöpft und sich neues angesammelt hatte, trank ich davon aus der hohlen Hand. Dann setzte ich mich wieder auf den Stein und beobachtete die von hier aus genau in Augenhöhe gegenüberliegende mondbeschienene weiße Stelle, die nach dem Erdrutsch geblieben war …

So saß ich, ohne mich um die Erfüllung meines Auftrags zu kümmern, fast eine Stunde lang reglos da und dachte die ganze Zeit über an nichts, was nicht unbedingt im Widerspruch dazu steht, daß mir auch der Gedanke an den fürchterlich stinkenden, nur von einer Glühbirne erleuchteten Raum vorschwebte, in dem sich einige Mütter über die stöhnenden Kinder beugten, und ich mir dann in merkwürdig kühler, ruhiger Verfassung sagte: Was nützt es, sie jetzt, da sie so krank sind, zu retten, wenn sie dann doch nur alt werden und sterben!

Währenddessen waren weit unterhalb des Bambusdickichts rufende, schimpfende Frauenstimmen erschollen, und gleich darauf war einige Male deutlich nacheinander zu hören, wie etwas ins Wasser plumpste. Das Geräusch, Professor, rührte daher, daß die fiebernden, phantasierenden Kinder solchen Durst bekommen hatten, daß sie – es war wie eine Kettenreaktion, ein Kind tat es dem anderen nach – in den Hochwasser führenden Fluß sprangen. Auf dem großen Stein sitzend, im Mund den erfrischenden Geschmack des kühlen Wassers und den Blick auf die durch den Erdrutsch freigelegte Stelle geheftet, die weiß im Mondlicht glänzte, vernahm ich das wieder und wieder ertönende Plumpsen.

Als ich das nun der Lehrerin erzählte, Professor, schüttelte sie energisch den Kopf. Wir befanden uns in einem Zimmer, in dem ein unbeschreiblicher Gestank herrschte. Ein Gestank, der einem, wenn man das Zimmer einmal verlassen hatte, den Mut nehmen mußte, es ein zweites Mal zu betreten. Die Verwalterin, die nur mal nach uns sehen wollte, stieß ein entsetztes Oh! aus und suchte schleunigst das Weite, so sehr hat es gestunken. Die mit Durchfall in diesem Zimmer liegende Lehrerin jedoch – aus Rücksicht hatte ich mich bei der Beschreibung der Isolierstation extra kurzgefaßt – nahm den Gestank hin, als wäre es nichts. Brachte es aber fertig, meine Darstellung zu bestreiten. Wozu – sie hatte doch keinen Vorteil davon – mußte sich eine so kranke, häßliche Lehrerin wie sie nur derart verausgaben?

Was sie mir bestritt, war folgendes. Zu der Zeit, als die von der Ruhr schon ganz verwirrten Kinder nicht mehr zu halten waren und in den Fluß sprangen – sieben von ihnen sind dadurch ertrunken –, hatte ich eben oben im Kastanienwald die plumpsenden Geräusche gehört und im Mondlicht auf die Stelle gestarrt, die von dem Erdrutsch zeugte, und zwar in einem Zustand von Geistesabwesenheit, erkläre ich. Ausgeschlossen! behauptet sie. Ich wolle mich nur nicht erinnern, wie es wirklich gewesen sei, diese Erinnerung hätte ich verdrängt. – Und unschön die Brauen runzelnd, schweißüberströmt und noch gereizter im Ton: Meine Psyche müsse man analysieren, dann würde sich die echte Erinnerung schon einstellen. Und dann würde ich auch wieder Halt im Leben finden!

Also hatte ich in jener Nacht doch etwas gedacht? Nach dem schwachen Lichtschein der Isolierstation im Schatten des Bambusdickichts hielt ich manchmal Ausschau, und sooft ich Durst bekam, trank ich von dem frischen Wasser; was aber dachte ich danach, wenn ich wieder auf dem großen Stein saß? Ich erfuhr es von der Lehrerin, die wie von einem eigenen

Erlebnis sprach, so sicher war sie sich ihrer Sache. Das hat mich verblüfft, Professor. Wie oft hatte ich mir selbst schon den Kopf darüber zerbrochen und hatte doch immer nur finden können, daß ich mit den Gedanken abwesend war, daß mich von mir selbst ein Abstand trennte. Warum benachrichtigte ich nicht, wie man mir aufgetragen hatte, den alten Doktor, den Direktor und die Feuerwehr? Hätten sie nicht auch umgehend Bescheid kriegen können, wenn ich nur alles meinem Pflegevater, dem Bürgermeister, gesagt hätte? Voller Reue hatte ich mich das immer wieder gefragt. Für Erwachsene, die zusammen in einer Reihe hindurchgehen, ist der Fluß auch nachts bei Hochwasser passierbar. Der Isolierstation zu Hilfe zu kommen wäre bestimmt nicht schwer gewesen. Todesopfer würde die Ruhr zwar trotzdem gefordert haben, aus dem Fluß aber hätten alle gerettet werden können. Ja, man hätte die kranken Kinder doch gar nicht erst an den Fluß gelassen.

… Wenn ich mich damit bisher so herumgequält und es doch nicht verstanden hatte, wie konnte es dann die Lehrerin verstehen? Sie behauptete selbstsicher, ihr sei das alles klar. Das fand ich mysteriös. Mysteriös genug, um in der Lehrerin mit dem blaugeschwollenen, furchterregenden Gesicht und dem unaufhörlichen Durchfall eine Kraft zu spüren. Etwa so, wie man im Nordosten Japans die Geisterbeschwörerin befragt, wie in Erwartung einer göttlichen Inspiration, so bewegte mich der phantastische Gedanke, ich könnte durch die Lehrerin vielleicht Aufschluß über meine Vergangenheit erhalten. Geantwortet hat sie mir aber mit einem Rationalismus, wie er im Lehrbuch steht, und bedenklich war auch die Art meiner eigenen Erwartung, jedenfalls ist das, was ich da hörte, ernüchternd gewesen und hat mich nicht mal geärgert. Was die Lehrerin sagte, war nämlich folgendes. Die bei dem Hochwasser ums Leben gekommenen Bewohner der fünf Häuser seien, so hätte ich gedacht, diskriminiert und deswegen umgebracht worden, und daher hätte ich Rache nehmen wollen. Während die kranken Kinder Schmerzen litten, während sie vor Qual ins Wasser sprangen, hätte ich durch Betrachtung der von dem Erdrutsch zeugenden mondbeschienenen Stelle mein Rachegefühl geschürt. Was ich später, entsetzt über den Mord an den Kindern, aus meinem Gedächtnis verdrängt haben dürfte. Daß ich absichtslos nur so dasaß, ohne an etwas zu denken, und deshalb wer weiß wie viele Kinder den Tod gefunden hätten, sei ein Ding der Unmöglichkeit. Ich würde mich eben noch immer an eine Lüge halten, die ich mir als Kind ausgedacht hätte. Denn daß ich log, wäre von den Erwachsenen doch wohl sofort durchschaut worden? Und meine Strafe hätte ich wohl auch bekommen?

Die Lehrerin überschätzt zu haben, wenn auch nur für kurze Zeit, war dumm von mir; so stellte ich ihren Irrtum nicht mal richtig, doch Vorwürfe von den Leuten im Dorf, Professor, hat mir dieses Ereignis nicht eingetragen. Niemand hat mich bestraft, zumindest nicht in einer mir als Kind fühlbaren Weise. Natürlich wollten der Bürgermeister und der alte Doktor am Morgen nach dem Tod der Schüler von mir wissen, was passiert sei. Ich erzählte ihnen, daß die Ruhr auch bei mir angefangen hätte, schon mit

Fieber wäre ich den Berg hinauf durch den Kastanienwald gestiegen, aber bei der Wasserstelle zusammengebrochen und in das Bambusdickicht hinuntergestürzt, und dort, sagte ich, hätte ich die ganze Zeit bewußtlos gelegen. Daraufhin war ich ebenfalls in die Isolierstation gekommen, nunmehr Gefährte derer, die das Unglück überlebt hatten. Da ich ein paar Tage darauf wirklich zwischen Leben und Tod schwebte, war nicht anzunehmen, daß ich gelogen hatte, und meine Behauptung prüfte auch niemand nach.

Dann hatte ich die Ruhr überstanden, und obwohl es nun soweit war, daß man mich gründlich ins Verhör hätte nehmen können, wurde ich nicht zu dem Ereignis befragt, nicht mal durch den Bürgermeister, mit dem ich unter einem Dach lebte. Was hatte das zu bedeuten? Insgeheim machte ich mir oft Gedanken darüber. Nicht bloß der Bürgermeister, alle aus »dem Dorf« und dem Naruya schienen untereinander die Abmachung getroffen zu haben, mir wegen der Sache mit dem Auftrag, den ich von der Isolierstation hatte, unter keinen Umständen einen Vorwurf zu machen. Vielleicht hielten sich nur die Frauen, trotz zorniger Aufforderung durch die Männer, das Gejammer zu unterlassen, nicht daran. Denn sooft ich bei den flachen Felsen am Odagawa, wo die Frauen die Wäsche wuschen, vorbeikam, hörte ich sie tuscheln: Der Junge hat im Mondschein auf die Stelle gestarrt, wo der Erdrutsch war!

Meine Stellung im Dorf war somit nach jenem Ereignis dieselbe geblieben, jedenfalls verhielt ich mich so, als glaubte ich das, obwohl es doch einen deutlichen Unterschied gab. Im Laufe der Zeit sah ich das auch ein, und ganz unbemerkt war es schon damals dem Kind nicht geblieben. Ich gab mir nur möglichst den Anschein, nichts davon bemerkt zu haben. Einfach ist das nicht gewesen. Was sich an meiner Stellung im Dorf geändert hatte, Professor, würde ich heute folgendermaßen beschreiben. Bis der Tumult um die Ruhr begann, war ich ja – infolge meines einstigen Verhaltens in der Hochwasserflut – ein echtes Lieblingskind gewesen. Und entzogen wurde mir dieses Privileg auch nach dem Vorfall in der Isolierstation nicht.

In der Tat, Professor, im Haus des Bürgermeisters blieb ich weiter in Pflege, nach Abschluß der reformierten Mittelschule durfte ich zur Oberschule gehen und anschließend, wie es schon vor dem Tumult um die Ruhr mein Wunsch gewesen war, Medizin studieren. Die Mittel für das Studium kamen durch Spenden mehrerer wohlmeinender Familien des Dorfes zusammen, bei denen sich der Bürgermeister für mich stark gemacht hatte. Damit war auch für mein späteres Leben der Weg geebnet. Nun einmal angenommen, Professor, ich sei der Art und Weise meiner Beliebtheit nach seit jenem Hochwasser bis zu der Sache mit der Ruhr ein positives Lieblingskind gewesen, dann stellte ich später, nach dem Tod der Schüler in der Isolierstation, ein Lieblingskind der negativen Art dar. So sehe ich das. Nach der Hochwasserkatastrophe bis zum Ausbruch der Ruhr war ich das Lieblingskind in einer Weise, daß sich jeder gleich wohl fühlte, wenn er mich nur sah. Der Fluß am Morgen, das Bambusdickicht im Abendlicht, ein lachendes kleines Kind, Blumen und Gräser. All dem vergleichbar war mein Dasein als Lieblingskind.

Doch dann, Professor, nach der Sache mit der Ruhr, war es mit dieser angenehmen Wirkung des jedermann erheiternden Kindes vorbei. Statt dessen, glaube ich, war ich in die Lage eines Menschen geraten, der immer auffällt und einfach nicht ignoriert werden kann. Auch ein solcher Mensch ist ja kein gewöhnlicher, er ist ebenfalls ein Lieblingskind, eines der negativen Art. Im übrigen waren die Umstände damals nicht so offenkundig, wie ich sie hier zu schildern versuche. Was im Leben eines Dorfes vorgeht, tritt im einzelnen nicht so deutlich ausgeprägt hervor. Der dörfliche Alltag verrät nicht, ob die Menschen nun fröhlich oder traurig sind. Darum wird ja auch im Herbst, beim Jahreszeitfest, so heillos getrunken und zum Ausdruck gebracht, daß man sich freut. Und ist in der Familie jemand gestorben, dann werden Frauen, die in Gegenwart anderer noch nie ein lautes Wort gesprochen haben, vor und nach der Leichenfeier laut und anhaltend weinen. Das Recht zu weinen steht ihnen nun zu, und nutzten sie es nicht, wäre das ein Verlust für ihr ganzes Leben. Schon oft habe ich mir gedacht, Professor, daß sich die Mexikaner eigentlich ganz ähnlich verhalten. Finden Sie nicht auch? Ich habe das immer empfunden, ob ich in Mexico-City lebte oder in irgendeinem Dorf in Oaxaca. In so einem Dorf sprach ich eines Tages mit einem jungen Akademiker aus Japan darüber, den wissenschaftliche Untersuchungen in diese abgelegene Gegend verschlagen hatten, doch er, darin war er genauso wie die Lehrerin mit dem Durchfall, bestritt das entschieden. Nein, sagte er, das stimmt nicht! – Ich hatte diesen Wissenschaftler in Verdacht, Professor, daß er vom Dasein der Japaner womöglich nur das Leben in Tokyo kannte. Natürlich sind nun schon viele Jahre vergangen, seit ich das Dorf verlassen habe. Heutzutage, bei der Verbreitung des Fernsehens, bei den überallhin vordringenden Supermärkten, soll zwischen Tokyo und einem Dorf mitten in den Bergen kein Unterschied mehr sein, sagt man. So einer Behauptung zu widersprechen, bin ich nicht kompetent.

… Da man im Dorf nun mal so lebte, war die Haltung, die die Leute in »dem Dorf« und im Naruya, nachdem sich die Aufregung um die Ruhr gelegt hatte, mir gegenüber einnahmen, nicht klar. Von der veränderten Lage war nur sehr fein etwas zu spüren. Ich hatte das Empfinden, daß man in mir so etwas wie einen Seuchengott oder einen Unglücksbringer sah. Besonders an den drei Feiertagen zu Neujahr, denn da war es offensichtlich, daß mir die Dorfleute aus dem Wege gingen. Nun war ich aber im Haus des Bürgermeisters in Pflege, und zu Neujahr kommen die Leute gratulieren. Ein Zusammentreffen bleibt da nicht aus. Kam es dazu, stand jedem, der mich sah, ein ganz unverhohlener Widerwille auf dem Gesicht. Sowohl der Bürgermeister als auch meine Pflegemutter und der erwachsene Sohn, der über Neujahr bei ihnen war, müssen sich deswegen den Besuchern gegenüber in einer peinlichen Lage befunden haben. Trotzdem machten sie mich mit keinem Wort darauf aufmerksam. Sie selbst schienen für die Dauer der Feiertage nicht gewillt, mich anzusprechen, nicht mal, um mich zurechtzuweisen, das war ihnen deutlich anzusehen.

Mir genügte der einmal wahrgenommene Geruch von Ablehnung, wahrgenommen mit dem Scharfsinn der bei fremden Leuten aufwachsenden Waise, um denselben Fehler nicht noch einmal zu machen. Begegnete mir nun auf der Straße im Naruya ein Hochzeitszug, ging ich sofort beiseite, damit mich keiner sah. In dieser Weise, Professor, reagierte ich auf die Veränderung meiner Rolle im Dorf umgehend und zuverlässig mit der Ausbildung eines neuen Verhaltens, und einen Sturz von meinem Thron des – wenn auch negativen – Lieblingskindes hat es dadurch nicht gegeben; aber schwierig war der Umgang mit den anderen Kindern.

Auch das ist etwas, worüber ich später jahrelang nachgedacht habe. Nicht sporadisch, wie es mir gerade in den Sinn kam; bin ich doch den Erfahrungen meiner Kindheit, die ich gemacht hatte, ohne ihre Bedeutung erfassen zu können, in Gedanken immer wieder nachgegangen. Vom Inhalt dieser Überlegungen, Professor, ist folgendes zu sagen. Daß ich mich als Kind unter Kindern nicht so geschickt verhalten konnte wie den Erwachsenen gegenüber, hatte Gründe, die zu einem Teil sicher bei mir selbst lagen, doch zu einem ebenso großen Teil – man kann sogar sagen, daß es der etwas größere war – bei den anderen Kindern, die mal mit mir spielten und mich dann wieder ausschlossen. Ein positives Lieblingskind, wie ich es bisher war, konkret als das auszumachen, was es jetzt ist, als negatives Lieblingskind, muß für die Kinder – darin erging es ihnen genauso wie mir –

ziemlich schwer gewesen sein. Bei den Erwachsenen schloß ich schon aus einem Blick, den sie mir zuwarfen, oder aus einer geringfügigen Geste auf die mir damit bedeutete Rolle und brauchte mich nur dementsprechend zu verhalten, doch bei Kindern, die meine Rollen durcheinanderbrachten, war das schwer zu machen.

Zum Beispiel nach der Schule auf dem Sportplatz, wenn Fußball gespielt wurde. Da es auf die Regeln nicht so ankommt, entbrennt sogleich ein wilder Kampf, der zwischendurch auch mal in eine Prügelei ausartet, mich im Laufe des Spiels aber so in seinen Bann zieht, daß ich hingehe und mitspiele. Im Grunde bin ich ein optimistisches Kind, eins, das sich leicht hinreißen läßt. Und dann hat plötzlich jemand Nasenbluten. Passiert so etwas, ist es bei den anderen mit der Ausgelassenheit vorbei. Sie werden still. Eben noch bin ich ihr Spielkamerad gewesen, der mit ihnen herumtobte, schrie und lachte, nun sagt keiner mehr ein Wort, alle belauern mich, als ob sie ein geradezu unheilbringendes Wesen erblickt hätten. Ich selber stehe wie angewurzelt, und da ich den Blick gesenkt halte, spüre ich nur, wie sie sich zu einer anderen Stelle des Platzes hin entfernen. So ist das gewesen.

Oder wenn es zum Spielen in den Wald ging. Wie üblich schloß mich zu Anfang niemand davon aus. Wir tobten und alberten herum. Mal zogen wir los, um Bambus für Angelruten zu schneiden, mal suchten wir nach Pilzen, oder einer wußte von seinem großen Bruder, daß der bei der Arbeit im Wald Wildschweinjunge gesehen hatte, und die wollten wir uns auch ansehen, wollten sogar möglichst welche fangen. Wann immer es zum Spielen in den Wald ging, war ich der einzige, den schon dann, wenn die Sonne noch hoch stand und es noch warm war, wenn alle noch guter Dinge waren, eine bestimmte Sorge erfüllte. Als einziger war ich darum bei unseren Spielen nicht bei der Sache. Dem zwischen Berghängen liegenden kleinen Tal folgend, sind wir in den Wald gelangt, und bald danach ist es, als künde das ganze Tal davon, daß der Augenblick vor Einbruch der Dämmerung naht, so ist es jedesmal. Nur ich sehe ihm mit Sorge entgegen – gleich, denke ich, gleich muß es soweit sein. Und dann ist der Augenblick da. Himmel und Berge, Bäume und Gräser, selbst noch der Erdboden, alles nimmt eine sonderbare Farbe von Einsamkeit an. Da fühlen die Kinder, daß es Zeit ist, nach Hause zu gehen. Was nun folgt, ist die Zweiteilung der Kinderschar. Hier ich, dort alle anderen. Dann, wenn ich im Abstand von ein paar Schritten hinter dem letzten des Trupps nach Hause gehe, würdigt mich niemand mehr eines Blickes. Nein, eigentlich trifft es nicht das, was ich empfand, wenn ich sage, sie würdigten mich keines Blickes. Vielmehr schien es, als wollten sie in mir nicht wieder etwas Unheilvolles sehen. Und das, Professor, kann ja wohl nicht ganz dasselbe sein, was der Ausdruck, einen anderen keines Blickes zu würdigen, im Japanischen besagt.

Doch was soll ich weiter von mir als dem negativen Lieblingskind erzählen, das Resultat wäre doch nur eine Ansammlung von Geschichten und keine Erklärung für den Selbstmordversuch, den ich unternahm, als ich das zweite Jahr zur Oberschule ging. Also will ich Ihnen lieber erzählen, Professor, auch wenn das für Sie jetzt sehr plötzlich kommt, was es mit dieser Sache, von der ich selbst nicht weiß, ob es mir wirklich Ernst damit war oder nicht, auf sich hatte. Was ich vorhin sagte, war mir jedenfalls immer häufiger passiert, so daß ich allmählich aufhörte, mit Gleichaltrigen zu spielen, und bloß noch zu Hause saß und lernte, bis mir das zur Gewohnheit wurde. So ist außer mir kein anderes Kind gewesen, weder in »dem Dorf« noch im Naruya. Kein anderes Kind besaß aber auch ein eigenes Zimmer zum Lernen und war bezüglich häuslicher Pflichten so ungebunden wie ich.

Bei dem alten Doktor im Krankenhaus war ich nach dem Ruhrzwischenfall weiter ein und aus gegangen. Den Wunsch, Arzt zu werden, hatte ich nicht aufgegeben. Ließ ich mich bei ihm im Sprechzimmer nieder, um mir in einem Buch die Abbildungen anzusehen, schien er zwar nicht erfreut darüber, doch konnte er mich, dafür sorgte eine gewisse in meinem Charakter liegende Sturheit, durch keine noch so abweisende Miene davon abhalten, ihn immer wieder zu besuchen – bei keinem anderen Erwachsenen, der mich einmal abgelehnt hatte, hätte ich das fertiggebracht. Arzt zu werden war für das Wie meines Überlebens einfach unerläßlich, das spürte ich, und ein Mittel aus der Hand zu geben, das mir in der Hinsicht von Nutzen sein konnte, war ich nicht bereit. Hinzu kommt, Professor – nun offenbart sich eine andere Seite meines Charakters –, daß ich den Fehler, den der alte Doktor bei seiner Diagnose der Ruhr gemacht hatte, für mich behielt, allerdings auch von niemandem danach gefragt worden bin. Das erstemal wenigstens war ich ja von der Isolierstation aus zu ihm gegangen und hatte ihm Bericht erstattet. Worauf er behauptet hatte, daß die Kranken am nächsten Tag schon über den Berg sein würden, schließlich hätten sie Sulfonamid bekommen – das hatte er selbst gesagt, so daß ich mir dachte: Das behalte ich für mich, dann weiß ich, wo seine schwache Stelle ist, und habe ihn in der Hand. Ein gar so unschuldiges Kind war ich nicht, Professor, ich mußte aber so sein, das hatte seine Gründe. Daß ich es jedenfalls schaffte, mir die nötigen Kenntnisse anzueignen, um als einziger aus dem Dorf im Tal an die Universität und, wenn auch mit Mühe, zum Medizinstudium zu kommen, dazu hat, glaube ich, wohl doch gehört, daß ich zu Hause saß und lernte.

An so einem Tag im Winter ist es gewesen; den anderen Kindern meines Alters, die ja keinen Umgang mehr mit mir hatten, seit ich zum Stubenhocker geworden war, kam es wahrscheinlich irgendwie abwegig vor, und unmittelbar nach dem mißglückten Versuch schien mir selber auch, daß meine Absicht zu sterben nicht echt gewesen war, denn tot bin ich, zum Beweis dafür, nicht gewesen. Wie auch immer, ich hatte den Versuch gemacht, mir das Leben zu nehmen. Der blaugeschwollenen, ruhrkranken Lehrerin sagte ich erst gar nichts vom Selbstmordversuch. Was wäre von so einer Person auch anderes zu erwarten gewesen, Professor, als ein im Brustton der Überzeugung abgegebenes Urteil, das ich doch nicht teilen kann. Das ist mir klar! hätte sie gesagt. Genauso war es, oder nicht? Dies oder auch das Gegenteil davon, was bei ihr geheißen hätte: Nein, das ist ausgeschlossen!

Trotzdem, auf diese Weise – indem ich mir die Antworten der Lehrerin vorstelle – wird mir all das, was ich selber tat und was mit mir geschehen ist, in seiner Bedeutung klar. Die Lehrerin fällt ein Urteil: So ist es nicht gewesen. Vielmehr, behauptet sie, war es soundso, womit sie der Sache eine andere Bedeutung gibt. Mit der Methode aber können alle möglichen Bedeutungen einbezogen und allesamt auch wieder verworfen werden. So ist es gewesen, sehe ich dann, da der Selbstmordversuch erstmals deutlich als Ganzes hervortritt. Ist, so gesehen, an der Dickschädligkeit der Lehrerin pädagogisch nicht doch was dran?

An jenem Tag – ich besuchte zu der Zeit die zweite Klasse der Oberschule – hatte ich mich davon überzeugt, daß niemand im Hause war, dann heizte ich das Bad. Dieses eigenmächtige Heizen ist es gewesen, das mir eigentlich stärker als alles, was ich an dem Tag sonst noch tat, das Gefühl gab, etwas Verbotenes zu tun. Ich erinnere mich noch genau daran. Es war seltsam damit. Gekommen ist das so: Bei keiner Arbeit, nicht in der Küche, nicht beim Saubermachen, ob nun inner- oder außerhalb des Hauses, hatte meine Pflegemutter mich, das Kind, je helfen lassen. Ich brauchte aber nur einmal das Bad zu heizen, um das Gefühl zu haben, daß es nicht die anstrengende Arbeit war, die sie dem Kind ersparen wollte, sondern daß es einen anderen, tieferen Grund gab, wenn solche Arbeit einem Kind wie mir verboten war.

Das Bad heizte ich deshalb, weil ich aus einer alten Zeitschrift, die im Speicher lag, wußte, daß das Blut mit Leichtigkeit austritt, wenn man sich die Pulsadern in warmem Wasser öffnet, das dieselbe Temperatur wie der Körper hat. Als ich dann aber in dem lauwarmem Wasser hockte, allein an einem stillen Nachmittag, war ich ganz ergriffen. Am hellichten Tag baden, das hatte ich noch nie erlebt, erlebte es auch später nicht, nur dieses eine Mal. In dem unten zur Hälfte aus Milchglas bestehenden Badezimmerfenster war durch die oberste Scheibe, denn Dampf gab das Wasser kaum ab, deutlich der Wipfel des Kamelienbaumes im Hof zu sehen. Auf seinen rundgewölbten harten Blättern glitzerte das Nachmittagslicht, und all diese Blätter bewegte ein kaum merklicher Wind. Obwohl Berge und Wald die Umgebung sind, in der ich geboren und aufgewachsen bin, war mir bis dahin nie aufgefallen, daß die Blätter an den Bäumen so ohne Unterlaß in Bewegung sind. Ich rufe mir das oft in Erinnerung, doch daß es der bevorstehende Tod gewesen sein sollte, der meine Augen derart empfänglich für diese Dinge machte, glaube ich nicht, eher war es der Umstand, zu einer so ungewöhnlichen Tageszeit im Bad gesessen zu haben. Das erschwert es mir auch, nachträglich zu beurteilen, ob ich an jenem Tag wirklich die Absicht hatte, mir das Leben zu nehmen, oder nicht ...

Jedenfalls schnitt ich mir die Pulsadern mit einem Taschenmesser auf. Schon beim Heizen hatte ich es, vor dem Feuerloch kauernd, an den runden Steinen der einen Ofenseite geschliffen – es stammte noch von dem verstorbenen Sohn des Bürgermeisters, ein

Prachtstück von einem Messer, nicht zu vergleichen mit dem, das die meisten Jungen hatten, ich war mächtig stolz darauf. Bevor ich das Messer auf mein Handgelenk ansetzte, redete ich mir gut zu: daß ich mir gleich einen Schmerz zufügen, aber etwas in diesem Schmerz auch als angenehm empfinden würde. Dann schnitt ich drauflos – ritsch-ratsch, als hätte ich so was schon hundertmal gemacht. Gefühlsmäßig traf ich so exakt, daß ich mich später, als Student am Seziertisch, mit Verwunderung dran erinnerte: Wie war es möglich, daß ich das geschafft hatte? Die Linke unter Wasser an das Knie gepreßt zu halten und mit dem Taschenmesser in der Rechten die Pulsader aufzuschneiden. Wie leicht hätte mir das Messer entgleiten und den Bauch oder die Geschlechtsteile verletzen können.

Nun bin ich zwar vorher, bis zu dem Schnitt in mein Handgelenk, ruhig gewesen, doch danach hat der Anblick des roten Wirbelstroms, den mein Blut im Wasser erzeugte, genügt, daß ich vor Schreck erstarrte. Wenn es schon so weit war, daß ich nur noch schreckstarr zusehen konnte, hätte der Selbstmord eigentlich perfekt ausgehen müssen. Am Leben blieb ich deshalb, weil meine Pflegemutter, die nach Hause kam und sich wunderte, daß das Bad geheizt war, überraschend die Glastür zum Badezimmer öffnete. Als sie zu mir hereinsah, streckte ich ihr aus dem schon knallrot gewordenen Wasser den linken Arm mit der offenen Wunde entgegen, aus der das Blut nur so sprudelte. Nie vergesse ich das Gesicht, das sie machte, als ich ihr den wunden Arm hinhielt – ein einziger Ausdruck von Abscheu.

Und da entdeckte ich zu meiner Beschämung, warum ich meiner Pflegemutter den wunden Arm entgegenstreckte und wie verfehlt die in dieser Gebärde liegende Vorstellung war, die ich mir gemacht hatte. Nie wieder, dachte ich, durfte mir ein so peinlicher Fehler passieren, das schärfte ich mir ein, und gleichzeitig bat ich in einem fort, jedoch absichtlich so, als ob ich darum flehte: Entschuldige, daß ich das Bad geheizt habe! Entschuldige, entschuldige! – Meine Pflegemutter war vor das Haus gelaufen, um Hilfe zu holen, und aus der Nachbarschaft kamen ein paar Männer angestürzt. Dann eilten auch der Bürgermeister aus dem Gemeindeamt und der alte Doktor aus dem Krankenhaus herbei, ich aber flehte noch immer um Entschuldigung und hörte auch nun nicht damit auf.

Meine Pflegemutter – besser gesagt, die Frau des Bürgermeisters – war, was keine andere Frau in »dem Dorf« und im Naruya gewesen ist, eine zarte Erscheinung mit feinen Gesichtszügen. Von ihren Gefühlen ließ sie sich kaum etwas anmerken, und wenn sie mit mir sprach, dann stets in höflichen Worten, so daß ich eigentlich nie wußte, wie sie über mich dachte. Der Scharfsinn des negativen Lieblingskindes half, mich im täglichen Umgang mir ihr klug zu verhalten. Bescheiden und ohne von mir aus je etwas zu fordern, zeigte ich mich hocherfreut über alles, was sie von sich aus für mich tat. So lebte man unter einem Dach zusammen. Dabei habe ich von meinem zehnten bis zu meinem sechzehnten Lebensjahr immer sehnsüchtig darauf gewartet, von der Frau des Bürgermeisters, die mich erzog, auch geliebt zu werden.

Da wollte ich mich eben bei ihr einschmeicheln. Zeigt denn ein kleines Kind, wenn es hingefallen ist, der Mutter nicht auch die schlimme Stelle, an der es blutet? Verlangt es nicht, daß sie etwas tut, damit es aufhört zu bluten? Und beklagt es sich nicht bei ihr, als sei es ihre Schuld, daß ihm so etwas zugestoßen ist? Dasselbe hatte ich getan, indem ich meinen blutenden Arm aus dem rot gewordenen Badewasser hob, um ihn der Pflegemutter zu zeigen. Und sie hat darauf mit reinstem Abscheu reagiert. Empört hat sie es, daß ihr so etwas Ekelhaftes vorgehalten wurde, und vor Wut ist ihr puppenhaftes Gesicht wie versteinert gewesen, als sie hinauslief, um Hilfe zu holen. Hinauslief, als ob sie die Nachbarn zu Hilfe holen wollte mit dem Ruf: Kommt und schlagt ihn tot, den räudigen Hund, den Eindringling in meinem Bad! – Was blieb mir anderes übrig, als weiter so zu flehen: Entschuldige, daß ich das Bad geheizt habe! Entschuldige, entschuldige …

Die absichtlich vorgetragene Litanei paßte, als hätte ich vorher gewußt, daß es so kommen würde, haargenau zu dem, was sich dann abgespielt hat. Denn vom Bürgermeister, der zusammen mit dem alten Doktor eintraf, bekam ich, nackt und blutbesudelt, wie ich war, zu hören: Du kannst nicht einfach machen, was du willst! – Als Antwort darauf aber war es absolut treffend, was ich wie im Fieberwahn von mir gab, indem ich unaufhörlich flehte: Enschuldige, daß ich das Bad geheizt habe! Entschuldige, entschuldige! – Dabei war mir von vornherein klar, daß es ihm gar nicht um das Heizen ging. Den Vorwurf hatte mir der Bürgermeister stellvertretend für alle Bewohner

»des Dorfes« und des Naruya gemacht. Mein Körper, mein lebendiger Leib war gemeint, wenn er sagte: Du kannst nicht einfach machen, was du willst! – Mein Leib und mein Leben seien dazu da, bei anderer Gelegenheit eingesetzt zu werden, und dann so, wie es er, der Bürgermeister, und die Dorfbewohner für richtig hielten; nicht aber dazu, mit ihnen zu machen, was mir gefalle. Das kam bei seinem wütenden und irgendwie auch unbeholfenen Geschimpfe heraus. Durch dieses Erlebnis, Professor, bin ich mir über meine Rolle im Dorf klargeworden.

Der Bürgermeister und all die anderen, davon war ich damals im Innersten überzeugt, warteten nur auf die passende Gelegenheit, mich zu töten. Genauso, wie man es in der Dorflegende mit den einäugigen Karauschen im Teich des Schreins für Oyama-tsumi-no-kami tat. Was so eine einäugige Karausche, so ein für den Gott eigens gehegtes Schlachtopfer war, durfte sich doch nicht einfallen lassen, sich selber zu töten. Genausowenig wie ich! Bei dem, was ich mir da vorstellte, hat wohl auch der Groll mitgespielt, den ich, verletzt durch den Ausdruck von Abscheu auf dem Gesicht der Frau des Bürgermeisters, empfand. Die Vorstellungen ihres Mannes dürften jedenfalls in eine unbestimmtere Richtung gegangen sein. Auch später bin ich, wenn ich in Panik zu geraten drohte, oft in Übertreibungen dieser Art verfallen.

Sicher war, was der Bürgermeister von mir dachte, in mehr alltäglichem Sinne gemeint. Und doch sind es, glaube ich, Gedanken gewesen, die im tiefsten Grunde mit meinem Verfolgungswahn zusammenhingen, Professor. Meine Assoziation damals waren die Schlachtopfer in Gestalt der einäugigen Karauschen, die sich angeblich im Teich des Schreins für Oyama-tsumi-no-kami befanden – Einaugen wie ihre Vorfahren, die auf einem Auge geblendeten Karauschen, die dort gehalten wurden, um sie für Oyama-tsumi-no-kami jederzeit verfügbar zu haben. Der Zusammenhang wird klar, wenn man zum Vergleich der wahren Absicht nachgeht, die die Dorfleute damit verfolgten, daß sie die Familien unserer fünf Häuser über Generationen hinweg auf dem Felsen zwischen »dem Dorf« und dem Naruya wohnen ließen. Den Gedanken, die Bewohner der fünf Häuser direkt umzubringen, werden selbst die Dorfleute nicht gehabt haben. Indem sie aber wußten, daß die Bewohner dieser Häuser einem Hochwasser zum Opfer fallen würden, daß es irgendwann einfach so kommen mußte, wird der Gedanke daran in der Brust eines jeden von ihnen dennoch dagewesen sein, meine ich. Und er hat sich ja dann auch bewahrheitet. Das aber heißt, daß man auf dem eigenen Grund und Boden, und zwar an einer ganz besonderen Stelle, lange Zeit Leute extra leben ließ, damit sie bei der früher oder später über das Dorf hereinbrechenden Katastrophe die Schlachtopfer wurden. Was war das anderes, Professor, als daß sich die Dorfleute in einem bestimmten Areal menschliche Einaugen hielten. Zu wissen, daß sie das taten, hatte ihnen Ruhe und Frieden verschafft. Und nun, da die Bewohner der fünf Häuser nicht mehr lebten, war es ihnen fatal, mich, das einzige menschliche Einauge, das ihnen noch blieb, durch eigenmächtigen Selbstmord zu verlieren.

Wenn ich daran zurückdenke, Professor, hatte ich damals, im Bad, als ich im Begriff war, mir die Pulsadern zu öffnen, so ein vages Gefühl, eine Angst wie vor dem Überwinden einer Wand von ungeheurem Ausmaß, einer Wand, die man nicht überwinden durfte. Gleichzeitig, scheint mir, war es bebende Erregung, die ich empfand, gerade das zu tun, was man nicht tun durfte. Bei genauerer Überlegung hatte sich da die Furcht, das Ungeheuerliche zu wagen, nämlich die Vernichtung der Bewohner jener fünf Häuser auf dem Felsen zu einer totalen zu machen und dadurch alle Menschen im Dorf einer großen Gefahr auszusetzen, mit dem befreienden Gefühl verbunden, dies trotz allem fertiggebracht zu haben – so gewunden war die Vorstellung, die mich dazu brachte, mir die Pulsadern aufzuschneiden, das stellte sich allmählich heraus …

Nach dem Selbstmordversuch, Professor, dachte ich über all das, wovon eben die Rede war, weiter nach, allerdings auf der ganzen Linie schwankend, extrem bis zum äußersten und dann wieder relativ gemäßigt. Unterdessen verheilte die Wunde an meinem Handgelenk, und als ich wieder zur Schule ging, hatte ich aus all dem die Schlußfolgerung gezogen. Ich bestärkte mich darin jeden Morgen, wenn ich, die rosafarbene Narbe am Handgelenk noch versteckt unter einem Verband, per Fahrrad und Zug zur Oberschule in die vom Nachbarort zwei Zugstunden entfernt liegende Präfekturhauptstadt fuhr – wegen des Selbstmordversuchs war ich dorthin umgeschult worden. Was, so sagte ich mir, bin ich anders als die letzte einäugige Karausche in ihrem Gehege. Also muß ich mir überlegen, wie mein Leben unter der Voraussetzung aussehen soll. Zu diesem Entschluß war ich gekommen. Der Selbstmordversuch erwies sich als Wende, von nun an war ich nicht mehr das Lieblingskind, das negative so wenig wie das positive, und hatte auch sonst alles kindlich Weiche verloren; aus mir war ein Mensch geworden, der als Waise daranging, seinen Lebensweg selbst zu planen.

Schon bald, davon war ich überzeugt, würde für mich, das Einauge, die Zeit gekommen sein, die Rolle des Schlachtopfers zu erfüllen. Zu dem Zweck wurde ich schließlich gehalten. Bis es soweit war, wollte ich mich vom Dorf und von den Dorfleuten frei gemacht haben. Um jeden Preis. Würde mich aber der Bürgermeister, würden mich all die anderen im Dorf so ohne weiteres freigeben? Auf keinen Fall, darüber war ich mir vollkommen im klaren. Hatte ich den Selbstmordversuch denn nicht deshalb unternommen, weil ich keine Hoffnung mehr sah, anders als durch diese Tat von den Dorfleuten loszukommen? Wie sollten die Leute in »dem Dorf« und im Naruya auch imstande sein, mich einfach freizulassen, da ich für sie nun mal der einzige Überlebende derer war, die in den fünf Häusern auf dem Felsen die Rolle von einäugigen Karauschen auf sich genommen hatten. Außerdem war ich seit der Hochwasserkatastrophe als Kind des Dorfes von allen aufgezogen worden. Soviel hatten sie immerhin schon in mich investiert. Zu der Bilanz, Professor, gehörte auch der Tod einer ganzen Anzahl von Kindern – jener, die damals in den Fluß gesprungen waren. Schuld war, wenn man so will, die Ruhr, aber sie nicht allein, schuld war auch ich. Wäre ich einfach in die Stadt geflohen, die Angehörigen dieser im Fieberwahn zu Tode gekommenen Kinder wären die ersten gewesen, die mich bis dorthin verfolgt hätten. Sie wären unter allen Umständen aufgetaucht, um nach mir zu suchen. Was mir da nämlich im Kopf herumgeht, Professor, die Existenz von Leuten aus dem Dorf, die mich suchen, mich zurückholen wollen, ist schon seit der Zeit Realität.

Angenommen, ich wäre geflohen, Professor, wäre ich damals bestimmt nicht in die Stadt gegangen. Zweifellos hätte ich die andere Richtung genommen, durch »das Dorf« hindurch und weiter hinauf nach Oda-Miyama, wo der Odagawa herkommt. Damals fürchtete ich mich vor der Stadt und klammerte mich an die Leute in »dem Dorf« und im Naruya, mochten sie mich auch halten wie eine einäugige Karausche. Ich konnte gut verstehen, weshalb meine Eltern und ihre Nachbarn die fünf Häuser auf dem schmalem Stück Land über dem Felsen nicht aufgegeben hatten, um in die Stadt zu entkommen. Womöglich dachte ich das auch nur, um damit den eigenen Mangel an Mut zu rechtfertigen.

Im Hinblick auf die Zukunft aber hatte ich meinen Ausbruch genau geplant. Meinem alten Vorsatz entsprechend, lernte ich, um einmal Arzt zu werden. Der alte Doktor konnte das Krankenhaus nicht ewig weiterführen. Er und der Bürgermeister machten sich schon Gedanken um einen Nachfolger; ich hatte einmal gehört, wie sie darüber sprachen. Das ist mit ein Grund gewesen, weshalb ich noch als Mittelschüler beschlossen hatte, Arzt zu werden. Wenn ich also lernen wollte, um Arzt zu werden, würden mich maßgebliche Leute des Dorfes darin auch unterstützen und mich zum Studium in die Stadt gehen lassen, das war mir sehr wohl klar. Nur dieses Studium kam dafür in Frage, denn wozu sonst hätten sie mich aus dem Dorf fortlassen sollen. Auch das ist mir klargeworden. Für »das Dorf« und das Naruya war ich zwar noch immer das Lieblingskind, doch bereits das negative. Wozu also sollten Leute in einem Dorf weitab in den Bergen bei der schlechten Konjunktur, die in der Nachkriegszeit herrschte – besser gesagt, war man von Konjunktur jeglicher Art, sei sie gut oder schlecht, noch weit entfernt –, wozu sollten sie jemandem wie mir irgendein Studium finanzieren, das für sie ohne praktischen Nutzen war? Aus all diesen Erwägungen hatte ich mich für das Medizinstudium entschieden, und so wie ich seitdem die Verfolger im Kopfe habe, Professor, das sagte ich ja schon, hat damals, seit ich das zweite Jahr zur Oberschule ging und mich auf die Aufnahmeprüfung für die Universität vorbereitete, das heißt, seit ich per Rad und Bahn zur Schule fuhr, in meinem Kopf auch die bis heute dauernde Flucht begonnen. So lange geht das schon, daß ich ständig auf der Flucht bin, und so weit weg von dem Dorf im Tal hat sie mich schon geführt, bis hierher nach Mexico-City.

… Professor, es geht los, gleich ziehe ich Ihnen die beiden Zähne. Ganz unempfindlich gegen Schmerz macht die Narkose nicht, doch dafür dauert es nicht mehr lange, dann sind Sie eingeschlafen. Bis zum Morgen, solange Sie schlafen, bleibe ich bei Ihnen. Es versteht sich, Professor, daß es nach dem Ziehen noch ein bißchen bluten wird. Am besten, Sie spucken das Blut gleich aus, dann fühlen Sie sich wohler. Sollten Sie dazu nachher zu müde sein, geht es auch mit etwas Watte im Mund, aber fest durchbeißen, damit sie Ihnen beim Schlafen nicht in den Hals rutscht. Darauf werde ich nachher achten müssen. Mit der betäubenden Wirkung von Indio-Kräutern ist das nun mal nicht anders. Bisher waren es fast nur Mestizenkinder, denen ich auf die Art Zähne zog. So gesehen, Professor, sind auch Sie jetzt ein wenig Kind. Sollte es aber weh tun, müssen Sie das schon mal aushalten. Denn das Kind, das die Kräuternarkose aus Ihnen gemacht haben mag, sind Sie nur zur Hälfte, Professor, zur anderen Hälfte sind Sie immer noch ein Erwachsener. Die meisten Leute glauben ja, daß es beim Zähneziehen darauf ankommt, den Zahn herauszuziehen, in Wirklichkeit muß man ihn, so fest es geht, packen und dann mit kräftigem Druck drehen. Hören Sie was, Professor? Tief drinnen in Ihrem Körper müßte es jetzt knirschen und krachen, so als ginge es Ihnen an die Wurzel des Lebens. Ihr Leben ist nicht in Gefahr, Professor, es sind nur zwei Zähne, die ich Ihnen ziehe. Trotzdem, wäre es nicht gut, wenn jeder von uns Lebenden beizeiten so eine Erfahrung machte, so eine gelegentliche Probe aufs Exempel: am Leben zu sein und schon zu empfinden, wie es sein wird, zu sterben? Denn wenn es wirklich ans Sterben geht, bleibt einem keine Zeit mehr für solche Erfahrung. Hab' ich nicht recht, Professor?

Professor, Telefon! – rief die Verwalterin und lief die Treppe hinauf, um bei Ihnen an die Tür zu klopfen.

Worauf Sie ihr in Nahuatl-Sprache geantwortet haben. Es war bis in den Hof hinunter zu hören, wo das Telefon ist. Dasselbe, bei dem Sie jetzt angekommen sind. Ihr Schritt auf der Treppe, die Sie eben herunterkamen, hörte sich munter an, das freut mich. In jener Nacht, Professor, als die alte Mestizin kam, Ihre Verwalterin, und Rat bei mir suchte für einen Japaner, der sich mit Zahnschmerzen quälte, hatte sie nämlich erzählt, daß Sie ein ziemlicher Sonderling wären, ein nicht besonders gut spanisch sprechender »japonés«, der die Indio-Sprache lernt. Dann stimmt das also doch? Jemanden auf spanisch anzusprechen und eine Antwort in Nahuatl-Sprache zu kriegen ist immerhin eigenartig. Irgendwie zeigt es aber, was für ein Bild Sie von der Mestizin im Kopf haben, wenn Sie in Ihren vier Wänden sitzen, Gedanken wälzend oder der Phantasie freien Lauf lassend, wie Sie das meistens zu tun scheinen.

Daß ich Sie jetzt anrufe, Professor, nachdem ich neulich, nach dem Zahnziehen – Sie schliefen noch, es war aber schon heller Vormittag –, gegangen bin, ohne mich verabschiedet zu haben, tue ich nicht etwa, um mich deswegen zu entschuldigen. Der grußlose Abschied war schließlich gegenseitig. Die Pesos und die paar Dollarscheine, die ich mir ohne Erlaubnis aus Ihrem Schreibtisch genommen habe, hätten Sie mir, bei der Summe, ebensogut selber als Honorar gegeben haben könnten. Ist es nicht so, Professor? Daß man in der Japanischen Botschaft Vorwände sucht, mich aus Mexiko auszuweisen, ist zwar nicht neu, doch der Sekretär, der das jetzt betreibt, will mir offenbar anhängen, ich hätte unrechtmäßig

Honorar von Ihnen kassiert. Das ist mir gerade zu Ohren gekommen. Nun sind Sie ja eine regulär angestellte Lehrkraft der hiesigen Universität. Wenn Sie aussagen würden, daß ich Ihnen Geld gestohlen hätte, wäre das für die Botschaftsleute ein gefundenes Fressen, um einen Störenfried wie mich aus dem Land zu werfen. Doch das traue ich Ihnen nicht zu, Professor, daß Sie so eine Aussage machen und es darauf ankommen lassen, daß man mich zwangsweise nach Hause schickt. So, wie mein Dorf und ich zueinander stehen, und nach alldem, was ich Ihnen darüber erzählt habe – und noch zu erzählen gedenke –, würden Sie es zulassen, daß ich dorthin zurück muß? An einem Unternehmen wie meiner zwangsweisen Rückführung nach Japan, wo mich Leute erwarten, die all die Verfolger auf mich angesetzt haben, werden Sie sich nicht beteiligen. Davon bin ich überzeugt. Bei Ihnen, Professor, geht die Einmischung in das Schicksal eines anderen Menschen nicht so weit, ihn total in die Enge zu treiben. Für einen so rücksichtslosen Charakter halte ich Sie nicht. Damit Sie aber den Machenschaften der Botschaft nicht unbesonnen auf den Leim gehen, will ich Ihnen in Fortsetzung dessen, was ich Ihnen letztens erzählte, den gewichtigeren Teil der Geschichte auch noch erzählen. Wie ist es dazu gekommen, daß sich Verfolger aus dem japanischen Dorf aus Shikoku und dem Dorf in Kolumbien – Verfolger aus zwei Dörfern, die im Grund eins sind – auf Schritt und Tritt an meine Fersen heften? Muß es nicht auch Sie interessieren, zu erfahren, was sich in Wirklichkeit abgespielt hat? Seit ich in der Absicht, Medizin zu studieren, angefangen hatte für die Aufnahmeprüfung zu lernen, begann in meinem Kopf die Flucht und tauchten in ihm zugleich die Verfolger auf, das sagte ich wohl beim letztenmal …

Von dieser Zeit an, vom Besuch der Oberschule in der Präfekturhauptstadt, vergingen, bis ich in Tokyo an die Universität kam, endlich mit dem Medizinstudium fertig wurde und das internistische Praktikum abschließen konnte, mehr als zehn Jahre, Professor, und wenn es in meinem Leben bis dahin eine Zeit gegeben hatte, in der mir die Verfolger inner- und außerhalb meines Kopfes am wenigsten zu schaffen machten, dann waren es diese Jahre. Abgesehen von der Zeit bis zu dem Hochwasser, das die Häuser auf dem Felsen mit sich riß, und abgesehen auch von jener Zeit, in der ich das positive Lieblingskind »des Dorfes« und des Naruya gewesen war. Über zehn Jahre kamen deshalb zusammen, weil ich insgesamt, bis zum Eintritt in die Medizinische Fakultät und danach, viel mehr Zeit gebraucht habe als allgemein üblich. Mit diesem Umstand hat es auch zu tun, daß ich Streit mit der Botschaft bekam. Die Sekretäre, mit denen Sie dort sprachen, Professor, nachdem Sie durch mich die beiden Zähne losgeworden waren, werden Ihnen zweifellos alles mögliche über mich eingeredet haben, um Ihnen vorsichtig beizubringen, daß ich ein Aufschneider in eingebildeter Opferrolle wäre, der so manches daherschwatzte, von Verfolgern aus einem Dorf, von ärztlicher Ausbildung und dergleichen, was aber alles weder Hand noch Fuß habe. – Aufgekommen ist so ein Gerede nur, weil meine Studienzeit so ein langes Auf-der-Stelle-Treten war.

Natürlich hätte es einer konkreten Grundlage wie dieser nicht bedurft, auch ohne sie wäre diesen Leuten früher oder später etwas eingefallen, um mich in der Japanischen Kolonie zu isolieren und schließlich ganz aus ihr zu vertreiben. Weil denen an der Botschaft mit ihrem aufgeblähten Großmachtbewußtsein eine japanische Existenz wie meine nun mal nicht in den Kram paßt.

Begonnen hatte das Ganze damit, daß ich der Ansiedlung in Kolumbien gerade noch entging, indem ich das Auswandererschiff in Tehuantepec verließ. Der nach Kolumbien auswandernden Neusiedlergruppe meines Dorfes war ich somit entflohen. Doch in diesem Stadium bewies mir die Botschaft Anteilnahme. Sie hat mir sogar geholfen. Wahrscheinlich betrieb man meine Aufnahme in der Hoffnung, mich in der Japanischen Kolonie in Mexiko als Arzt beschäftigen zu können. In diese Richtung dürften auch meine eigenen Zukunftspläne gegangen sein. Jedenfalls war ich mit den Botschaftssekretären damals – inzwischen sind es ja andere Leute – öfter beisammen, bei japanischem Essen oder Sake. Die Japaner der Kolonie wurden mir auch gleich vorgestellt. Auf der Überfahrt mit den Aussiedlern, den tatkräftigsten Leuten des Dorfes, die von Shikoku aus nach Kolumbien gehen wollten, war bei mir, dem Arzt der Gruppe, eine gesundheitliche Störung aufgetreten. Man erklärte mir, daß ich in Mexiko an Land gebracht werden müßte, andernfalls Gefahr für mein Leben bestünde. Für die Auswanderer war der Vorfall denkbar ungünstig. Die Kolonie der Japaner in Mexiko dagegen konnte einen Arzt als Zugang gut gebrauchen. Der Geruch eines Verbrechens haftete den Umständen, unter denen ich das Schiff vorzeitig verlassen hatte, nicht an. So war es eigentlich ganz natürlich, daß sich die Botschaft um meine Aufnahme bemühte.

Doch dann wollte ich anfangen zu arbeiten – von dem Schwächezustand, in dem ich mich befand, als ich in Tehuantepec von Bord ging, hatte ich mich erholt – und erschien in der Botschaft. Mit dem zuständigen Sekretär verhandelte gerade eine Gruppe aus Japan entsandter agrotechnischer Entwicklungshelfer. Offenbar ging es um die praktische Vermittlung von Anbaumethoden für japanisches Hochlandgemüse. Der Zufall wollte es, daß zu der Gruppe ein Mann gehörte, der erklärte, mit mir zusammen Landwirtschaft studiert zu haben. Dieser Kerl – erinnern konnte ich mich nicht an ihn, weder dem Aussehen noch dem Namen nach – ließ hintenherum über mich verlauten, ich wäre gar kein Arzt. Was mich der Botschaft so verdächtig machte, daß sie der Sache nachging. Ganz zu Anfang, das stimmt, studierte ich Agrarwissenschaft. Meine Kenntnisse reichten nämlich nicht aus, um die Aufnahmeprüfung für die Medizinische Fakultät auf Anhieb zu schaffen. Bedenken Sie, Professor, daß ich im Dorf der einzige war, der zur Oberschule ging, daß ich in meinem Zimmer vor mich hin gebüffelt habe, und ganz allein für eine Prüfung zu lernen, ohne einen Kameraden, dem es genauso geht, ist nun mal ein großer Nachteil. Haben Sie die Erfahrung nicht auch gemacht, Professor? Den Bürgermeister und meine Geldgeber im Dorf hatte ich überredet, mich fürs erste an einer agrarwissenschaftlichen Fakultät studieren zu lassen, wo ich fleißig den Grundkurs mitmachen wollte, um danach zur Medizin überzuwechseln. Ich suchte mir denn auch eine Privatuniversität, an der so ein Wechsel möglich war. Was Wunder, wenn einer, der da Landwirtschaft studierte, im selben Seminar wie ich gesessen hat. Dabei war ich an der Fakultät nur zwei Jahre und habe nach einem weiteren Jahr, in dem ich nochmals für die Prüfung lernte, bei den Medizinern weiterstudiert. Wer aber so wie dieser ehemalige Kommilitone nach dem Studium agrartechnischer Instrukteur geworden ist, den man ständig von einem Entwicklungsland ins nächste beordert, konnte davon – bei dem Lebenslauf – keine Ahnung haben. Wußte nicht mal genau Bescheid, der Kerl, und denunziert mich bei der Botschaft als falschen Arzt. Um seine eigenen Angelegenheiten hätte er sich kümmern sollen, um den Kohlanbau im Hochland und nichts anderes …

Ich bin dann viele Male zur Botschaft gegangen, mußte erklären, was es mit der Sache auf sich hatte. Gerade zu der Zeit aber war mir ein ungestörtes Dasein in der Japanischen Kolonie von Mexico-City sowieso unmöglich geworden. Das kam daher, daß ich beim Verlassen des Auswandererschiffes in Tehuantepec etwas versprochen hatte. Sobald ich mich in Mexiko von der Krankheit erholt und meine Neurose überwunden haben würde, sollte ich den anderen nach Kolumbien folgen, so war es verabredet. Wenn sie nun sahen, daß ich nicht bei ihnen erschien, mußte von ihnen jemand kommen und hier nach mir suchen, das lag auf der Hand. Genauso war es auch, auf der Suche nach mir war der erste Verfolger aus Kolumbien eingetroffen, ich hatte die Nachricht in einem japanischen Restaurant aufgeschnappt.

Wenn die Auswanderer, nachdem sie ihren Bestimmungsort in Kolumbien einmal erreicht hatten, aus Angst, weil ihr Dorf ohne Arzt war, nach mir geschickt haben sollten, um mich aus Mexiko, wo sie mich an Land gesetzt hatten, zu sich zu holen, konnte das nicht weiter verwundern. Hinzu kommt etwas anderes, und was ich jetzt sage, Professor, muß nicht heißen, daß das den Leuten in Kolumbien, die sich da ein neues Dorf bauen wollten, auch bewußt gewesen wäre. Mußten sie aber, da es ja Leute aus »dem Dorf« und dem Naruya waren, in einem verborgenen Winkel ihres Herzens nicht deutlich gefühlt haben, welche Rolle der eine, den sie in Tehuantepec an Land setzten, für sie alle gespielt hatte? Sie fühlten es, ebendeshalb hatten sie mich von Anfang an, gleich bei ihrem Aufbruch aus dem Tal, mit dabei haben wollen. Gewiß, wenn die tüchtigsten Leute des Dorfes geschlossen auswanderten, brauchte so ein Kolonistenverband einen Arzt, und einen anderen als mich hatte man nicht kriegen können. Ich war aber nicht nur Arzt, Professor, meine Rolle ging darüber hinaus. Deshalb hatte ich das Schiff ja auch im entscheidenden Moment, als ich bis an mein Lebensende an diese Rolle gefesselt werden sollte, verlassen. Und zweifellos werden die ohne mich in Kolumbien eingetroffenen Dorfleute unter diesen Umständen vor Angst nicht ein noch aus gewußt haben. Also war das erste, was sie nach der Einwanderung unternahmen, daß sie jemanden losschickten, der mich aus

Mexiko, wo ich an Land gesetzt worden war, holen sollte. Und da ich mich in Mexico-City noch nicht so auskannte, daher auch nicht auf den Gedanken kam, in der Stadt unterzutauchen, fuhr ich nun wie von der Tarantel gestochen hoch und bin überstürzt geflüchtet, wohin der erstbeste Bus mich trug.

Von da an, Professor, lebte ich erst in Oaxaca und anderen Provinzstädten, kam später in kleineren Städten und Dörfern unter, zuletzt sogar in fast nur von Indios bewohnten Siedlungen; dafür gab es bestimmte Gründe. Im Grundkurs an der Agrarwissenschaftlichen Fakultät hatte ich, rechnet man das eine Jahr mit ein, das ich für die Prüfung lernte, drei Jahre lang Spanischunterricht gehabt. Die Universitätsleitung hatte damals nämlich vor, für japanische Auswanderer, die als Neusiedler nach Mittel- oder Südamerika gehen wollten, Instrukteure auszubilden. Der Mann, der mich bei der Botschaft in Mexico-City denunzierte, könnte ein reales Produkt dieses Ausbildungsganges gewesen sein. Ich fürchte, bei den Absolvententreffen seiner Fakultät führt er gerne das große Wort. Und auf die Ehre der alten Studiengenossen nichts kommen zu lassen ist wahrscheinlich die Art Mannschaftsgeist, zu der er neigt. So gesehen, muß ihm eine Erscheinung wie meine in Mexiko ein Dorn im Auge gewesen sein, das ist klar. Auf solche Typen bin ich immer wieder gestoßen, seit ich Japan verlassen habe. Bedrückend, so was, für einen selber und für den anderen auch …

Jedenfalls brachte ich durch den Spanischunterricht an der Agrarwissenschaftlichen Fakultät von vornherein das notwendige Minimum an Sprachkenntnissen mit. Sie, Professor, sind hier, an der Universität oder in dem Institut, wo Sie jetzt arbeiten, mit lauter mexikanischen Intellektuellen zusammen, und wie das bei denen ist, weiß ich nicht, doch mit wem unsereins im Alltag zusammenkommt – dem Gemüsehändler, der vor seinem Laden steht und mit dem Messer die Stacheln von einem Kaktus säbelt, oder dem Metzger, der das Fleisch für ein Tasco-Gericht in dünne Scheiben schneidet und die ausbreitet–, das sind Leute, die einem, wenn man als Japaner ein bißchen spanisch zu sprechen versucht, die eifrigsten Lehrer sind. Poco más! – Schon besser! rufen sie aus, um einem Mut zu machen. Auch ihre Kunden nehmen Anteil und greifen helfend ein; man hat es hierzulande leicht, sich den praktischen Gebrauch der Sprache anzueignen. So gewöhnte ich mich an die Sprache der Leute vor Ort, zudem besaß ich Kenntnisse und Fertigkeiten als Arzt. Medizinische Einrichtungen, die Kräfte suchen, sind nicht nur die Krankenhäuser, es gibt sie auch bei der Kirche und den Klöstern, im Rahmen von Sonderprojekten der UNESCO oder der Regierung, und wo es sie gibt, spürte ich sie auf, darin bin ich Meister gewesen. Oft schloß ich mich auch einem Aufklärungstrupp an, der von Dorf zu Dorf zog, um Hygiene oder Empfängnisverhütung zu propagieren. Wenn so eine Kampagne lief, meldete ich mich einfach und fragte nach Arbeit. Viel Geld verlangte ich nicht, mir ging es mehr darum, einen Platz zum Schlafen und mein Essen zu haben, und wenn ich dann noch Alkohol kriegen konnte, war mir jede Arbeit, und war sie noch so untergeordnet, recht; an Gelegenheiten, eine

Anstellung auf Zeit zu finden, hat es daher nicht gemangelt. Fest anstellen lassen konnte ich mich sowieso nicht, und blieb ich bei einer Stelle zu lange, gab es auch Streitigkeiten mit dem regulären Personal, gerade mit solchen Leuten, die die geringsten Posten hatten. Andauernd kam ich die Lage, mir anderswo Arbeit suchen zu müssen. Außerdem brauchte nur jemand vom Japanischen Verein der betreffenden Gegend spitzgekriegt zu haben, wo ich mich aufhielt, schon trat in meinen Verhältnissen eine Wende zum Schlechten ein. Bei der Vorstellung, ein Verfolger könnte mir mit Hilfe der Japanischen Kolonie auf die Spur kommen, widerstrebte es mir selber, lange an einem Ort zu bleiben. Ich glaube, alle, die mit dem Japanischen Verein zu tun hatten, ob sie nun nach Mexiko eingewandert oder nur vorübergehend gekommen waren, fanden es unerträglich, daß ein Japaner, der Arzt hätte sein sollen, unter der Fuchtel von Mexikanern in einem Krankenhaus oder einer medizinischen Einrichtung der Kirche die niedrigste Handarbeit machte. Daß so was an die Ehre der Nation gehen soll, Professor, hat doch auch wieder was Bedrückendes, finden Sie nicht?

Außerdem, Professor, wird man in der Botschaft, als Sie dem Sekretär oder wem auch immer von der Zahnbehandlung bei mir erzählten, garantiert Zweifel an meiner ärztlichen Qualifikation geäußert haben. Das ist mein Problem. Die Botschaft fand das schon damals, zu Beginn meines Vagabundenlebens, heraus, als ich das erstemal aus Mexico-City fortgegangen war. Über meine ärztliche Qualifikation habe ich noch nie die Unwahrheit gesagt, Professor. Eine staatlich anerkannte Qualifikation besitze ich in der Tat nicht. Zwar nahm ich fünf Jahre lang immer an den Prüfungen zum Staatsexamen teil, bestand sie aber nicht. Manche hatten mich schon in Verdacht, ich wäre absichtlich darauf ausgewesen, sie nicht zu bestehen, hätte das Abschlußexamen sabotiert. Zu denen gehörten der Bürgermeister und die Geldgeber aus dem Dorf, die mir das Medizinstudium ermöglicht hatten. Dies hier vorweg einmal festzustellen, halte ich nur für recht und billig. Arzt zu werden, um, wie versprochen, in das Dorf im Tal zurückzukehren – davor, so wurde im Dorf gemunkelt, wolle ich mich drücken, würde aus dem Grund nach dem internistischen Praktikum nur noch Nebenarbeit machen und bei jeder neuen Staatsexamenprüfung absichtlich versagen. Zu der Zeit wurde ich nämlich von den Leuten in »dem Dorf« und im Naruya dringend gebraucht. Mein permanentes Versagen in der Prüfung war für sie ein großes Problem. Der alte Doktor war tot. Die frei gewordene Stelle hatte aber nicht mit einem neuen Arzt besetzt werden können. Immer mehr Leute, sowohl aus »dem Dorf« als auch aus dem Naruya, waren – das entsprach der allgemeinen Tendenz nach dem Krieg – fortgezogen, das ganze Dorf war im Verfall begriffen. Vielleicht erinnern Sie sich, Professor, daß man damals von einer Entvölkerung der Dörfer in den sogenannten entlegenen Landesteilen sprach. Hatte unser Dorf im Tal eigentlich je eine Blütezeit erlebt? Seit ich denken kann, war es immer nur abwärts mit ihm gegangen. Wie ich die Sache sehe, Professor, hatte sich der Verfall des Dorfes, seit das Hochwasser die fünf Häuser auf dem Felsen mit sich riß, noch beschleunigt. Rückblickend auf die Zeit davor, wird einem erst richtig bewußt, welche Rolle unsere fünf Häuser auf dem Felsen für das Gedeihen »des Dorfes« und des Naruya gespielt haben. Zwanzig Jahre später kam ein noch schlimmeres Hochwasser, die Naßfelder unterhalb des Naruya sind dabei vollständig draufgegangen. Das hatte alle noch arbeitsfähigen Bewohner des Dorfes veranlaßt, sich endgültig für die Auswanderung nach Kolumbien zu entscheiden. Und nachdem die praktischen Vorbereitungen in Gang gekommen waren, werden die Leute in »dem Dorf« und im Naruya, das nehme ich doch an, oft an das erste große Hochwasser und die dadurch weggeschwemmten fünf Häuser zurückgedacht haben. Wenn sie aber erst mal begonnen hatten, sich daran zu erinnern, mußte ihnen auch der Gedanke an mich gekommen sein, den einzigen, der damals überlebte. Liegt das nicht nahe, Professor?

Das Dorf verfiel. Ein Nachfolger für den Doktor war nicht zu finden. Zu der Zeit – das war noch vor dem zweiten großen Hochwasser, das dann den Ausschlag für den Beschluß zur Auswanderung gab – erschienen bei mir auf der Arbeit auch immer Leute aus dem Dorf, die nach mir sehen wollten, besorgt, ob ich denn wohl diesmal die Prüfungen für das Staatsexamen bestehen würde. Das sind sie gewesen, Professor, die ersten Verfolger, die mich wahrhaftig aufgesucht haben.

Ich selber, Professor, bin – schon in Anbetracht meiner Jugend – vor Leuten aus dem Dorf, die nachsehen kamen, ob ich auch fleißig für das Examen lernte und nicht etwa faulenzte, erst recht aber dann, wenn sie Monat für Monat schon im voraus von mir wissen wollten, ob ich das Examen diesmal bestehen würde oder nicht, um die Antwort verlegen gewesen. All diese Leute, die bei sich im Tal, war ich mal zu Besuch, ziemlich grob mit mir sprachen, wenn sie mich nicht überhaupt ignorierten, die taten in Tokyo, erschienen sie dort auf meiner Arbeitsstelle, wer weiß wie vornehm. Mit einemmal drückten sie sich ungeheuer höflich aus, klang es sogar einschmeichelnd, was sie in wenigen, wohlgesetzten Worten über die Lippen brachten. Am Ende verharrten sie reglos, die Hände manierlich auf den Knien, den Blick gesenkt. Am häufigsten, so als wäre das seine Hauptbeschäftigung, kam ein Mann, der früher im Büro der Forstgenossenschaft tätig war, ein Kriegsversehrter, inzwischen ohne Arbeit, da sich die Genossenschaft mit einer anderen, weiter oben am Fluß, zusammengeschlossen hatte. Er durfte die Staatsbahn umsonst benutzen, Zeit genug hatte er auch, und so ist er es gewesen, der den Kontakt gehalten hat. Der Bummelzug, der von Shikoku kam, war in meiner Vorstellung damals von lauter Kriegsinvaliden mit Freifahrschein besetzt, die sich murmelnd ihre Kriegserlebnisse erzählten.

Die Verfolger aus dem Dorf mit dem zaghaft wirkenden Schmeichelton in der Stimme drangen allerdings hartnäckig in mich und horchten mich unentwegt aus. Sie hatten eine seltsame Art zu sprechen, anders als in »dem Dorf« und im Naruya. So redeten die Leute bei uns uns »außerhalb«, wenn sie nicht zu Hause im Tal waren. Es hört sich zwar an wie Kansai-Dialekt, ist aber trotzdem nicht das, was man etwa in Kyoto oder in Osaka spricht. Wie unsere Dorfleute zu so einer Sprache für »außerhalb« gekommen waren, weiß ich nicht, jedenfalls ist es dieselbe, Professor, die ich hier mit Ihnen spreche. Irgendwann habe ich mir das selber angewöhnt.

Von den Leuten, die da kamen, um zu sehen, wie fleißig ich für das Examen lernte, hörte ich jedesmal dasselbe: Das Dorf hätte keinen Arzt mehr, und wenn einer krank werde, müsse man ihn auf schnellstem Wege in die Stadt bringen. Meistens bliebe nichts übrig, als ihn dort ins Krankenhaus zu geben, was einen viel Geld koste. Außerdem sehe es ganz so aus, als ob die Krankheitsfälle unter den Leuten in »dem Dorf« und im Naruya in letzter Zeit zugenommen hätten! – Selbst mit dem Staatsexamen in der Tasche, Professor, mußten mich die Unmenge Patienten, die ich dann zu behandeln hätte, und wie sollte ich das als unerfahrener Arzt alleine schaffen, davon abhalten. – Was dann noch kam, lief auf die Ermahnung hinaus, daß ich das Examen in diesem Herbst unbedingt schaffen müsse. Wo doch nun nichts weiter fehle als nur noch die Prüfung. Darauf hüllte sich mein Gegenüber in Schweigen, und ich war außerstande, eine verbindliche Antwort zu geben. Sollte ich das Examen bestehen, müßte ich, wie versprochen, ins Dorf zurück, und wäre ich einmal dort und wieder fest im Griff »des Dorfes« und des Naruya, würde es bis an mein Lebensende kein Entrinnen für mich geben, das wußte ich. Am Ende meines Lebens aber, auch darüber war ich mir im klaren, stand mir dasselbe bevor, was damals, als das Hochwasser kam, das Schicksal – oder soll ich sagen: die Rolle – der Bewohner jener fünf Häuser gewesen war, und diesmal würde ich nicht von einem Dach aufs andere springen können. Stellen Sie sich vor, ich bin Arzt im Dorf, habe gerade erst angefangen zu arbeiten, und schon ist die Praxis überschwemmt mit Patienten, wie damals, als so viele Mittelschüler die Ruhr bekommen hatten. Ein Patient ist darunter, den ich nicht kurieren kann, da stürzen sich die anderen wütend auf mich und schlagen mich tot ... So einen furchtbaren Traum hatte ich eines Nachts.

Damit ist aber nicht gesagt, Professor, daß ich das Staatsexamen etwa durch Faulheit sabotiert hätte. Nein, es war mir Ernst mit dem Lernen, ich gab mir jedesmal die größte Mühe. Wäre es nicht so gewesen, hätte man mir doch niemals die Arbeit gegeben, die ich nebenher gemacht habe. Allerdings war mein auf das Examen gerichteter Tatendrang, betrat ich den Prüfungsraum, wie in Nebel gehüllt. Der Prüfling war dann nur das eine Ich, zu dem noch ein anderes gehörte, und beide schienen weit voneinander entfernt zu sein. Damals, bei dem Tumult um die Ruhr, war es auch so gewesen, daß ich so geistesabwesend war, daß ich mich auf nichts mehr konzentrieren konnte, trotz der Ruhe und Klarheit, die in meinem Kopf herrschten. Ich dachte nur: Was nützt es, sie jetzt, wo sie so krank sind, zu retten, wenn sie dann doch nur alt werden und sterben! – und statt für die kranken Kinder Hilfe zu holen, war ich im Mondschein sitzen geblieben. Daran erinnerte ich mich, erinnerte mich sogar an den Geschmack des Wassers, das ich mit der Hand geschöpft und getrunken hatte;

die Hand auf dem Tisch im Prüfungsraum machte unwillkürlich dieselbe Schöpfbewegung. Um so mehr strengte mich an, wenn ich die Prüfungsarbeit schrieb, und hatte ich Glück, stimmte sogar der Tip, den mir andere Kandidaten, die zu wissen glaubten, was diesmal drankommen würde, gegeben hatten; das Examen bestand ich trotzdem nicht.

Wer von den Dorfleuten dann kam, nach Bekanntgabe der Prüfungsergebnisse, der wußte auch ohne meine Erklärungen, daß es wieder schiefgegangen war. Er hatte es schon vor seiner Abreise erfahren, ließ mich aber reden, und war ich fertig, stieß er einen tiefen Seufzer aus. Darauf schilderte er in klagendem Ton, wie sehr »das Dorf« und das Naruya inzwischen heruntergekommen seien. Gemeint war nicht nur der ständige Rückgang der Einwohnerzahl, es ging um das Dorf selbst, um einen angeblich fortschreitenden Verfall seiner äußeren Gestalt.

Nicht etwa, daß dort überall der Boden ins Rutschen gekommen, das Dorf der Verwüstung anheimgefallen wäre, wie in diesem Science Fiction »Untergang der Erde« – nein, davon konnte keine Rede sein. Haben Sie den Film eigentlich gesehen, Professor? In Mexico-City war er in diesem Sommer ein Kassenschlager. Man fragte sich, warum etwas so Deprimierendes so anziehend auf die Ärmsten von Mexiko wirkte, daß sie alle ganz versessen darauf waren. Wo es noch dazu ein bloß drittklassiger amerikanischer Film gewesen ist. Übrigens habe ich ihn sogar zweimal gesehen. Der frühere Sekretär von der Forstgenossenschaft, den ich vorhin erwähnte, der Kriegsversehrte mit der Freifahrkarte, die ihm der Staat ausgestellt hatte – was der mir vom Verfall des Dorfes erzählte, von sichtbar vor sich gehender Veränderung, ja Zerstörung seiner Oberflächengestalt, das konnte, wie gesagt, in Wirklichkeit so nicht gewesen sein. Seine alte Gestalt hatte unser Dorf schon noch, aber wenn sich die Umgebung des Dorfes verändert und es selbst bleibt darin, was es war, wirkt es auf sonderbare Art verfallen, so stelle ich mir das vor.

Wenn man bei uns im Dorf von Oda-Miyama sprach, womit das gesamte Quellgebiet des Odagawa gemeint war, bedeutete das stets soviel wie: tief in den Bergen. Doch dann, nach dem Krieg, nahm die Forstgenossenschaft gerade dort einen großen Aufschwung, selbst eine direkte Straßenverbindung zum Sitz der Präfekturbehörde konnte man sich leisten. Die ganze Ortschaft hatte sich herausgemacht. Genauso verhielt es sich mit der Stadt, die weiter unterhalb unseres Dorfes am Fluß lag, denn mit der Nachkriegskonjunktur – zu der Zeit, fällt mir ein, war ich mit dem Studium fertig – hatte auch sie es zu Wohlstand gebracht. Nur dazwischen, in unserem Dorf, hatte sich nichts getan. Um so mehr muß darum der Eindruck entstanden sein, daß das Dorf am Versinken sei. Erst recht vom Gemütszustand der Dorfleute her, für die dieses Versinken ein ganz rapides war, so daß man schon eine ganze Weile die Auswanderung nach Kolumbien erwog. Unterdessen trat in unserem Dorf ein auch wirklich sichtbarer Verfall der Bodengestalt ein. Die Eindämmung des Odagawa, auf voller Länge des Flusses geplant, sollte von der Stelle aus, wo der Verantwortungsbereich der Stadt am Unterlauf endete – die Arbeiten dort waren schon abgeschlossen –, flußaufwärts fortgeführt werden. Dabei stellte man unser Dorf vorerst zurück, was im Grunde ein Unding war, und begann den Bau dort, wo es an Geld dafür nicht fehlte, im Gebiet von Oda-Miyama. Natürlich hatte die Gemeindevertretung unseres Dorfes den Plan zur Eindämmung des Flusses ebenfalls gebilligt, und die Baukosten waren zum größten Teil durch einen Zuschuß von der Präfektur gedeckt, den Rest aber mußte das Dorf selbst aufbringen. Während darüber endlos debattiert wurde, gingen die Arbeiten in Oda-Miyama zügig voran. Aus einem Hubschrauber hätte man sehen können, wie der Odagawa, am Unterlauf noch eingedämmt von Beton, stromaufwärts mit einemmal wieder von Ufern in altem Zustand gesäumt wurde. Und zwar vom Naruya an im gesamten Abschnitt »des Dorfes«. Noch weiter stromaufwärts schlossen den Fluß erneut Betondämme ein. Dieses seltsame Bild dürfte von oben deutlich erkennbar gewesen sein.

Doch von der Flußeindämmung hatte mir niemand etwas gesagt, nicht mal der Kriegsversehrte, dabei war er so oft bei mir auf der Arbeitsstelle erschienen, hatte andauernd von Bodeneinbrüchen in »dem Dorf« und im Naruya berichtet – nur von dem Dammbau nicht, das wäre wohl allzu unpassend gewesen. Als der Odagawa über die Ufer trat, war das Ausmaß der Überschwemmung doppelt, ja dreifach so groß wie bei dem Hochwasser, das die fünf Häuser auf dem Felsen weggeschwemmt hatte; sämtliche Naßfelder unterhalb des Naruya sind dadurch vernichtet worden. Von dem Dammbau am Fluß und in dem Zusammenhang auch von der Überschwemmung, die den entscheidenden Anstoß zu der Massenauswanderung nach Kolumbien gegeben hatte, hörte ich zum erstenmal auf dem Schiff, während der Überfahrt. Statt von dem Kriegsversehrten, der als Arbeitskraft kaum in Betracht kam und in dem Dorf auf Shikoku geblieben war, erfuhr ich es nun von den Leuten, mit denen ich die Kabine teilte, da sie mir das Neueste aus »dem Dorf« und dem Naruya erzählten. Die mit dem Hochwasser, das sich in die Lücke der widernatürlichen Flußeindämmung ergoß, wie selbstverständlich eingetretene Überschwemmung kommentierten sie alle mit den Worten: War das eine Plage! Oder: War das ein Unglück! – Und dabei lächelten sie. So ist es gewesen, wenn sie davon erzählten. Ein bedrückender Gesprächsstoff für Auswanderer, tief unter Deck eines Frachters, Professor. Warum aber konnte von dem versäumten Dammbau und der dadurch eingetretenen Überschwemmung nie die Rede sein, ohne daß jeder in unserem Verband – von den braven jungen Leuten bis zu den gestandenen Männern, die ihm angehörten, ob sie nun aus »dem Dorf« oder aus dem Naruya kamen – einen kindischen Seufzer von sich gab und lächelte? Um sogleich, wie einen Gesang, den Kommentar anzustimmen: War das eine Plage! War das ein Unglück!

Mit den Auswanderern an Bord dieses Schiffes gegangen zu sein, Professor, war angeblich – wie man mir später in beiden Dörfern, auf Shikoku ebenso wie in Kolumbien, zum Vorwurf gemacht haben soll – ein geschicktes Manöver, da ich von Anfang an vorgehabt hätte, mich unterwegs abzusetzen und mich den Dorfleuten durch Flucht zu entziehen, aber das ist nicht wahr. So ist es wirklich nicht gewesen. Indem ich das Schiff bestieg, hatte ich mich ja abgefunden: Die Dorfleute hielten mich wieder gefangen, und als ihr Gefangener in ihrem Gehege war an Flucht nicht mehr zu denken. Wie ich dann erst erfuhr, war der Hochwasserschaden nur eingetreten, weil das Dorf den Dammbau verzögert hatte, was die Lage für die meisten Leute gleichwohl hoffnungslos machte. So war beschlossen worden, daß die zur Arbeit in Übersee tauglichen Männer aus »dem Dorf« und dem Naruya samt ihren Familien als Neusiedlerverband nach Kolumbien gehen sollten, und in dem Stadium hatte man sich vom Dorf aus mit mir in Verbindung gesetzt. Durch andere Boten als die, die bisher immer gekommen waren und die bei aller Hartnäckigkeit doch nie Zwang angewendet hatten. Die fünf Männer aus »dem Dorf« und dem Naruya, gewissermaßen die führenden Leute des künftigen Dorfes, erschienen, sooft sie in Tokyo waren, um bei der Auswanderungsbehörde vorzusprechen oder Formalitäten der Überfahrt zu klären, bei mir und setzten mir jedesmal eisern zu, mit ihnen nach Kolumbien zu gehen. Gewiß, sagten sie, mir fehle das Staatsexamen, aber einen richtigen Arzt könnten die Auswanderer nicht einstellen, so daß als zweitbester Anwärter jemand in Frage käme, der als Absolvent einer Medizinischen Fakultät die entsprechenden Kenntnisse und praktischen Erfahrungen besitze, auch ohne ein staatlich anerkannter Arzt zu sein, und einen solchen Absolventen, nämlich mich, gedächten sie mitzunehmen. Das stellten sie mit allem Nachdruck fest. Niemand kümmerte nun noch mein Versagen beim Staatsexamen. Wie hätte ich in Anbetracht dieser Erklärung weiterverhandeln sollen, Professor – ich als Pflegekind des Bürgermeisters, das seinen Gönnern im Dorf das Studium verdankte, wo es doch keinen Grund mehr gab, mich länger zu weigern?

Doch damit, daß sie von mir verlangten, mit ihnen zu gehen, gaben die Besucher aus dem Dorf im Grunde noch etwas anderes zu erkennen. Jetzt, da alle im Dorf in Not waren und diese Zeit gemeinsam durchstehen mußten, hatten sie sich wieder daran erinnert: an die Kraft des positiven Lieblingskindes in mir. Nach dem Erdrutsch, als das Hochwasser die Bewohner der fünf Häuser verschlang, rettete es sich mit einem Sprung auf das Dach eines Pferdestalls, und diesem Kind, der Kraft dieses schon legendär gewordenen Menschen in mir wollten sie vertrauen. Ihr Verlangen danach ist deutlich sichtbar gewesen. Für sie war ich erneut das positive Lieblingskind. Dessen wunderbare Kraft schien nun einem Manne eigen, der es zwar nicht geschafft hatte, das ärztliche Staatsexamen zu bestehen, der aber Kenntnisse und Erfahrungen als Mediziner besaß. Auch Spanisch schien er zu können. Gründe genug für die Dorfleute, nicht lockerzulassen, bis ich mit ihnen fuhr. Einmal auf dem Schiff, drehte sich im Alltag an Bord alles um mich, was ich nicht gerade unangenehm fand.

Auf der Überfahrt mit den Auswanderern, zu denen ich nun gehörte, hatte eine Art Resignation von mir Besitz ergriffen, an der auch etwas von Hochmut war. Ich erinnere mich daran, Professor. Von den Leuten in »dem Dorf« und im Naruya, sagte ich mir, war ich seit jenem Hochwasser als ihrer aller Kind großgezogen worden. Selbst als so viele von den Mittelschülern, die mit Ruhr in der Isolierstation lagen, ums Leben kamen, wofür ich immerhin mitverantwortlich war, hatten sie mich nicht aufgegeben, sie schickten mich sogar zum Studium. Was für das Dorf sicher Teil seiner Vorbereitung war, mich für den Fall äußerster Gefahr als Schlachtopfer verfügbar zu haben. Wie die sagenhaften einäugigen Karauschen, die man im Teich unseres Schreins als Schlachtopfer für Oyama-tsumi-no-kami gehegt haben soll. Das ganze Dorf wird darauf ausgewesen sein, mich, seine einäugige Karausche in Menschengestalt, wer weiß welcher entsetzlichen Gefahr auszusetzen. Durch meinen Ausbruchsversuch hatte ich der mir als Einauge bestimmten Opferrolle für immer entgehen wollen, doch wie ich es auch anstellte, ich hatte ihr nicht entgehen können. Wenn ich es recht bedachte, ergab sich das mit derselben Folgerichtigkeit, wie unsere fünf Familien auf dem kleinen Stück Land, dort, wo sich die Sonne, kam man vom Naruya her, so plötzlich verfinsterte, daß es bedrückend war, seit Generationen gelebt hatten, um am Ende durch ein Hochwasser vernichtet zu werden. Bei dem Hochwasser damals war ich mit dem Leben davongekommen oder war vielmehr als einziger für den Notfall aufgespart worden, nämlich für die Auswanderung nach Kolumbien. Wie nicht anders zu erwarten, hatte ich meiner Rolle als einäugige Karausche auf die Dauer nicht entfliehen können. Wenn das so war, tat ich dann nicht gut daran, mich als das Einauge im Ge-

hege, das ich war, auch zu bekennen und die Schiffs-
reise nach Kolumbien mit denen, die mich in der
Rolle ja wirklich brauchten, einfach zu genießen? Seit
früher Jugend ohne Familie, stand mir schließlich
niemand so nahe wie diese Leute aus »dem Dorf«
und dem Naruya, die Auswanderer, die mich, sei es
selbst als einäugige Karausche, brauchten und so gedrängt hatten, mit ihnen zu gehen ...

Nun, da ich mich gedanklich darauf einstellte, Professor, konnte ich mir so recht sentimental vorstellen,
daß all meine Vorfahren in dem Haus am Hang, zuletzt meine Großeltern und meine Eltern, auf dem
schmalen Stück Land dort oben immer schon gewußt
hatten: eines Tages käme ein Hochwasser, und sie
wären die Schlachtopfer. Immer waren sie schon darauf gefaßt gewesen, anstelle derer, die in »dem Dorf«
und im Naruya wohnten und von denen sie sich ausgeschlossen sahen, in den Fluten des Hochwassers
umzukommen. Da sie dieser Rolle nicht entgehen
konnten, hatten sie sie von sich aus angenommen, das
leuchtete mir jetzt ein. Dann war der Tag da, das
Hochwasser kam, riß die fünf Häuser mit sich, und
auf den Brückenpfeiler zutreibend, hockten meine Eltern und meine Schwester auf dem Dach unseres Hauses und regten sich nicht. Kam diese Reglosigkeit nicht
von dem Gefühl, die Rolle, auf die sie sich jahrelang
vorbereitet hatten, in diesem Augenblick erfüllen zu
müssen? Und hatten diesem Ausdruck von Gefaßt-
heit – wie zum Beifall – nicht auch der kreischend
hoch klingenden Rufe der dicht gedrängt auf der
Brücke stehenden Dorfleute gegolten? Ich hielt es jedenfalls für denkbar. Erklärte sich so, falls es stimmte,

was ich annahm, nicht auch das Gefühl, das aus den Blicken meiner Eltern sprach, die mir nur stumm nachgeschaut hatten, als ich auf das Dach des Pferdestalls hinübergesprungen war? Professor, ich war ja gar nicht der unerschrockene Junge, der sich da in der Hochwasserflut höchst gelassen seinen Weg ins Leben bahnte, sondern bloß ein kleiner Bengel, der sich abgestrampelt hat, um der ihm in der eigenen Familie seit langem abverlangten Rolle zu entgehen. Doch nun, als ich im Verband der Auswanderer nach Kolumbien fuhr – nun war es allein an mir, im Interesse der Leute aus »dem Dorf« und dem Naruya meine Rolle als einäugige Karausche zu erfüllen, Professor, und ich befand mich dabei sogar fast in frohgemuter Stimmung. Hätte sich meine innere Einstellung den anderen auf dem Schiff nicht auch mitgeteilt, Professor, würde mich doch die Leitung unseres Siedlerverbandes, als ich während der Fahrt entlang der mexikanischen Westküste erkrankte und an Land gebracht werden sollte, weil die Behandlung in einem Krankenhaus unbedingt nötig war, niemals ohne den Verdacht, ich könnte fliehen, von Bord gelassen haben.

Befördert wurden die Auswanderer von einem Frachter, der Landmaschinen nach Mexiko brachte. Angeblich sollten es sogar die ersten japanischen Landmaschinen sein, die je nach Mexiko verkauft worden waren. Zu dem Abschluß sei es aus sozialpsychologischen Gründen gekommen, erklärte der junge Schiffsarzt, der sich unterwegs ein wenig an mich angeschlossen hatte. Er war jünger als ich, und das Staatsexamen hatte er natürlich in der Tasche. Seinen Bemühungen ist es auch zu danken, daß ich in

Mexiko an Land kam. Bisher, meinte der Arzt, hätten die Mexikaner mit Traktoren genauso angegeben wie mit einem großen Penis und nichts anderes importieren wollen als die robusten, gigantischen Maschinen aus der Sowjetunion. Die aber wären den Verhältnissen der mexikanischen Landwirtschaft nicht angemessen gewesen, so daß man sich jetzt vollkommen auf kleine und wendige Maschinen aus Japan umgestellt habe. Aus dem Grund würde der in San Diego zugestiegene Beamte, der für die Abnahme zuständig sei, als echt mexikanischer Macho auch so schlechtgelaunt aussehen, als sei er beleidigt worden. In der Tat, der schlechtgelaunte Mexikaner stand dabei, als die Traktoren bei den Weinbergen von Baja California ausgeladen wurden. Von dort aus ging die Fahrt wegen der für Mexico-City bestimmten Fracht noch weiter nach Süden. Während unser Schiff nun langsam auf diesem Kurs dahinfuhr, war ich durch Vermittlung des Arztes mit dem Mexikaner ins Gespräch gekommen. Ein kleiner mexikanischer Beamter wie er, den die Fahrt auf so einem Frachter irritierte, hatte als Gesprächspartner nur den Arzt akzeptiert, zumal er die ganze Zeit über Mittel gegen Kopfschmerzen brauchte und darum täglich die Schiffsapotheke aufsuchte. Mit dem Mexikaner hatte ich deshalb sprechen wollen, weil ich vorhatte, mein Spanisch in der Praxis zu probieren. Als Partner für Sprachübungen aber war der junge Mann, ein Studierter, der sogar von einer staatlichen Hochschule kam, von anderer Art als der Gemüsehändler oder der Metzger, meine späteren Sprachlehrer, die sich doch so freundlich zeigten, während er ...

Dieser ewig schlechtgelaunte Mexikaner ist es gewesen, Professor, durch den ich darauf kam, meinem Leben die entscheidende Wende zu geben. Was weniger mit der Sprache als mit anderen Eindrücken zu tun hatte. Ich sage das deshalb, weil ich von der Sprache des Mexikaners, offen gestanden, noch kaum etwas verstand; sein Gesichtsausdruck aber, das Glitzern in seinen Augen und die Art, wie sich seine Miene verfinsterte, all das war mir durch und durch gegangen. Anfangs hatte ich ihn nach dem Essen in Lateinamerika gefragt, aber keine rechte Antwort darauf erhalten. Als ich deshalb in der Broschüre, die man an die Auswanderer verteilt hatte, nachsah, welche einheimischen Gerichte es gab, und ihre Namen auszusprechen versuchte, hörte sich das jedesmal an, als wolle ich mich über den Mexikaner lustig machen, was mir vollends den Mut nahm. Es war schon eine komische Unterhaltung, die wir da führten, Professor. – Carnita, begann ich, ist Fettes vom Schwein, gebraten. Könnte das nach dem Geschmack der Japaner sein? – Wobei das Wort »carnita« so, wie ich es aussprach, regelrecht streitsüchtig klang. Dementsprechend fiel die Antwort aus. – Woher soll ich das wissen! sagte er schroff.

Doch dann schien der junge Mexikaner in sich gegangen zu sein, so dickfellig war er nun doch nicht. Ich war verstummt, und er kam von sich aus mit der Frage, in welche Gegend von Kolumbien wir denn gehen würden. Womit er wohl zu verstehen geben wollte, daß er sich in Kolumbien auskenne. Dadurch wieder ermutigt, zeigte ich nun auf die, wie ich mich erinnere, recht grobe Karte in der besagten, an die

Auswanderer verteilten Broschüre und versuchte, die Erklärungen, die man uns dazu gegeben hatte, irgendwie ins Spanische zu übertragen. – Zuerst, sagte ich, ginge die Fahrt bis nach Medellín. Dann müßten wir in die Zentralkordilleren hinein, und etwa hier, im Hochland von Tierra Filia, liege die Stelle. Der Boden solle zwar nicht so gut wie auf den Besitzungen der Weißen sein, aber doch eine ganze Klasse besser als das Land der Schwarzen und der Indios dieser Gegend. Seitlich vorbei fließe sogar ein Fluß, der Magdala …

Nach Worten suchend, beschrieb ich ihm stammelnd den Ort, der das Ziel der Auswanderer war, und dabei bemerkte ich, daß der Mexikaner diesmal anders auf mein Spanisch reagierte. Bei den Fragen, die ich ihm vorher über das Essen in Lateinamerika gestellt hatte, schien er das Spanisch, das ich sprach, noch von sich zu weisen wie etwas Schmutziges, jetzt dagegen nahm er es aufmerksam auf. Wo der Ort lag, von dem ich sprach, hatte er sofort erfaßt, ohne erst auf der großen Lateinamerika-Karte nachzusehen, die uns der Schiffsarzt herausgelegt hatte. Im Laufe der Zeit aber machte er den Eindruck, als sei ihm mein Anblick kaum mehr erträglich. Es war, als habe ihm der erzwungene Anblick von etwas äußerst Schmerzlichem, Verhängnisvollem wachsende Beklemmung bereitet, die bis zum Ausdruck von Verärgerung ging, und dabei sah er mit verlegen flackernden Blicken zu mir hin. Endlich, als hätte sein Unmut den Höhepunkt erreicht, stand er mit einem abrupten P-h! auf und ging aus dem Raum. Komischer Kerl! mokierte sich der Arzt im Kansai-Dialekt, offenbar angetan von meiner Darstellung. Mir aber war in dem Moment, als der Mexikaner wortlos den Raum verließ, ein ganz neuer Gedanke durch den Kopf geschossen, so klar, als hätte ich ihn an dem Verhalten des Mexikaners soeben abgelesen – ein Gedanke, der mir, seit ich das Schiff bestiegen hatte, noch gar nicht gekommen war …

In der Kabine, zusammengepfercht mit all den anderen unverheirateten Männern aus »dem Dorf« und dem Naruya, konnte ich danach die ganze Nacht über keinen Schlaf finden. Unmittelbar auf dem eisernen Schiffsboden waren Matten ausgebreitet, auf denen die Männer nackt ausgestreckt lagen und schliefen, umstellt von den elektrischen Haushaltsgeräten, die jeder von ihnen im Handgepäck mit sich führte, ohne zu wissen, ob es dort, wohin man fuhr, überhaupt Elektrizität gab. Mit offenen Augen zwischen den nach Schweiß riechenden Männern liegend, versuchte ich in Worte zu fassen, was ich zuvor blitzartig erkannt hatte: War diese Art, wie sich der Mexikaner mir gegenüber verhielt, nicht genau dieselbe, die ich schon als Kind – ohne daß für mich damals schon eine Bedeutung ablesbar gewesen wäre – im Verhalten der Leute in »dem Dorf« und im Naruya gegenüber den Bewohnern der fünf Häuser auf dem Felsen erlebt hatte? Das heißt: In den Augen des Mexikaners war das Hochland von Tierra Filia in den Zentralkordilleren mit dem uns zugewiesenen Siedlungsgebiet, in das wir unterwegs waren, genauso ein Ort wie der am Hang gegenüber dem großen Bambusdickicht, ein von der Sonne unerreichtes, düsteres Stück Land. Und eine besonders unheilvolle Stelle für die Leute aus »dem Dorf« und dem Naruya, eine Stelle wie jene auf dem Felsen, von der sie gewußt hatten, daß dort die Häuser der Schlachtopfer standen, die das Hochwasser eines Tages vernichten würde. Folgte ich diesem Gedanken, bekam auch die Sache mit dem verzögerten Dammbau – dieselbe, die die Auswanderer so sehr als Plage und rechtes Unglück bejammerten, wobei sie dann immer dieses zaghafte Lächeln aufsetzten – eine ganz neue Bedeutung. Sollte es so gewesen sein, daß das Dorf im Tal als Ganzes, also »das Dorf« samt dem Naruya, von der Ortschaft am Oberlauf des Odagawa ebenso wie von der Stadt am Unterlauf her gesehen, bloß noch den Rang eines Ortes, vergleichbar der Stelle am Hang, wo die fünf Häuser standen, hatte? Sollte, für das ganze Flußgebiet gesehen, diesmal unser Dorf als Ganzes – denn hier war das Hochwasser eingebrochen – dieselbe Rolle gespielt haben wie die fünf Häuser früher für das Dorf? Nicht genug damit, war das Stück Land in den Bergen von Kolumbien, wo sich nun die Mehrzahl der Dorfbewohner infolge der Überschwemmung neu ansiedeln wollte, der Kenntnis des Mexikaners nach zu urteilen, auch wieder nur eine Stelle wie die auf dem Felsen. Ging unser Siedlerverband demnach nur nach Südamerika, um dort die Rolle der vom Hochwasser vernichteten fünf Häuser auf sich zu nehmen? Sollten wir ausersehen sein, den Weißen, Schwarzen und Indios in den Zentralkordilleren für den Fall einer großen Katastrophe als Schlachtopfer zu dienen, ihre einäugigen Karauschen zu werden? So daß die Tierra Filia in Kolumbien nur das neue Gehege wäre, in das wir jetzt gebracht wurden?

143

Noch immer schlaflos, richtete ich mich von Zeit zu Zeit auf und erblickte dann die Reihe der dicht an dicht liegenden Männer, die in dem schwachen, gelblichen Schein der Kabinenbeleuchtung irgendwie bedrückt aussahen, obwohl ihr Atem ruhig ging. Bisher hatte ich geglaubt, ich allein sei die einäugige Karausche, von den Auswanderern extra mitgenommen, um im Falle einer Gefahr, die sie in Kolumbien zu gewärtigen hatten, ihr Schlachtopfer zu werden. Davon war ich ausgegangen, und da ich schon so weit in die Sache verwickelt war, daß es kein Zurück mehr gab, hatte ich mich bereit gefunden, meine Rolle – wie zuvor meine Eltern inmitten der Hochwasserflut die ihre – zu erfüllen. Verhielt es sich aber nicht ganz anders, als ich geglaubt hatte? Meine Rolle war ja eher die, dem Schwarm all der anderen einäugigen Karauschen des Dorfes auf der großen Reise in das neue Gehege als Anführer voranzuschwimmen. Würde mir unter diesen Umständen – sollten die Auswanderer aus »dem Dorf« und dem Naruya in Kolumbien Schlachtopfer werden – nicht erneut die mir schon bekannte Rolle des einzigen Überlebenden zufallen? Würde ich wie damals, als die Sache mit der Ruhr passierte, erneut dasitzen und auf plumpsende Geräusche im Wasser lauschen?

Als nach jener Nacht der Morgen graute, fingen bei mir Erbrechen und Durchfall an. Nichts Eßbares behielt ich mehr bei mir, ich vertrug nicht mal Wasser. Infektiös war die Erkrankung nicht, sie hatte psychische Ursachen, wie der Schiffsarzt eindeutig feststellte, doch im Laufe der weiteren Fahrt unseres Frachters entlang der mexikanischen Westküste nach

Süden ergab sich, daß mein Leben in Gefahr wäre, falls ich nicht an Land gebracht und in einem Krankenhaus behandelt werden würde. So ging ich in Tehuantepec von Bord, Professor. Das ist jetzt zwölf Jahre her. So lange schlage ich mich nun schon in Mexiko durch, immer auf der Hut vor Verfolgern, die aus den Dörfern in Kolumbien oder Japan kommen, um mich zurückzuholen.

Morgen, Professor, gehe ich für einige Zeit nach Papaloapan. In der Gegend habe ich viele Bekannte, noch aus der Zeit, als dort eine von der UNESCO finanzierte Kampagne zur Ausrottung der Malaria lief, an der ich beteiligt war. Nun bekam ich den Bescheid, daß in dem Gebiet die Tollwut grassierte. In jenem Frühjahr, als ich bei einigen Familien Hausbesuche machte, weil die Kinder eine Spirochäten-Infektion hatten – das ist hier eine endemische Krankheit und hat nichts mit Syphilis zu tun –, bin ich bei einem Kind gewesen, das von der Krankheit schon am ganzen Körper Flecken hatte, und hielt damals auch den Hund des Kindes auf den Knien. Der Hund ging jedoch an Tollwut ein, worauf wir, ich und das Kind, Serumspritzen gegen Tollwut bekamen. Man kriegt die Injektionen in den Bauch, die Prozedur dauerte wochenlang und war für das Kind besonders schlimm. Jedenfalls bin ich dadurch jetzt bestens geeignet, mit den Leuten von der medizinischen Aufklärung nach Papaloapan zu gehen. Immer, wenn es mir in Mexico-City zu brenzlig wird, mache ich mich auf diese Art davon.

Von den Botschaftsleuten haben Sie wissen wollen, Professor, ob ich den Sinn meines Lebens denn darin gefunden hätte, immer nur auf der Flucht zu sein. In der Provinz gibt es nämlich noch Sekretäre, die mir wohlgesonnen sind, und von denen kriege ich schon mal was zu erfahren. Wenn das wirklich Ihre Frage war, haben Sie mir die letzten beiden Male nicht richtig zugehört. Solange ich hier in Mexiko auf der Flucht bin, besteht der Sinn des Lebens für mich allerdings in nichts anderem als in der Flucht. Bleibe ich nämlich dabei, werden die Dörfer in Kolumbien und auf Shikoku ihrerseits dabei bleiben, Verfolger nach mir auszuschicken, und solange sie ihre Absicht, mich wieder zu sich zu holen, nicht aufgegeben haben, wird es zum Äußersten, der Vernichtung aller Menschen »des Dorfes« und des Naruya, gewiß nicht kommen. Daran muß einer vom Stamm der menschlichen Einaugen einfach glauben, das sagt ihm sein Gefühl … Außerdem, Professor, ist es ja nicht so, daß ich in den zwölf Jahren ununterbrochener Flucht überhaupt nichts Positives getan hätte. Ich denke nämlich daran, hier in Mexiko mit Hilfe all der Leute, die ich erfolgreich behandelt habe, ein Dorf aufzubauen. Alles in diesem Dorf soll nur von mir und meinen ehemaligen Patienten entschieden und verwaltet werden. In den zurückliegenden zwölf Jahren habe ich vielen meiner Patienten von dem Plan erzählt. Wie das bei Leuten, die ich behandle, so ist, leben sie alle nicht in ordentlichen Verhältnissen. Abgesehen von Ihnen, Professor.

Alle, die ich kenne und denen ich von dem Plan erzählte, versicherten mir, daß es bei der Weite des Landes ganz einfach wäre, ein Dorf zu gründen. Sie werden es vielleicht illusorisch finden, Professor, doch stelle ich mir die Sache folgendermaßen vor. Man sieht doch in Mexiko in jeder Stadt, begibt man sich auf den zentralen Platz, Indios mit ihren Kindern, die die verschiedenen Dinge, von Handarbeiten bis zu Heilkräutern, vor sich ausgebreitet haben und zum Verkauf anbieten. Bei Sonnenuntergang packen sie, ohne sich schon darum zu kümmern, ob das Geschäft des Tages einträglich war oder nicht, die auf der Erde ausgebreiteten Decken zusammen, schultern ihre Bündel und gehen nach Hause. Ungefähr so wie die Siedlungen, die das Zuhause dieser Indios sind, soll auch das Dorf aussehen, das ich bauen will. Mit luftgetrockneten Ziegeln aus Lehm Häuser zu bauen erfordert sehr viel Arbeit, Technik aber braucht man kaum dazu. Wenn ich erst angefangen habe, ein solches Dorf wirklich aufzubauen, werden mich die Ärmsten der Armen, die ich in den letzten zwölf Jahren behandelt habe, bei der Arbeit sicherlich nicht im Stich lassen. Und sind dann die Grundlagen des Dorfes gelegt, will ich meinen Verfolgern, mögen sie aus dem kolumbianischen Hochland oder aus dem Tal auf Shikoku kommen, nicht länger entfliehen, im Gegenteil, suchen will ich sie, um ihnen rundheraus zu sagen: Statt mich zu euch zu holen, gebt lieber eure Dörfer auf und kommt zu mir, in das Dorf, das ich gegründet habe. – Sie etwa auf der Stelle überzeugen zu können, damit rechne ich selber nicht. Doch bei den topographischen Verhältnissen – man braucht sie sich nur anzusehen, dann weiß man Bescheid – ist ja weder von dem Dorf in Kolumbien noch von dem auf Shikoku anzunehmen, daß sie sich in den letzten zwölf Jahren gedeihlich entwickelt haben. Würde man sonst nach so langer Zeit noch immer nach mir suchen? Insofern kann es durchaus sein, daß die Überlebenden aus den Dörfern in Kolumbien und auf Shikoku am Ende doch in mein Dorf nach Mexiko kommen.

Wenn Ihnen das nun erst recht illusorisch erscheint, Professor, will ich Ihnen dazu noch etwas sagen. An die Legende von dem Lieblingskind, das sich, auf dem Dach eines Pferdestalls in reißendem Wasser treibend, vor dem Schrein von Oyama-tsumi-no-kami verneigte, erinnern Sie sich doch? Ob es wirklich so war oder nicht, wüßte ich selber nicht genau, so sagte ich Ihnen damals. Ist mein Dorf aber erst einmal fertig, Professor, und es taucht wieder ein Verfolger auf, ganz gleich, ob es einer aus dem Dorf in Kolumbien oder dem in Japan ist, werde ich ihm folgendes erklären: Als die Bewohner der fünf Häuser gegenüber dem großen Bambusdickicht bei dem Hochwasser ums Leben kamen, trieb ich auf dem Dach eines Pferdestalls am Schrein von Oyama-tsumi-no-kami vorbei und habe mich verneigt. Dadurch bin ich gerettet worden, um dazusein, wenn unser Dorf in Japan und Kolumbien in auswegloser Bedrängnis ist. Denn Oyama-tsumi-no-kami befahl mir, einen hellen, sonnigen Ort ausfindig zu machen, um alle Bewohner des Dorfes aus ihrer auswegles gewordenen Lage dorthin zu führen. Das soll deine Rolle sein, sagte er, und da verneigte ich mich und versprach, sie zu erfüllen. Jetzt, wo ich den Ort gefunden und an ihm ein Dorf gebaut habe, erwarte ich euch. Es ist kein Ort wie der, wo die fünf Häuser standen, keiner, der immer nur im Schatten liegt. Sein

Name steht schon fest: Taiyoya – Sonne – soll er heißen …

Hätten Sie nicht Lust, Professor, in dem Dorf, das ich baue, eines Tages Lehrer zu werden? Die Zähne, die ich Ihnen zog, haben Lücken hinterlassen, die Ihnen bleiben, solange Sie leben, und Sie stets an mich erinnern werden. Gewiß, Sie könnten sich Prothesen einsetzen lassen, doch sooft Sie sie herausnehmen, werden Sie mit der Zunge wieder die Lücken fühlen. Und dann werden Sie an das Dorf in Mexiko denken, durch Oyama-tsumi-no-kamis göttlichen Spruch geschaffen von dem Kind, das das Hochwasser überlebte. Dabei, Professor, wird mein Dorf in Ihrem Innern deutlich Gestalt annehmen. Warum sollte es dann eine bloß zweifelhafte Illusion von mir sein, dieses Dorf tatsächlich zu bauen, Professor? Sind Sie nicht eben schon im Begriff, Professor, die Lücken, die von den beiden Zähnen stammen, die ich Ihnen zog, mit Ihrer Zunge zu betasten?

Agui, das
Himmelsungeheuer

Bin ich allein in meinem Zimmer, so trage ich auf dem rechten Auge eine schwarze Seeräuberklappe. Obwohl man dem Auge möglicherweise nichts anmerkt, ist es in Wahrheit nahezu blind. Nahezu, sage ich, nicht völlig. Wenn ich unsere Welt mit beiden Augen betrachte, so sehe ich demzufolge zwei Welten: eine strahlend helle und, diese vollständig überlagernd, eine verschwommene und schattenhafte. Auf der Straße kann es geschehen, daß ein Gefühl der Gefahr und des Schwindels mich mitten im Schritt verhalten läßt, ganz als wäre ich eine Ratte, die soeben aus einem Gully gehuscht ist. Oder ich entdecke einen Hauch von Unglück und Erschöpfung auf dem Gesicht eines frohgemuten Freundes und störe mit meinem mühseligen Gestotter den leichten Fluß einer Plauderei. Eines Tages gewöhne ich mich vielleicht daran. Wenn nicht, so werde ich die schwarze Klappe auch auf der Straße und bei Freunden tragen. Womöglich gehen Fremde dann mit herablassendem Lächeln – was für ein altmodischer Scherz! – an mir vorüber, aber ich bin ja alt genug, mich nicht über so etwas zu ärgern.

Die Geschichte, die ich erzählen will, handelt von meiner ersten Erfahrung mit dem Geldverdienen. Von meinem rechten Auge war zuerst die Rede, weil die Erinnerung an jenes zehn Jahre zurückliegende Ereignis völlig unvermittelt und zusammenhanglos wieder in mir aufstieg, als man meinem Auge im letzten Frühjahr übcl mitspielte. Diese Erinnerung, das sollte ich anmerken, löste den Haß, der sich in meinem Herzen angestaut hatte und drauf und dran war, mich in Fesseln zu schlagen. Ganz zum Schluß werde ich auf den Unfall selbst zu sprechen kommen.

Vor zehn Jahren besaß ich auf beiden Augen hundertprozentige Sehkraft. Jetzt ist eines kaputt. Die *Zeit* hat sich verändert, sich hinuntergeschnellt vom Sprungbrett, einem Augapfel, der von einem Stein zerquetscht wurde. Als ich jenem sentimentalen Verrückten zum erstenmal begegnete, da verstand ich von der *Zeit* nicht mehr als ein Kind. Noch stand mir das grausige Wissen um sie bevor, deren Blicke sich in meinen Rücken bohren und die auch vor mir lauert.

Vor zehn Jahren war ich achtzehn, wog knapp einen Zentner, hatte gerade das College bezogen und hielt Ausschau nach einer stundenweisen Beschäftigung. Zwar hatte ich noch Schwierigkeiten mit französischer Lektüre, wollte mir aber dennoch eine zweibändige Leinenausgabe der »Verzauberten Seele« kaufen. Eine Moskauer Ausgabe sollte es sein, bei der nicht nur das Vorwort, sondern auch die Fußnoten und sogar der Waschzettel in russischer Sprache abgefaßt waren und wuschelige, fadendünne Haarstriche die Lettern des französischen Texts verbanden. Sicher eine merkwürdige Ausgabe, aber weit robuster und eleganter als die französische und auch viel preiswerter. Als ich das Buch in einem Laden entdeckte, dessen Spezialität osteuropäische Veröffentlichungen waren, hegte ich kein Interesse für Romain

Rolland und ging doch sofort daran, alles zu tun, damit die beiden Bände mein wurden. Damals gab ich mich häufig irgendeiner seltsamen Leidenschaft hin, und das störte mich nie – ich sah keinen Grund zur Besorgnis, solange ich nur hinreichend besessen war.

Da ich gerade erst ins College eingetreten und nicht beim Arbeitsamt registriert war, suchte ich mir eine Beschäftigung, indem ich reihum meine Bekannten fragte. Schließlich machte mich mein Onkel mit einem Bankdirektor bekannt, der ein Angebot für mich hatte. »Haben Sie zufällig den Film ›Harvey‹ gesehen?« fragte er. Ich bejahte und probierte ein Lächeln nicht übertriebener und dennoch unverkennbarer Hingabe, das jemandem gut anstand, der sich gerade um seine erste Anstellung bemühte. »Harvey« war ein Film mit Jimmy Stewart über einen Mann, der mit einem nur in seiner Einbildung vorhandenen bärengroßen Kaninchen zusammenlebt; im Kino hatte ich gedacht, ich würde mich totlachen. Der Bankdirektor erwiderte mein Lächeln nicht. »Seit kurzem leidet mein Sohn ebenfalls unter der Einbildung, er lebe mit einem Ungeheuer zusammen. Er arbeitet nicht mehr und hütet das Zimmer. Ich möchte, daß er ab und zu mal ausgeht, aber natürlich braucht er einen – Begleiter. Hätten Sie daran Interesse?«

Ich wußte allerhand über den Sohn dieses Bankdirektors. Er war ein junger Komponist, der mit seiner avantgardistischen Musik mehrere Preise in Frankreich und Italien gewonnen hatte. In den Spalten der Wochenzeitungen, die »Japans Künstler von morgen« mit Fotos vorstellten, war er meist zu finden.

Seine Hauptwerke kannte ich nicht, hatte aber mehrere Filme gesehen, deren Musik von ihm stammte. In einem Streifen über die Abenteuer eines jugendlichen Kriminellen wurde ein kurzes lyrisches Thema auf der Harmonika gespielt. Das war wunderschön. Der Film, so erinnere ich mich, hatte mich irgendwie verstört, weil dort ein Erwachsener von fast dreißig Jahren (tatsächlich war der Komponist achtundzwanzig, als er mich anstellte, so alt wie ich heute) sich ein Thema für die Harmonika ausdachte. Meine Harmonika nämlich hatte mein kleiner Bruder bekommen, als ich in die Schule kam. Und vielleicht beunruhigte mich auch die Tatsache, daß ich mehr über diesen Komponisten wußte als die Öffentlichkeit. Mir war bekannt, daß er einen Skandal verursacht hatte. Im allgemeinen habe ich für Skandalgeschichten nichts als Verachtung übrig, aber ich wußte, daß das Baby des Komponisten gestorben war, er sich deshalb hatte scheiden lassen und nun dem Gerücht zufolge mit einer gewissen Filmschauspielerin liiert war. Nicht gewußt hatte ich, daß ihn etwas Ähnliches wie Jimmy Stewarts Kaninchen in den Klauen hielt, auch nicht, daß er nicht mehr arbeitete und sich in seinem Zimmer vergrub. Ich fragte mich, wie ernst sein Zustand wohl sein mochte. Handelte es sich um einen Nervenzusammenbruch, oder war der Mann eindeutig schizophren?

»Ich bin mir nicht ganz im klaren, was Sie sich unter einem Begleiter vorstellen«, sagte ich und rollte mein Lächeln wieder ein. »Natürlich wäre ich gern zu Diensten, wenn ich kann.« Ich verbarg meine neugierige Besorgnis und versuchte diesmal, in Stimme und Miene so viel Mitgefühl wie möglich zu legen, ohne aufdringlich zu scheinen. Es handelte sich nur um eine stundenweise Beschäftigung, aber immerhin war dies meine allererste Aussicht auf eine Anstellung, und ich war entschlossen, mich nach Kräften anzupassen.

»Will mein Sohn in Tokyo irgendwohin, dann begleiten Sie ihn – das ist alles. Wir haben eine Pflegerin im Haus, die mühelos mit ihm fertig wird. Sie brauchen also keine Angst vor Gewalttätigkeiten zu haben.« Bei diesen Worten des Bankdirektors war mir zumute wie einem Soldaten, dem man Feigheit nachgewiesen hat. Ich errötete und sagte, in dem Bemühen, verlorenen Boden wettzumachen: »Ich schwärme für Musik und schätze Komponisten über alles. Deshalb freue ich mch darauf, D zu begleiten und mich mit ihm zu unterhalten.«

»Zur Zeit hat er nichts im Sinn als dieses Ding in seinem Kopf und spricht wohl auch von nichts anderem!« Bei dem brüsken Ton des Bankdirektors lief mein Gesicht noch dunkler an. »Morgen können Sie sich bei ihm melden«, sagte er.

»Bei Ihnen zu Haus?«

»Ganz recht. Dachten Sie, er ist in einer Anstalt?« Der Tonfall des Bankdirektors ließ nur vermuten, daß er im Grunde ein Widerling war.

»Falls er mich nimmt«, sagte ich, den Blick zu Boden gerichtet, »komme ich noch einmal vorsprechen, um mich bei Ihnen zu bedanken.« Mir war zum Heulen.

»Nein. Er ist es, der sie anstellt« (Na schön, dachte ich, werde ich D als meinen Dienstherrn betrachten!), »deshalb ist das nicht nötig. Mir geht es lediglich darum, daß er nicht draußen in irgendwelche Schwierigkeiten gerät, die sich zu einem Skandal ausweiten könnten. Man muß an seine Karriere denken. Natürlich färbt, was er tut, auch auf mich ab …«

Das ist es also! dachte ich bei mir. Ich sollte demnach den Sittenwächter abgeben, der die Familie des Bankdirektors vor einer neuerlichen Verseuchung mit dem Gift eines Skandals zu bewahren hatte. Ich schwieg freilich, nickte nur verläßlich, sehr darauf bedacht, in das kühle Herz des Bankdirektors die Wärme des Zutrauens zu meiner Person zu senken. Nicht einmal die dringlichste, allerdings tatsächlich heikle Frage stellte ich: Ist dieses Ungeheuer, das Ihren Sohn heimsucht, mein Herr, ein Kaninchen wie Harvey mit einer Körperlänge von rund einhundertfünfundachtzig Zentimetern? Ein Geschöpf mit zottigem Haar wie der Schneemensch? Um welche Art von Ungeheuer handelt es sich? Ich schwieg und tröstete mich bei dem Gedanken, das Geheimnis womöglich der Pflegerin abzuluchsen, falls ich mich mit ihr anfreundete.

Ich verließ das Büro des Bankdirektors, und als ich den Korridor entlangging und vor Erniedrigung mit den Zähnen knirschte wie Julien Sorel nach der Begegnung mit einer wichtigen Persönlichkeit, wurde ich befangen bis in die Fingerspitzen und versuchte meine Haltung und ihre Wirksamkeit zu beurteilen. Nach dem College entschloß ich mich, mir keine Arbeit zwischen neun und fünf Uhr zu suchen, und ich denke schon, daß die Erinnerung an das Gespräch mit diesem unangenehmen Bankdirektor diese Entscheidung weitgehend beeinflußt hat.

Trotzdem fuhr ich tags darauf nach dem Unterricht mit dem Zug in die Vorstadt, in der der Komponist wohnte. Als ich durch das Portal des schloßähnlichen Hauses trat, hörte ich, wie ich mich erinnere, ein Gebrüll wie von entsetzlichen Bestien in einem nächtlichen Zoo. Ich war bestürzt, duckte mich. Was, wenn es mein Dienstherr war, der diese wilden Schreie ausstieß? Nur gut, daß mir damals nicht in den Sinn kam, sie könnten von dem Ungeheuer stammen, das in Ds Kopf spukte wie das Kaninchen in Jimmy Stewarts. Was für Schreie das auch waren, sie hatten mich so offensichtlich verwirrt, daß das mir den Weg weisende Hausmädchen unhöflich genug war, laut aufzulachen. Dann entdeckte ich, daß noch jemand lachte, stumm, in der Düsternis hinter dem Fenster eines Anbaus im Garten. Es war der Mann, der mich anstellen sollte. Er lachte wie ein Gesicht in einem Stummfilm, und um ihn herum brodelte dieses Gebrüll wilder Bestien. Ich hörte genau hin und stellte fest, daß mehrere Tiere derselben Art im Gleichklang kreischten, mit Stimmen, die zu schrill waren für diese Welt. Am Eingang zum Anbau ließ mich das Mädchen allein, und ich kam zu dem Schluß, dieses Gebrüll müßte aus dem Tonbandarchiv des Komponisten stammen. Ich faßte wieder Mut, richtete mich auf und öffnete die Tür.

Von drinnen erinnerte mich der Anbau an einen Kindergarten. In dem großen Raum ohne Zwischenwände standen zwei Klaviere, eine Elektroorgel, mehrere Tonbandgeräte, ein Plattenspieler und etwas, was wir im Radioklub der Oberschule als Mischgerät bezeichnet hatten. Zwischen den Geräten konnte man sich kaum hindurchschlängeln. Was beispielsweise wie ein auf dem Fußboden schlafender Hund aussah, entpuppte sich als Tuba aus rötlichem Messing. Genau so hatte ich mir das Studio eines Komponisten vorgestellt, ja, mir war sogar, als wäre ich früher schon einmal hiergewesen. Angeblich hatte D aufgehört zu arbeiten und sich in seinem Zimmer vergraben. Konnte sich sein Vater da völlig getäuscht haben?

Der Komponist bückte sich soeben, um das Tonbandgerät auszuschalten. In dem Chaos, das nicht ohne innere Ordnung war, machte er eine rasche Handbewegung, und augenblicklich wurden die tierischen Schreie in ein schwarzes Loch des Schweigens gesogen. Dann richtete er sich auf und wandte sich mir mit wirklich ruhigem Lächeln zu.

Ich sah mich im Raum um und stellte fest, daß die Pflegerin nicht anwesend war. Das machte mich ein wenig ängstlich, aber der Komponist bot auch nicht den mindesten Anlaß zu der Annahme, er könne jeden Augenblick tätlich werden. »Mein Vater hat mir von Ihnen erzählt. Kommen Sie herein, dort drüben ist Platz!« sagte er mit tiefer, klangvoller Stimme.

Ich zog die Schuhe aus und trat auf den Läufer, ohne Hausschuhe überzustreifen. Dann suchte ich nach einer Sitzgelegenheit, aber außer runden Hockern vor den Klavieren und vor der Orgel gab es in dem Raum kein Möbelstück, ja nicht einmal ein Kissen. Also stellte ich meine Füße zwischen einem

Paar Bongotrommeln und einigen leeren Tonband-
schachteln aneinander und blieb unbehaglich stehen.
Der Komponist stand ebenfalls und ließ die Arme
herabhängen. Ich war mir nicht sicher, ob er sich jemals setzte. Auch mich forderte er nicht auf, Platz zu
nehmen; er stand nur da und lächelte stumm.

»Könnten das Stimmen von Affen gewesen sein?«
fragte ich in dem Bestreben, das Schweigen zu bre-
chen, das sich rascher zu verfestigen schien als Zement.

»Nashörner. Der Klang kam daher, daß ich das
Band schneller abgespielt habe. Übersteuert habe ich
auch. Ich denke wenigstens, es sind Nashörner – ich
habe Rhinos verlangt, als ich das Band bespielen ließ.
Ganz sicher bin ich mir freilich nicht. Aber jetzt sind
Sie ja da, und ich kann selbst in den Zoo gehen.«

»Ich darf das so auffassen, daß ich angestellt bin?«

»Aber ja! Ich habe Sie doch nicht herkommen lassen, um Sie zu testen. Wie kann ein Verrückter einen
Normalen testen?« Der Mann, der mein Dienstherr
werden sollte, sagte dies gleichmütig und fast verlegen, so daß es mich selbst anwiderte, wie unterwür-
fig ich gefragt hatte, ob ich angestellt sei. Das hatte ja
geklungen wie von einem Krämer! Dieser Komponist war anders als sein Vater, der Geschäftsmann,
und ich hätte ihm direkter kommen sollen.

»Ich wünschte, Sie würden sich nicht als verrückt
bezeichnen. Das wirkt peinlich auf mich.« Der Versuch, offen zu sein, war das eine – aber was für eine
hirnlose Bemerkung! Doch der Komponist kam mir
entgegen. »In Ordnung. Wenn Sie das so empfinden,
würde es wohl die Arbeit leichter machen.«

Arbeit ist ein dehnbarer Begriff, aber zumindest in den wenigen Monaten, in denen ich ihn einmal wöchentlich aufsuchte, trat der Komponist der Arbeit noch nicht einmal so nahe, in den Zoo zu gehen, um ein echtes Nashorn aufzunehmen. Er streunte lediglich in verschiedenen Beförderungsmitteln oder zu Fuß durch Tokyo und besuchte diese und jene Gegend. Als er von Arbeit sprach, mußte er demnach mich gemeint haben. Und ich arbeitete recht tüchtig, erledigte für ihn sogar einen Auftrag, der mich bis nach Kyoto führte.

»Wann soll ich also anfangen?« fragte ich.

»Jetzt gleich, wenn es Ihnen recht ist.«

»Ist mir sehr recht.«

»Ich muß mich fertigmachen – würden Sie draußen warten?«

Den Kopf vorsichtig gesenkt, als durchwate er einen Sumpf, suchte sich mein Dienstherr einen Weg in den Hintergrund des Raums, vorbei an Musikinstrumenten, Phonogeräten und Stapeln von Notenblättern, bis zu einer schwarzen Holztür, die er hinter sich schloß. Für einen Augenblick sah ich eine Frau in Schwesterntracht, Anfang Vierzig, mit länglichem Gesicht und schweren Schatten auf den Wangen – das mochten Falten oder Narben sein. Es sah aus, als umfasse sie den Komponisten mit dem rechten Arm, während sie ihn in den anderen Raum zog, und schließe mit der linken die Tür. Wenn das zum gewohnheitsmäßigen Ablauf gehörte, würde ich niemals eine Chance haben, mit der Pflegerin zu sprechen, ehe ich mit meinem Dienstherrn ausging. Ich stand vor der geschlossenen Tür im dunkelsten Winkel des düsteren Raums, schlüpfte in meine Schuhe und spürte, wie ich vor der auf mich zukommenden Arbeit immer ängstlicher wurde. Der Komponist hatte die ganze Zeit gelächelt und auf mein Stichwort geantwortet. Von allein aber hatte er nicht viel gesagt. Hätte ich zurückhaltender sein sollen? »Draußen« konnte zweierlei bedeuten, und da ich entschlossen war, in meinem ersten Job alles tadellos zu erledigen, beschloß ich, knapp innerhalb des Hauptportals zu warten, von wo ich den Anbau im Garten sehen konnte.

D war ein kleiner, dünner Mann mit überdurchschnittlich großem Kopf. Damit die knöcherne Klippe seiner Stirn nicht gar zu furchterregend aussah, kämmte er sein fahles, flaumiges und stets sauberes Haar nach vorn. Mund und Kinn waren klein, die Zähne schrecklich unregelmäßig. Und dennoch hatte sein Gesicht, wohl durch die Farbe der tief in den Höhlen liegenden Augen, eine statische Korrektheit, die sich gut mit einem stillen Lächeln vertrug. Im ganzen war etwas von einem Hund an diesem Mann. Er hatte Flanellhosen und einen Pullover mit Streifen an. Seine Schultern waren leicht gekrümmt, die Arme ungewöhnlich lang.

Als er aus der Hintertür des Anbaus trat, trug er eine Strickjacke aus blauer Wolle über dem Sweater und ein Paar weiße Tennisschuhe. Er erinnerte mich an einen Musiklehrer der Oberschule. In einer Hand hielt er einen schwarzen Schal, und als wisse er nicht recht, ob er ihn umlegen sollte, lächelte er etwas verwirrt zu mir herüber, der ich am Portal wartete. Solange ich D kannte, war er stets so gekleidet – außer ganz am Ende, als er in einem Krankenhausbett lag. Ich erinnere mich dessen so gut, weil es mir immer ein bißchen komisch vorkam, daß ein ausgewachsener Mann eine Strickjacke um die Schultern trug, als sei er eine verkleidete Frau. Die Formlosigkeit und undefinierbare Farbe der Jacke paßten ausgezeichnet zu ihm. Er kam aus den Büschen auf mich zugetrippelt, hob zerstreut die den Schal haltende Hand und winkte mir damit zu. Dann schlang er sich den Schal entschlossen um den Hals. Es war bereits vier Uhr nachmittags und recht kalt draußen.

D ging durch das Portal, und als ich ihm folgte (unsere Beziehung war bereits die zwischen Dienstherrn und Angestelltem), hatte ich das Gefühl, beobachtet zu werden. Ich drehte mich um: Hinter dem gleichen Fenster, durch das ich meinen Dienstherrn entdeckt hatte, sah uns die vierzigjährige Pflegerin mit den Narben – oder waren es Falten? – hinterher wie ein die Stellung haltender Soldat einem Deserteur. Sie kniff die Lippen zusammen wie eine Schildkröte. Ich beschloß, sie möglichst bald allein zu stellen und über Ds Zustand auszufragen. Was war eigentlich mit dieser Frau los? Da betreute sie einen jungen nervenkranken Mann, der vielleicht verrückt war – aber wenn ihr Pflegling ausging, hatte sie seinem Begleiter nichts zu sagen. War das etwa keine Vernachlässigung der Berufspflicht? Hatte sie nicht zumindest die Verpflichtung, den Neuen ins Bild zu setzen? Oder war mein Dienstherr ein so sanftmütiger und harmloser Patient, daß es nichts mitzuteilen gab?

Als D den Fußsteig erreichte, schlug er die Lider seiner müden Augen auf und sah rasch in beiden

Richtungen die Straße entlang. Ich wußte nicht, ob das ein Anzeichen für Verrücktheit oder sonst etwas war; plötzliches Handeln ohne jegliche Kontinuität schien bei ihm Gewohnheit. Der Komponist blickte in den klaren Spätherbsthimmel und blinzelte mehrmals. Seine tiefliegenden dunkelbraunen Augen waren bemerkenswert ausdrucksvoll. Er blinzelte nicht mehr, sein Blick schien nicht mehr zu schweifen; es sah aus, als suchte er den Himmel ab. Ich stand beobachtend schräg hinter ihm, und was mich am lebhaftesten beeindruckte, war die Bewegung seines Adamsapfels, der so groß war wie eine Faust. Ich fragte mich, ob meinem Dienstherrn womöglich bestimmt gewesen war, ein hochaufgeschossener Mann zu werden. Vielleicht hatte irgend etwas in früher Kindheit sein Wachstum gehemmt, so daß nur Kopf und Hals von dem Riesen kündeten, der aus ihm eigentlich werden sollte.

Er wandte die Augen vom Himmel, suchte meinen verwirrten Blick, und während er ihn mit dem seinen festhielt, sagte er beiläufig, aber mit einem Ernst, der jeden Einwand unmöglich machte: »Bei klarem Wetter sieht man sehr deutlich, wenn dort oben etwas schwebt. Ich sehe ihn dort oben bei den anderen, und oft kommt er zu mir herab, wenn ich ausgehe.«

Sofort fühlte ich mich bedroht. Ich sah von meinem Dienstherrn weg und fragte mich, wie ich diese erste Prüfung durchstehen sollte, die mir so rasch auferlegt wurde. Sollte ich so tun, als glaubte ich an das Vorhandensein dessen, was dieser Mann »ihn« nannte, oder wäre das ein Fehler? Hatte ich es mit einem faselnden Irren zu tun, oder war der Komponist nur ein Spaßvogel mit Pokergesicht, der sich über mich lustig machen wollte? Als ich verzagt dastand, streckte er mir eine helfende Hand entgegen: »Ich weiß, daß Sie die am Himmel schwebenden Gestalten nicht sehen können. Ich weiß auch, daß sie ihn nicht bemerken würden, selbst wenn er hier direkt neben mir stünde. Ich bitte Sie lediglich, Ihr Erstaunen nicht zu zeigen, wenn er auf die Erde herabkommt, auch dann nicht, wenn ich mit ihm spreche. Denn Sie würden ihn verwirren, wenn Sie plötzlich laut auflachten oder versuchten, mich zum Schweigen zu bringen. Und falls Sie während unseres Gesprächs zufällig bemerken, daß ich eine Bekräftigung Ihrerseits brauche, dann wäre ich Ihnen dankbar, wenn Sie gleich mit einstimmten und mir recht gäben, wissen Sie. Ich beschreibe ihm Tokyo nämlich als Paradies. Ihnen mag es wie ein verrücktes Paradies vorkommen, aber vielleicht können Sie es als Satire auffassen und mir jedenfalls beipflichten, wenigstens solange er hier unten bei mir ist.«

Ich hörte aufmerksam zu und glaubte, zumindest umrißhaft zu erkennen, was mein Dienstherr von mir erwartete. War »er« also doch ein mannsgroßes Kaninchen, das im Himmel wohnte? Aber danach erkundigte ich mich nicht; ich beschränkte mich auf die Frage: »Woran erkenne ich, daß er hier unten bei Ihnen ist?«

»Einfach, indem Sie mich beobachten. Er steigt nur herab, wenn ich mich im Freien aufhalte.«

»Was ist, wenn Sie in einem Auto sitzen?«

»Sitze ich an einem offenen Fenster im Auto oder Zug, dann kann er sich durchaus zeigen. Mehrmals ist er auch erschienen, wenn ich mich im Haus aufhielt, aber direkt am offenen Fenster stand.«

»Und … wie ist es im Augenblick?« fragte ich beklommen. Das muß geklungen haben wie die Frage des Klassendümmsten, der das Einmaleins beim besten Willen nicht begreift.

»Jetzt sind nur Sie und ich da«, sagte mein Dienstherr freundlich. »Wissen Sie was, wir fahren heute nach Shinjuku! Ich bin lange nicht mehr mit der Eisenbahn gefahren.«

Auf dem Weg zum Bahnhof hielt ich ständig die Augen offen, um sofort zu bemerken, wann neben meinem Dienstherrn etwas auftauchte. Aber ehe ich mich versehen hatte, saßen wir schon im Zug, ohne daß sich meines Wissens etwas ereignet hatte. Eines allerdings fiel mir auf: Der Komponist beachtete die Straßenpassanten selbst dann nicht, wenn sie ihn grüßten. Er ging auf keine Annäherung ein, schien sie nicht wahrzunehmen, so als wären die Leute, die mit Begrüßungsworten oder Erkundigungen nach dem Befinden auf ihn zukamen, Scheingebilde für ihn.

Gleiches ereignete sich am Fahrkartenschalter. D lehnte es von sich aus ab, Beziehungen zu anderen Menschen aufzunehmen. Er reichte mir tausend Yen hin, ließ mich die Fahrkarten kaufen und nahm mir seine nicht ab, als ich sie ihm geben wollte. Ich mußte an der Sperre stehenbleiben und beide Fahrkarten lochen lassen, indes D mit der Freiheit eines Unsichtbaren durch das Drehkreuz auf den Bahnsteig trat. Selbst im Zug tat er, als wäre er für die Mitreisenden Luft. In einen Eckplatz gedrückt, saß er schweigend und mit geschlossenen Augen da. Ich stand vor ihm und wartete banger und banger auf das, was immer da durch das offene Fenster hereinschweben und sich neben ihm niederlassen mochte. Natürlich glaubte ich nicht an die Existenz des Ungeheuers. Ich war nur entschlossen, den Augenblick nicht zu verpassen, in dem Ds Wahnvorstellungen von ihm Besitz ergriffen. Dies wenigstens glaubte ich ihm schuldig zu sein für sein Geld. Aber bis zum Bahnhof Shinjuku saß er da wie ein kleines Tier, das sich totstellt, und ich konnte nur vermuten, daß er keinen Besuch aus dem Himmel erhalten hatte. Reine Vermutung blieb das, weil mein Dienstherr sich in düsteres Schweigen einschloß wie eine Auster, solange andere Menschen um uns waren. Aber ich sollte rasch genug erfahren, daß meine Vermutung zutraf. Denn als es soweit war, wurde mehr als deutlich (an Ds Reaktion meine ich), daß ihn etwas heimsuchte.

Wir hatten den Bahnhof verlassen und gingen die Straße entlang. Es war kurz vor Abend. Um diese Stunde sind nicht viele Leute auf den Beinen, aber an einer Ecke stießen wir auf einen kleinen Menschenauflauf. Wir blieben stehen, um zu sehen, was los war. Von der Menge umringt, drehte sich ein alter Mann auf der Straße unaufhörlich um sich selbst, ohne einen Menschen auch nur eines Blickes zu würdigen. Er war ein gesetzt wirkender alter Herr. Verzückt drehte er sich um die eigene Achse und drückte dabei eine Aktentasche und einen Schirm an die Brust. Sein graues, von Pomade glänzendes Haar geriet ein wenig in Unordnung, als er da mit den Füßen stampfte und wie ein Seehund schrie. Die Gesichter der Menge wirkten in der abendlichen Kühle, die schon in der

Luft lag, glanzlos und trocken; nur das Gesicht des alten Mannes war erhitzt, schweißnaß und schien beinahe zu dampfen.

Mit einemmal bemerkte ich, daß D, der neben mir hätte stehen sollen, einige Schritte zurückgetreten war und einen Arm um die Schultern eines unsichtbaren Etwas geschlungen hatte, das ungefähr seine Größe hatte. Liebevoll blickte er über den Luftkreis, den sein Arm umschloß, ins Leere. Die Menge war so gebannt von dem alten Mann, daß sie Ds Verhalten nicht bemerkte, ich aber war entsetzt. Langsam wandte sich der Komponist mir zu, als wollte er mich einem Freund vorstellen. Ich wußte nicht, wie ich reagieren sollte, erschrak und lief rot an. Es war, als hätte ich in einer Schulaufführung meine alberne Rolle vergessen. Der Komponist starrte mich noch immer an, und jetzt verrieten seine Augen, daß er ärgerlich war. Um seinem Besucher aus dem Himmel diesen Vorfall plausibel zu machen, suchte er nach einer Erklärung für den verzückten Alten, der sich so selbstvergessen auf der Straße drehte. Eine paradiesgerechte Erklärung! Ich aber überlegte nur einfältig, ob der Alte wohl am Veitstanz litt.

Als ich schweigend den Kopf schüttelte, verschwand das fragende Leuchten aus den Augen des Komponisten. Wie beim Abschied von einem Freund ließ er den Arm sinken. Dann hob er langsam den Blick, immer mehr, bis er den Kopf nicht weiter nach hinten lehnen konnte und sein großer Adamsapfel sich scharf abhob. Das Phantom war wieder zum Himmel geschwebt; ich hatte versagt. Ich ließ den Kopf hängen, und der Komponist trat an mich heran und bedeutet mir, mein erster Arbeitstag sei zu Ende. »Wir können jetzt heimfahren. Er ist heute schon einmal dagewesen, und Sie sind bestimmt recht müde.« Nach all der Spannung fühlte ich mich tatsächlich erschöpft.

Wir fuhren in einem Taxi mit geschlossenen Fenstern zurück, und sobald ich meinen Tageslohn erhalten hatte, ging ich. Aber nicht gleich zum Bahnhof, sondern nur hinter einen Telegrafenmast schräg gegenüber vom Haus. Die Dämmerung sank tiefer herab, der Himmel färbte sich rosig, und gerade als sich die Verheißung der Nacht erfüllte, erschien am Hauptportal die Pflegerin, ein nagelneues Fahrrad vor sich herschiebend. Die Farbe ihres kurzen einteiligen Kleides war in der Dunkelheit nicht auszumachen. Ehe sie aufsteigen konnte, rannte ich zu ihr hinüber. Ohne ihre Schwesterntracht war sie nur eine gewöhnliche kleine Frau Anfang Vierzig. Das Geheimnis, das ich durch das Fenster des Anbaus in ihrem Gesicht wahrgenommen hatte, war verschwunden. Mein Auftauchen beunruhigte sie. Sie konnte sich nicht aufs Rad schwingen und davonfahren, wollte aber auch nicht stehenbleiben. Deshalb begann sie, das Rad im Schrittempo zu schieben, als ich sie aufforderte, mir den Zustand unseres gemeinsamen Dienstherrn zu erläutern. Mürrisch weigerte sie sich, ich aber hielt den Sattel fest, und so gab sie schließlich nach. Als sie redete, klappte ihr gewaltiger Unterkiefer bei jeder Pause zu; sie war wirklich eine sprechende Schildkröte.

»Er sagt, es ist ein dickes Baby in einem weißen Nachthemd aus Baumwolle. Groß wie ein Känguruh, sagt er. Es soll Angst vor Hunden und Polizisten haben und aus dem Himmel herunterkommen. Angeblich heißt es Agui! Lassen Sie sich eines gesagt sein: Sollten Sie sich zufällig in der Nähe aufhalten, wenn ihn diese Spukgestalt packt, dann stellen Sie sich am besten dumm. Sie dürfen es nicht darauf ankommen lassen, da mit hineingezogen zu werden. Vergessen Sie nicht, daß Sie es mit einem Irren zu tun haben! Und noch etwas: Gehen Sie mit ihm nicht in gewisse Etablissements – selbst dann nicht, wenn er darauf besteht. Einer kleiner Tripper fehlte uns hier gerade noch!«

Ich errötete und ließ den Sattel los. Die Pflegerin radelte laut klingelnd in die Dunkelheit, so schnell ihre röhrenförmigen Beine das fertigbrachten. Oh, ein dickes Baby in weißem Baumwollnachthemd – und groß wie ein Känguruh!

Als ich mich eine Woche später meldete, fixierte mich der Komponist mit seinen klaren braunen Augen und verwirrte mich mit der allerdings ohne besonderen Vorwurf ausgesprochenen Feststellung: »Wie ich hörte, haben Sie die Pflegerin abgepaßt und nach meinem Besucher aus dem Himmel ausgefragt. Sie nehmen Ihre Arbeit wirklich ernst!«

An jenem Nachmittag benutzten wir die gleiche Linie in entgegengesetzter Richtung, eine halbe Stunde landwärts, zu einem Vergnügungspark am Ufer des Flusses Tama.

Wir fuhren mit allen möglichen Bahnen, und zu meinem Glück schwebte das känguruhgroße Baby aus dem Himmel zu D herab, als er gerade allein hoch oben in der »Himmelsgondel« schwebte, deren hölzerne, bootsförmige Kabinen auf den Flügeln eines windmühlenartigen Gebildes langsam emporstiegen. Von einer Bank zu ebener Erde beobachtete ich, wie sich der Komponist mit einem nicht vorhandenen Gefährten an seiner Seite unterhielt. Und ehe der Besucher nicht wieder gen Himmel gefahren war, wollte D nicht herunterkommen; immer und immer wieder mußte ich auf ein Zeichen von ihm lossausen und eine neue Fahrt bezahlen.

An jenem Tag beeindruckte mich noch ein anderer Vorfall. Auf dem Weg zum Ausgang des Vergnügungsparks trat D versehentlich in feuchten Zement. Als er sah, daß sein Fuß einen Abdruck hinterlassen hatte, regte er sich fürchterlich auf und weigerte sich hartnäckig, weiterzugehen, bis ich mit den Arbeitern verhandelte und sie für eine Entschädigung den Zement wieder glätten ließ. Hier offenbarte mir der Komponist das einzige Mal eine Spur von Gewalttätigkeit in seinem Wesen. Während der Rückfahrt im Zug bereute er wohl, mich angekläfft zu haben, und entschuldigte sich mit den Worten: »Ich lebe nicht mehr in der Gegenwart, zumindest nicht bewußt. Kennen Sie die Regeln für Reisen mit einer Zeitmaschine in die Vergangenheit? Reist ein Mann beispielsweise zehntausend Jahre zurück, so wagt er in jener Welt nichts zu tun, was Spuren hinterlassen könnte. Denn er existiert nicht in jener Zeit vor zehntausend Jahren, und bliebe dort etwas von ihm zurück, so käme es in der gesamten zehntausendjährigen Geschichte von damals bis heute zu einer Verzerrung, und wenn die noch so geringfügig wäre! Das sind eben die Spielregeln, und da ich nicht in der

Gegenwart lebe, darf ich in dieser Welt nichts tun, was überdauern oder eine Spur hinterlassen könnte.«

»Aber weshalb haben Sie aufgehört, in der Gegenwart zu leben?« fragte ich, worauf mein Dienstherr stumm wie ein Fisch wurde und keine Notiz mehr von mir nahm. Ich bereute meine lose Zunge. Ich hatte die mir gewiesenen Schranken nun doch übertreten, weil ich mich zu sehr mit Ds Problem befaßte. Vielleicht hatte die Pflegerin recht mit der Bemerkung, der einzige Ausweg sei, sich dumm zu stellen, und ich könne es mir nicht leisten, da mit hineingezogen zu werden. Ich beschloß, dies solle nicht geschehen.

Später schlenderten wir gelegentlich durch Tokyo, und meine neue Taktik bewährte sich. Aber es kam der Tag, da die Probleme des Komponisten mich zu berühren begannen, ob mir das gefiel oder nicht. Eines Nachmittags stiegen wir gemeinsam in ein Taxi, und zum erstenmal, seit ich den Job übernommen hatte, nannte D ein bestimmtes Fahrtziel, ein protziges, hotelähnliches Apartmenthaus in Daikan Yama. Als wir dort ankamen, setzte D sich in das Kellercafé, während ich im Aufzug emporfuhr, um von seiner ehemaligen Frau, die das Apartment jetzt allein bewohnte, etwas abzuholen, was sie für mich bereithielt.

Ich klopfte an die Tür, bei der ich an die Zellenblocks in Sing Sing denken mußte (damals ging ich dauernd ins Kino; etwa 95% all meines Wissens stammte wohl aus Filmen). Eine kleine Frau mit derbem rotem Gesicht und plumpem, zylinderförmigem Hals öffnete. Sie hieß mich die Schuhe ausziehen

und eintreten, wobei sie auf ein Sofa in Fensternähe
wies, auf das ich mich setzen sollte. So empfängt
wohl die vornehme Gesellschaft einen Fremden,
schoß es mir, wie ich mich erinnere, damals durch
den Kopf. Hätte ich, Sohn eines armen Bauern, diese
Aufforderung ablehnen und um Aushändigung an
der Tür bitten wollen, dann hätte ich des Mutes bedurft, die japanische feine Gesellschaft herauszufor-
dern, eines Mutes, wie ihn jener Fleischer besaß, der
Ludwig XIV. bedrohte. Ich tat wie geheißen und betrat zum erstenmal in meinem Leben ein auf ameri-
kanische Art eingerichtetes Studioapartment.

Die ehemalige Frau des Komponisten schenkte
mir Bier ein. Sie wirkte etwas älter als er und war
trotz ihrer großartigen Gesten und ihrer singenden
Sprechweise zu rund und übergewichtig, als daß sie
Würde ausgestrahlt hätte. Sie trug ein Kleid aus
schwerem Stoff, dessen Rocksaum ausgefranst war
wie ein Squawkostüm. Ihr Halsband aus goldgefaß-
ten Diamanten sah aus wie die Arbeit eines In-
kakünstlers (auch diese Beobachtungen klingen
jetzt, da ich über sie nachdenke, deutlich nach Kino).
Ihr Fenster bot einen Blick auf die Straßen von Shi-
buya, aber das einfallende Licht schien ihr sehr zu
mißfallen, als sie mich im Stil eines Kreuzverhörs
ausfragte; fortwährend rutschte sie in ihrem Sessel
hin und her, wobei ich Beine zu sehen bekam, die
ebenso plump und rotgeädert waren wie ihr Hals. Ich
war wohl ihre einzige Informationsquelle über ihren
ehemaligen Mann. Während ich mein bitteres dunk-
les Bier wie heißen Kaffe schlürfte, antwortete ich ihr
nach bestem Wissen, aber mein Wissen um D war

spärlich und ungenau, so daß ich sie nicht zufriedenstellen konnte. Dann fragte sie mich nach Ds Freundin, der Schauspielerin – ob sie ihn besuche und so weiter, und ich vermochte ihr nichts zu sagen. Verärgert fragte ich mich, was sie das anging und ob sie keinen weiblichen Stolz besaß.

»Sieht D immer noch dieses Phantom?« fragte sie schließlich.

»Ja, es ist ein känguruhgroßes Baby in weißem Baumwollnachthemd, und er sagt, es heiße Agui; die Pflegerin hat mir davon erzählt«, sagte ich begeistert und froh, weil eine Frage gestellt worden war, die ich beantworten konnte. »Normalerweise schwebt es am Himmel, aber zuweilen kommt es zu D herab.«

»Agui? Dann muß es der Geist unseres toten Babys sein. Wissen Sie, warum er es Agui nennt? Weil unser Baby in seinem Leben ein einziges Mal gesprochen hat, und da hat es Agui gesagt. Eine recht gefühlsduselige Art, seinem Alptraum einen Namen zu geben, finden Sie nicht?« Die Frau sagte das sarkastisch; aus ihrem Mund schlug mir ein widerlicher, ätzender Geruch entgegen. »Unser Baby wurde mit einem Klumpen am Hinterkopf geboren und sah aus, als hätte es zwei Köpfe. Der Arzt stellte eine Hirnhernie fest. Als D das erfuhr, beschloß er, sich und mich vor einer Katastrophe zu schützen. Er tat sich mit dem Arzt zusammen, und gemeinsam brachten sie das Baby um. Ich glaube, sie gaben ihm nur Zuckerwasser statt Milch, so laut es auch schreien mochte. Mein Mann hat das Baby umgebracht, weil er nicht wollte, daß uns ein Kind belastet, das laut ärztlicher Prognose nur ein pflanzenhaftes Dasein vor sich hatte. Seine Handlungsweise entsprang also in erster Linie einem unvorstellbaren Eogismus. Aber dann bei der Autopsie stellte sich heraus, daß der Klumpen eine gutartige Geschwulst war. Von da an sah D Gespenster. Verstehen Sie, er hatte den Mut verloren, mit dem er seinen Egoismus absichern mußte. Also weigerte er sich, sein eigenes Leben zu leben, geradeso wie er sich geweigert hatte, das Baby am Leben zu lassen. Nicht daß er Selbstmord begangen hätte; er floh lediglich aus der Wirklichkeit in die Phantomwelt. Aber wer erst einmal das Blut eines Babys an den Händen hat, der kann sich nicht einfach damit reinwaschen, daß er vor der Wirklichkeit ausreißt; das weiß doch jeder. So lebt er nun, die Hände besudelt wie zuvor, und treibt diesen Unfug mit Agui!«

Ihre grausame Abrechnung war um meines Dienstherrn willen schwer zu ertragen. Darum wandte ich mich ihr zu, vor Aufregung über ihre Geschwätzigkeit dunkelrot im Gesicht, und brach eine Lanze für D. »Wo waren Sie denn, als all das geschah? Immerhin waren Sie die Mutter!«

»Man hatte mir einen Kaiserschnitt gemacht, danach lag ich eine Woche lang mit hohem Fieber im Koma. Als ich aufwachte, war alles vorüber«, erwiderte Ds ehemalige Frau, ohne meinen Fehdehandschuh aufzunehmen. Dann erhob sie sich und ging in Richtung Küche. »Ich nehme an, Sie möchten noch ein Bier?«

»Nein danke, ich habe genug. Würden Sie mir bitte die Sache für D geben?«

»Natürlich. Lassen Sie mich nur rasch gurgeln! Ich muß das alle zehn Minuten, mein Zahnfleisch ist vereitert. Sie haben doch sicher den Geruch bemerkt?«

Sie reichte mir einen Geschäftsumschlag, in den sie einen Messingschlüssel gelegt hatte. Sie stand hinter mir, als ich mir die Schnürsenkel zuband, und fragte mich, welche Schule ich besuchte. Dann erwähnte sie eine Zeitung und fügte stolz hinzu: »Soviel ich weiß, gibt es in dem Internat nicht einen einzigen Abonnenten dieser Zeitung. Vielleicht interessiert es Sie, daß sie bald meinem Vater gehören wird.«

Ich drückte meine Verachtung durch Stillschweigen aus.

Gerade wollte ich in den Aufzug steigen, als mich heftige Zweifel befielen. Ich mußte nachdenken! Ich ließ den Aufzug davonfahren und stieg die Treppe hinab. Falls Ds ehemalige Frau seinen Gemütszustand zutreffend beschrieben hatte, wie konnte ich da sicher sein, daß er nicht Selbstmord begehen würde mit einer Prise Zyankali oder etwas anderem aus einem Behältnis, zu dem dieser Schlüssel paßte? Auf der Treppe überlegte ich pausenlos, was zu tun sei, und dann stand ich an Ds Tisch und war noch immer zu keinem Ergebnis gekmmen. Der Komponist saß mit festgeschlossenen Augen da, sein Tee stand unberührt vor ihm. Sicher wäre es ihm unangenehm gewesen, beim Genuß von Getränken aus unserer Zeit beobachtet zu werden, in der er als Reisender aus einer anderen Zeit nicht mehr lebte.

»Ich war bei ihr«, begann ich, plötzlich zum Lügen entschlossen, »und wir haben uns die ganze Zeit unterhalten, aber sie wollte mir nichts mitgeben.«

Mein Dienstherr sah freundlich zu mir auf und sagte nichts, obschon ein Zweifel die Welpenaugen in den tiefen Höhlen umwölkte. Auf der Rückfahrt saß ich die ganze Zeit schweigend neben ihm im Taxi und war insgeheim verstört, weil ich nicht wußte, ob er meine Lüge durchschaut hatte. Schwer lag der Schlüssel in meiner Hemdtasche.

Aber ich behielt ihn nur eine Woche. Zum einen wirkte der Gedanke an einen Selbstmord Ds doch nach und nach albern, zum anderen befürchtete ich, er könne seine Frau nach dem Schlüssel fragen. Deshalb steckte ich ihn in einen anderen Umschlag und sandte ihn per Einschreiben an D. Tags darauf fuhr ich etwas bang zu ihm und traf ihn im Freien vor dem Anbau, wo er einen Stapel Notenblätter verbrannte. Es muß sich um seine eigenen Tonschöpfungen gehandelt haben: jener Schlüssel hatte ihm Zugang zu ihnen verschafft.

Wir gingen an diesem Tag nicht aus. Statt dessen half ich D, sein gesamtes Opus einzuäschern. Wir hatten alles verbrannt und ein Loch ausgehoben, in dem ich die Asche vergrub, als D plötzlich zu flüstern begann. Das Phantom war vom Himmel herabgekommen. Solange es blieb, vergrub ich langsam weiter die Asche. An jenem Nachmittag blieb das Himmelsungeheuer namens Agui (und das war unbestreitbar ein gefühlsduseliger Name) volle zwanzig Minuten an der Seite meines Dienstherrn.

Von da an muß der Komponist bemerkt haben, daß ich mich beim Auftauchen des Phantombabys entweder zur Seite oder nach hinten verdrückte und somit nur einen seiner Aufträge vom ersten Tag befolgte: kein Erstaunen zu zeigen. Seine Bitte jedoch, ihn durch Beipflichten zu unterstützen, überging ich durchweg. Trotzdem wirkte er zufrieden, und meine Aufgabe wurde leichter. Ich konnte nicht glauben, D sei der Mensch, einen Auflauf auf offener Straße zu verursachen; die Warnungen seines Vaters schienen mir sogar allmählich lächerlich, weil unsere Fahrten durch Tokyo so ereignislos verliefen. Ich hatte mir bereits die gewünschte Moskauer Ausgabe der »Verzauberten Seele« gekauft, dachte aber nicht im entferntesten daran, eine so wunderbare Arbeit aufzugeben. Mein Dienstherr und ich unternahmen alles gemeinsam. D wollte alle Konzerthallen aufsuchen, in denen seine Werke erklungen waren, und auch alle Schulen, die er je besucht hatte. Wir machten Fahrten zu den Bars, Kinos und Schwimmhallen, in denen er sich vergnügt hatte, und kehrten dann um, ohne hineinzugehen. Auch hatte der Komponist eine Leidenschaft für Tokyos viele öffentliche Verkehrsmittel; wir sind bestimmt das gesamte U-Bahn-Netz abgefahren. Solange wir uns unter der Erde befanden, konnte das Monsterbaby nicht vom Himmel herabsteigen, und so genoß ich diese Fahrten in aller Gemütsruhe. Angesichts der Worte der Pflegerin wurde ich begreiflicherweise bei jeder Begegnung mit Hunden oder Gesetzeshütern nervös, aber bei diesen Gelegenheiten ließ sich Agui nie blicken. Mir wurde klar, daß ich meinen Job sehr mochte. Nicht meinen Dienstherrn oder sein känguruhgroßes Phantombaby. Einfach meinen Job.

Eines Tages bat mich der Komponist, eine Fahrt für ihn zu unternehmen. Er wollte mir die Reisekosten erstatten und meinen Tagesverdienst verdoppeln; da ich in einem Hotel übernachten mußte und zwei Tage unterwegs war, bedeutete das für mich die vierfache Einnahme. Und nicht nur das – ich sollte an Ds Stelle seine ehemalige Freundin, die Filmschauspielerin, aufsuchen. Eifrig und entzückt erklärte ich mich bereit. Es wurde eine komische und jämmerliche Reise.

D nannte mir das Hotel, das die Schauspielerin kürzlich in einem Brief erwähnt hatte, und sagte mir, wann sie ihn erwartete. Dann mußte ich eine Nachricht für sie auswendig lernen: Mein Dienstherr lebe nicht mehr in der Gegenwart; ihm gehe es wie einem Reisenden, der in einer Zeitmaschine aus einer zehntausend Jahre entfernten Welt der Zukunft hierher gelangt sei. Daher könne er es sich nicht erlauben, eine neue Existenz zu beginnen, die seine eigene Unterschrift trage, was durch Handlungen wie das Schreiben von Briefen geschehen würde.

Spätabends saß ich in der Kellerbar eines Hotels in Kyoto einer Filmschauspielerin gegenüber und hatte Gelegenheit, erstens zu erklären, weshalb D nicht selbst gekommen war, sodann seine Geliebte von seinem Zeitbegriff zu überzeugen und schließlich seine Botschaft zu übermitteln. Ich schloß mit den Worten: »D wünscht, daß Sie sorgfältig zwischen seiner kürzlichen Scheidung und einer anderen unterscheiden, die zu erlangen er Ihnen einst versprach. Da er nicht mehr in der Gegenwart lebt, hält er es für ganz selbstverständlich, Sie nicht wiederzusehen.« Ich spürte, wie Röte in mein Gesicht schoß; zum erstenmal kam mir mein Job wirklich schwierig vor.

»Das also sagt D-Boy? Und was sagen Sie? Wie finden Sie es, daß ein derartiger Auftrag Sie bis nach Kyoto führt?«

»Offen gesagt, halte ich D für gefühlsduselig.«

»Das ist er auch. Und ich würde sagen, zu Ihnen ist er ganz schön gefühllos, wenn er Sie um diese Gefälligkeit bittet!«

»Ich bin sein Angestellter. Bekomme tageweise bezahlt, was ich tue.«

»Was trinken Sie da? Nehmen Sie doch einen Kognak!«

Das tat ich. Bis dahin hatte ich das gleiche dunkle Bier getrunken, das Ds ehemalige Frau mir kredenzt hatte, hier mit einem Ei gestreckt. Irgendeine merkwürdige Karambolage eines psychologischen Billardballs hatte dazu geführt, daß beim Warten auf Ds Geliebte eine Erinnerung an das Apartment seiner ehemaligen Frau in mir aufstieg. Die Schauspielerin hatte von Anfang an Kognak getrunken. Für mich war es der erste Importkognak überhaupt.

»Und was soll all das mit dem känguruhgroßen Baby, das D angeblich sieht? Wie haben sie es genannt? Ragbi?«

»Agui! Das Baby hat vor seinem Tod nur ein einziges Mal gesprochen, und zwar dieses Wort.«

»Und D dachte, es sagt ihm, wie es heißt? Das ist typisch für meinen Liebling! Wäre dieses Baby normal gewesen, dann hätte er sich scheiden lassen, wie abgesprochen, und mich geheiratet. An dem Tag, als das Baby geboren wurde, lagen wir zusammen in einem Hotelbett. Da kam ein Anruf, und wir wußten, daß etwas Furchtbares geschehen war. D sprang aus

181

dem Bett und fuhr sofort ins Krankenhaus. Seither habe ich nichts von ihm gehört.« Die Schauspielerin stürzte ihren Kognak hinunter, schenkte sich aus der Flasche Hennessy, die auf dem Tisch stand, randvoll nach, als handelte es sich um Juice, und leerte das Glas abermals.

Zwischen unserem Tisch und dem Bartresen stand eine mit Zigaretten gefüllte Vitrine. An der Wand in meinem Rücken hing eine große farbige Bierreklame mit dem Foto der Schauspielerin. Das Gesicht auf dem Plakat glänzte ebenso golden wie das Bier. Die junge Frau mir gegenüber sah nicht ganz so blendend aus; ihre Stirn hatte sogar eine Vertiefung knapp unter dem Haaransatz, in die der Daumen eines Erwachsenen zu passen schien. Aber gerade wegen dieses Schönheitsfehlers wirkte sie reizvoller als das Bild.

Sie konnte ihre Gedanken nicht von dem Baby abwenden.

»Sagen Sie, wäre es nicht scheußlich, ohne Erinnerungen oder Erfahrungen zu sterben, weil man nie im Leben etwas getan hat, was Menschen tun? Das geschähe, wenn man als Baby stirbt – ist das nicht schrecklich?«

»Nicht für das Baby; das kann ich mir nicht vorstellen!« erwiderte ich rücksichtsvoll.

»Aber denken Sie an die Welt nach dem Tode!« Die Logik der Schauspielerin trug sprunghaften Charakter.

»Die Welt nach dem Tode?«

»Wenn es so etwas gibt, dann müssen die Seelen der Toten dort bis in alle Ewigkeit mit ihren Erinnerungen leben. Aber was ist mit der Seele eines Babys, das nichts erfahren und nichts erlebt hat? Ich meine, was für Erinnerungen kann diese Seele haben?«

Um eine Antwort verlegen, trank ich schweigend meinen Kognak.

»Ich habe entsetzliche Angst vor dem Tode, darum denke ich fortwährend an ihn. Sie brauchen nicht ärgerlich auf sich selbst zu sein, wenn Sie keine rasche Antwort finden. Aber wissen Sie, was ich vermute? In dem Augenblick, als das Baby starb, beschloß D, sich keine neuen Erinnerungen zu schaffen, so als wäre auch er gestorben, und darum hat er völlig aufgehört, in der Ggenwart zu leben. Ich möchte wetten, daß er dieses Gespenstbaby überall in Tokyo auf die Erde herabruft, um ihm neue Erinerungen zu verschaffen!«

Damals gab ich ihr im stillen recht. Diese beschwipste Schauspielerin mit der daumengroßen Delle in der Stirn ist eine recht originelle Psychologin, dachte ich bei mir. Und paßt viel besser zu D als die plumpe Zeitungsbaronstochter mit dem Tomatengesicht. Mit einemmal wurde mir klar, daß ich, Muster eines treuen Angestellten, selbst hier in Kyoto, Hunderte Kilometer von D entfernt, unausgesetzt an ihn dachte. Nein, es gab noch etwas anderes, es gab Ds Phantom. Ich merkte, daß mir das Baby, auf dessen Erscheinen ich bei jeder Ausfahrt mit meinem Dienstherrn ängstlich wartete, nie aus dem Sinn gegangen war.

Die Bar schloß, und ich hatte keine Unterkunft. Noch nie war ich in einem Hotel abgestiegen, und von Zimmerbestellungen wußte ich nichts. Zum

Glück war die Schauspielerin im Hotel bekannt, und auf ein Wort von ihr bekam ich ein Zimmer. Wir fuhren gemeinsam im Aufzug hinauf, und ich wollte in meinem Stockwerk aussteigen, da schlug sie vor, in ihrem Zimmer noch ein letztes Gläschen zu trinken. Von da an habe ich nur verwirrte Erinnerungen, komische und jämmerliche. Die Schauspielerin bot mir einen Stuhl an, ging zur Tür, blickte im Flur nach links und rechts, tat nervös dies und das, setzte sich mit Schwung aufs Bett, als wollte sie die Federung ausprobieren, schaltete Lampen ein und aus und ließ ein wenig Wasser in die Wanne laufen. Sie goß mir den versprochenen Kognak ein und erzählte, an einer Coca Cola nippend, von einem anderen Mann, der ihr während ihres Verhältnisses mit D nachgestellt habe und mit dem sie schließlich ins Bett gegangen sei, woraufhin D sie so furchtbar geohrfeigt habe, daß ihre Zähne klapperten. Dann fragte sie, ob meiner Meinung nach die heutigen Collegestudenten das »harte Petting« liebten. Das käme auf den einzelnen an, antwortete ich, und unversehens wurde aus der Schauspielerin eine Mutter, die ihr Kind ausschimpft, weil es zu lange aufgeblieben ist. Sie sagte, ich solle auf mein Zimmer gehen und mich schlafen legen. Ich wünschte ihr gute Nacht, stieg die Treppe hinab und schlief sofort ein. Als ich im Morgengrauen erwachte, brannte mir die Kehle wie Feuer.

Das Komischste und Jämmerlichste sollte noch kommen. In dem Augenblick, als ich die Augen aufschlug, begriff ich, daß mich die Schauspielerin in ihr Zimmer eingeladen hatte, um einen Collegestudenten zu verführen, der wild auf hartes Petting war. Mit dieser Erkenntnis stellten sich Wut und rohe Begierde ein. Ich hatte noch nie mit einer Frau geschlafen, aber diese Demütigung schrie nach Wiedergutmachung. Ich war berauscht von dem Kognak, wohl meinem ersten Hennessy VSOP, und kopflos vor fieberhaftem Verlangen, wie man es mit achtzehn verspürt. Es war erst fünf Uhr morgens, und auf den Gängen regte sich noch nichts. Wie ein wütender Panther eilte ich auf leisen Sohlen an ihre Tür. Die stand offen. Ich trat ein und sah die Schauspielerin mit dem Rücken zu mir vor dem Ankleidespiegel sitzen. Ich schlich mich an sie heran (bis zum heutigen Tag frage ich mich, was ich eigentlich vorhatte) und faßte mit beiden Händen rasch nach ihrem Hals. Sie schnellte mit breitem Lächeln herum und empor, nahm meine Hände in die ihren und drückte sie und schüttelte sie fröhlich, als begrüßte sie einen Gast. Dazu rief sie in singendem Ton: »Guten Morgen! Guten Morgen! Guten Morgen!« Ehe ich mich versah, saß ich auf einem Stuhl, und wir teilten uns ihren Toast und ihren Morgenkaffee und lasen gemeinsam die Zeitung. Nach einer Weile fragte sie in einem Ton, als spräche sie vom Wetter: »Du wolltest mich gerade vergewaltigen, nicht?« Sie trat wieder vor den Spiegel, und ich machte mich davon, floh treppab in mein Zimmer und verkroch mich im Bett wie ein Malariakranker. Ich hatte Angst, D könnte etwas von diesem Vorfall erfahren, aber von der Filmschauspielerin war nie wieder die Rede. Mein Job gefiel mir unverändert gut.

Es war Winter geworden. An jenem Nachmittag hatten wir vor, mit dem Fahrrad durch Ds Viertel und die umliegenden Felder zu fahren. Ich saß auf meiner rostigen alten Karre, während mein Dienstherr sich das funkelnagelneue Rad der Pflegerin geliehen hatte. Wir beschrieben einen immer größer werdenden Kreis um Ds Haus, fuhren in ein Neubaugebiet und radelten bergab, auf die Felder zu. Wir schwitzten, genossen die Freiheit und wurden immer angeregter. Ich sage »wir«, ich schließe D mit ein, weil er an jenem Nachmittag ganz offensichtlich ebenfalls bester Dinge war. Er pfiff sogar ein Thema aus einer Sonate von Bach für Flöte und Cembalo vor sich hin. Ich wußte zufällig, daß es die Siciliana war, denn auf der Oberschule hatte ich Flöte gespielt. Ich hatte es nie weit gebracht, mir aber doch angewöhnt, die Oberlippe vorzustülpen wie ein Tapir. Natürlich gab es Freunde, die hartnäckig behaupteten, das liege an meinen vorstehenden Zähnen, tatsächlich aber sehen Flötisten oft wie Tapire aus.

Während wir die Straße entlangfuhren, nahm ich das Thema auf und pfiff es mit. Die Siciliana ist ein getragenes, edles Thema, ich aber war vom Radfahren außer Atem, so daß aus meinem Pfeifen ständig ein dünnes Zischeln wurde. Ds Phrasierung hingegen war tadellos, absolut legato. Beschämt verstummte ich. Der Komponist sah zu mir herüber, die Lippen noch zum Pfeifen gespitzt wie ein nach Luft schnappender Karpfen. Er lächelte so ruhig wie immer. Trotz der unterschiedlichen Beschaffenheit der Fahrräder war es doch unnatürlich und erbärmlich, daß ein achtzehnjähriger hochaufgeschossener Student, und mochte er noch so mager sein, rascher ermüdete und außer Atem geriet als dieser achtundzwanzigjährige Komponist, ein kleiner und noch dazu kranker Mann! Ungerecht war das und empörend! Meine Stimmung verdüsterte sich im Handumdrehen, und der ganze Job widerte mich an. Deshalb hob ich mich plötzlich aus dem Sattel und spurtete wild los wie ein Rennfahrer. Ich bog sogar absichtlich in einen schmalen Kiesweg zwischen zwei Gemüsefeldern ein. Als ich mich eine Minute später umsah, krümmte sich mein Dienstherr über dem Lenker, sein großer runder Kopf pendelte über den schmalen Schultern, und der Kies unter seinen Rädern spritzte von der heißen Verfolgungsjagd auf. Ich ließ mein Rad austrudeln, setzte einen Fuß auf den Stacheldrahtzaun am Feldrain und wartete auf D. Schon schämte ich mich meiner Kinderei.

Mit noch immer pendelndem Kopf jagte mein Dienstherr heran, und da wußte ich, daß das Phantom bei ihm war. D raste ganz links am Rande des Kieswegs einher, das Gesicht nach rechts gewandt, so daß er fast über seine rechte Schulter blickte, und sein Kopf pendelte wohl deshalb, weil er einer Erscheinung aufmunternd zusprach, die neben seinem Rad einherrannte oder ihn vielleicht fliegend begleitete. D verhielt sich wie ein Marathontrainer, der einem seiner Schützlinge als Schrittmacher dient. Ah, dachte ich, er tut das, weil für ihn Agui sich Kopf an Kopf mit dem dahersausenden Fahrrad hält! Dieses känguruhgroße Ungeheuer, dieses dicke, komische Baby im weißen Nachthemd setzte in großen Sprüngen – wie ein Känguruh! – den Kiesweg entlang. Mir schauderte. Dann stieß ich mich vom Zaun ab und fuhr langsam weiter, darauf wartend, daß mein

Dienstherr und sein Phantasieungeheuer mich ein-
holten.

Denken Sie nicht, ich hätte mit der Zeit an Aguis
Existenz geglaubt! Ich hatte den Rat der Pflegerin
befolgt und mir geschworen, den Anker auf dem
Grunde meines gesunden Menschenverstands nicht
zu lichten, nicht dem Wahnsinn nachzugeben wie die
Leute in diesen ein wenig düsteren Slapstickkomö-
dien, in denen beispielsweise der Irrenarzt selbst irre
wird; bewußt spöttisch dachte ich bei mir, dieser
neurotische Komponist mache mir auf seinem Fahrrad etwas vor, nur um sich an eine Lüge zu klammern,
die er mir einmal aufgetischt hatte – und was für
Mühe er sich dabei gab! Mit anderen Worten: ich hielt
auf klinische Distanz zwischen mir und Ds Phan-
tomungeheuer. Dennoch kam es zu einer merkwür-
digen Veränderung meines Gemütszustandes.

Es begann damit, daß D mich schließlich einholte
und knapp hinter mir fuhr, als uns wie aus heiterem
Himmel und ohne uns eine Chance zum Ausweichen
zu lassen, das Gekläff einer Meute großer Hunde
umringte. Ich blickte auf und sah, wie mehr als zehn
halbwüchsige Dobermänner, jeder über zwei Fuß
hoch, den Kiespfad entlang auf mich zupreschten.
Die dünnen schwarzen Lederleinen in einer Hand,
rannte ein Mann im Overall atemlos hinter der Meute
her, die Hunde hetzend oder auch von ihnen fortge-
rissen. Pechschwarze Tiere waren ds, glatt wie nasse
Seehunde, mit einem winzigen schokoladebraunen
Tupfer auf Brust, Wangen und mächtig ausgreifenden
Keulen. Kläffend stoben sie uns auf der ganzen Breite
des Kiespfads entgegen. Voller Angriffslust beugten

sie sich so weit vornüber, daß es aussah, als würden sie jeden Augenblick auf ihre geifernden Schnauzen stürzen. Hinter dem Feld lag eine Wiese; wahrscheinlich hatte der Mann im Overall die Bestien dort abgerichtet und war nun mit ihnen auf dem Heimweg.

Zitternd vor Angst stieg ich vom Fahrrad und besah mir hilflos das Feld hinter dem Zaun. Der Stacheldraht reichte mir bis an die Brust. Ich selbst hätte vielleicht eine Chance gehabt, wäre aber niemals imstande gewesen, den kleinen Komponisten hinüber in die Sicherheit zu heben. Lähmendes Entsetzen breitete sich in meinem Gehirn aus, in einem lichten Augenblick aber sah ich die Katastrophe, die sich binnen weniger Sekunden ereignen mußte. Beim Herannahen der Hunde würde D das Gefühl haben, Agui werde von einer Meute jener Tiere angefallen, die es am meisten fürchtete. Wahrscheinlich würde er das Kind ängstlich weinen hören. Und gewiß würde er sich den Hunden in den Weg stellen, um sein Baby zu schützen. Da würden sie ihn in Stücke reißen. Oder er würde versuchen, mit dem Baby zu fliehen, zu einem unbesonnenen Sprung über den Zaun ansetzen und ebenso grausam zerfetzt werden. Ich war erschüttert vor Mitgefühl angesichts dessen, was mir unausweichlich schien. Und indes ich betäubt und ratlos dastand, preschten diese riesigen schwarzbraunen Teufel dicht an uns heran, schnappten mit entsetzlichen Kiefern in die Luft und waren mittlerweile so nahe, daß ich ihre harten Klauen auf dem Kies kratzen hörte. Mit einemmal wußte ich, daß ich nichts für D und sein Baby tun konnte, und diese Erkenntnis machte mich starr und widerstandslos wie einen Perversen, der in der Untergrundbahn ergriffen wird. Die Finsternis meiner Angst verschlang mich mit Haut und Haar. Ich schob mich vom Kiesweg zur Seite, bis der Stacheldraht mir wie Feuer im Rücken brannte, stellte mein Fahrrad wie einen Schutzwall vor mich und kniff die Augen fest zusammen. Da schlug mir ein animalischer Gestank entgegen, zusammen mit dem Gejaul der Hunde und dem Trampeln ihrer Pfoten, und ich spürte, wie Tränen unter meinen Lidern hervorrannen. Ich ließ mich von einer Welle der Furcht überfluten und fortreißen ...

Auf meiner Schulter lag eine Hand, sanft wie die Sanftheit selbt. Es war, als berührte Agui mich. Aber ich wußte, daß es mein Dienstherr war; er hatte diese bestialischen Hunde vorüberstürmen lassen, ohne in panische Angst zu verfallen. Dennoch ließ ich mit geschlossenen Augen und bebenden Schultern meinen Tränen freien Lauf. Eigentlich war ich zu alt, in Gegenwart anderer zu weinen, Angst und Schrecken aber hatten mich wieder zum Kind gemacht. Als meine Tränen versiegten, schoben wir unsere Fahrräder schweigend und mit hängenden Köpfen am Stacheldrahtzaun entlang wie Häftlinge eines Konzentrationslagers, bis zur Wiese hinter dem Feld, auf der Fremde Ball spielten und Hunde abrichteten (D gab sich nicht mehr mit Agui ab; das Baby hatte sich wohl entfernt, während ich weinte). Wir legten die Räder hin und streckten uns im Gras aus. Meine Tränen hatten Anmaßung, Aufsässigkeit und krankhaftes Mißtrauen aus meinem Herzen gespült. Und D hegte keinen Argwohn mehr gegen mich. Ich lag im Gras und verschränkte die Hände unter dem Kopf, der mir nach dem langen Weinen merkwürdig leicht und trocken vorkam. Dann schloß ich die Augen und hörte schweigend D zu, der, das Kinn in die Hand gestützt, zu mir herabblickte und mir von Aguis Welt erzählte.

»Kennen Sie das Gedicht ›Schande‹ von Nakahara Chuya? Hören Sie sich die zweite Strophe an:

> *Den trauernden Himmel*
> *hoch wo Äste sich verflechten*
> *erfüllen tote Babyseelen:*
> *blinzelnd sah ich*
> *über den fernen Feldern*
> *Vlies gestrickt in einen Traum*
> *von Urzeitelefanten.*

Das ist eine Ansicht der Welt des toten Babys, wie ich sie sehe. Es gibt da auch einige Kupferstiche von Blake, besonders den einen mit dem Titel ›Christ Refusing the Banquet Offered by Satan‹ – haben Sie den mal gesehen? Dann gibt es noch einen, der heißt ›The Morning Stars Singing Together‹. Auf beiden sieht man Gestalten am Himmel, die ebenso wirklich sind wie die Leute auf der Erde, und bei jedem Betrachten bin ich sicher, daß Blake auf einen Aspekt dieser anderen Welt hindeutete. Ich habe einmal ein Gemälde von Dali gesehen, das ebenfalls dieses Thema berührte. Da schwebten lauter durchscheinende Wesen in etwa einhundert Meter Höhe und strahlten ein elfenbeinweißes Licht aus. Das ist haargenau die

Welt, die ich sehe. Und wissen Sie, was da leuchtend den Himmel füllt? Es sind Wesen, die wir hier auf Erden aus unserem Leben verloren haben und die nun dort droben schweben, in einhundert Meter Höhe, still leuchtend wie Amöben unter dem Mikroskop. Und zuweilen kommen sie herab wie unser Agui.« (Ich widersprach den Worten meines Dienstherrn nicht, was nicht heißt, daß ich ihm recht gab.) »Man muß jedoch ein ihrer würdiges Opfer bringen, will man sie dort schweben sehen und zur Erde herabsteigen hören. Und dennoch gibt es Augenblicke, da wir plötzlich ohne jegliches Opfer und jegliches Bemühen unsererseits mit dieser Fähigkeit begabt werden. Dies ist meines Erachtens vor einigen Minuten Ihnen geschehen.«

Ohne jegliches Opfer, ohne jegliches Bemühen meinerseits, nur mit einigen Tränen der Buße, hatte mein Dienstherr wohl sagen wollen. In Wahrheit hatte ich Tränen hilfloser Angst vergossen, Tränen unklaren Entsetzens vor der Zukunft (mein erster Job, ein Versuch in einer Art Mikrokosmos des Lebens, bestand darin, diesem verrückten Komponisten als Wärter zu dienen, und da ich das nicht ordentlich getan hatte, war vorauszusehen, daß sich Lebenslagen, in denen Untauglichkeit mich lähmte, als eines der Grundmuster meines Lebens wiederholen würden), aber anstatt ihm widersprechend ins Wort zu fallen, hörte ich ihm gefügig weiter zu.

»Sie sind noch jung; wahrscheinlich haben Sie in dieser Welt nichts hingeben müssen, was Sie niemals vergessen können, was Ihnen so teuer war, daß Sie sich des Verlusts ständig bewußt sind. Wahrscheinlich ist der Himmel etwa einhundert Meter über Ihrem Kopf für Sie bisher nur eben Himmel. Aber das will nur besagen, daß der Speicher zur Zeit zufällig leersteht. Oder haben Sie etwas hingeben müssen, was Ihnen wirklich wichtig war?«

Der Komponist hielt inne und wartete auf meine Antwort, und ich erinnerte mich plötzlich seiner ehemaligen Geliebten, jener Filmschauspielerin mit der daumengroßen Delle in der Stirn. Natürlich konnte kein wesentlicher Verlust in meinem Leben irgend etwas mit ihr zu tun haben; das viele Weinen hatte meinen Kopf leergefegt, und sentimentaler Honig sickerte in die leeren Räume.

»Nun, was ist?« Zum erstenmal seit unserer Bekanntschaft beharrte mein Dienstherr auf etwas. »Haben Sie etwas verloren, was Ihnen wichtig war?«

Ich mußte jetzt irgend etwas sagen, um meine Verlegenheit zu verbergen.

»Einen Kater habe ich verloren«, versuchte ich es.

»Einen Siamkater?«

»Einen ganz gewöhnlichen Kater mit orangefarbenen Streifen. Etwa vor einer Woche ist er verschwunden.«

»Wenn es erst eine Woche her ist, kommt er vielleicht wieder. Ist jetzt nicht die Ranzzeit?«

»Das dachte ich auch, aber seit heute weiß ich, daß er nicht wiederkommt.«

»Wieso?«

»Er war ein harter Bursche und hatte sich sein Revier abgesteckt. Heute früh sah ich einen schwächlichen Kater in diesem Revier herumspazieren. Er sah sich nicht einmal vor. Das heißt, mein Kater kommt nicht wieder.« Als ich verstummte, wurde mir klar, daß ich eine auf Lacher zielende Geschichte mit vor Traurigkeit rauher Stimme erzählt hatte.

»Wenn das so ist, dann schwebt ein Kater an Ihrem Himmel«, sagte mein Dienstherr feierlich.

Mit geschlossenen Augen stellte ich mir einen ballongroßen, durchscheinenden Kater vor, der elfenbeinweiß strahlend am Himmel schwebte. Das war zwar ein komisches Bild, es stimmte mich aber dennoch wehmütig.

»Die Gestalten, die man am Himmel schweben sieht, werden immer rascher mehr. Ich habe seit der Sache mit dem Baby nicht mehr in der Gegenwart gelebt, um das zu verhindern. Da ich nicht in unserer Zeit lebe, kann ich nichts Neues entdecken, aber auch nichts verlieren – mein Himmel verändert sich nie.« Aus den Worten des Komponisten sprach tiefe Erleichterung.

Aber war mein eigener Himmel tatsächlich leer bis auf den einen aufgedunsenen Kater mit den orangefarbenen Streifen? Ich öffnete die Augen und blickte kurz hinauf in den klaren, jetzt schon fast abendlichen Himmel, schloß vor Entsetzen jedoch gleich die Augen. Es war Entsetzen vor mir selbst, denn was wäre gewesen, hätte ich eine zahllose Schar leuchtender Wesen geschaut, die wir hier auf Erden aus der Zeit verloren hatten?

Eine Weile blieben wir im Wiesengras liegen, verbunden in der passiven Wahlverwandtschaft zweier Menschen, die das gleiche Entsetzen packt. Und allmählich sah ich alles wieder in den richtigen Relationen. Ich machte mir Vorwürfe: Wie wenig paßte es zu dem achtzehnjährigen Pragmatiker, der ich eigentlich war, sich von einem verrückten Komponisten beeinflussen zu lassen! Ich will nicht sagen, ich hätte mein Gleichgewicht dabei völlig wiedergefunden. An dem Tag, als ich jener eigenartigen Panik erlag, kam ich den Gefühlen meines Dienstherrn, kam ich jener leuchtenden Schar im Himmel, in etwa einhundert Meter Höhe, näher als je. Und in gewissem Sinne haben mich die Nachwirkungen dieses Erlebnisses bis heute nicht losgelassen.

Und dann kam der letzte Tag. Es war Heiligabend. Ich weiß das genau, denn D schenkte mir eine Armbanduhr und entschuldigte sich, weil er das einen Tag zu früh tat. Ich erinnere mich, daß gleich nach dem Mittagessen etwa eine Stunde lang pulvriger Schnee fiel. Wir fuhren gemeinsam zur Ginza hinein, aber dort drängten sich bereits Massen von Menschen, und so entschlossen wir uns, zum Hafen zu spazieren. D wollte einen chilenischen Frachter sehen, der an diesem Tag eingelaufen sein sollte. Ich ging erwartungsvoll mit, malte mir ein Schiff mit verschneitem Deck aus. Wir hatten die Massen auf der Ginza hinter uns gelassen und gingen gerade am Kabukitheater vorüber, als D zum dunklen Himmel hinaufsah, von dem es noch immer schneite. Dann schwebte Agui neben ihm hernieder. Wie üblich blieb ich ein paar Schritte hinter dem Komponisten und seinem Phantom. Wir kamen an eine große Kreuzung. D und das Baby waren soeben vom Fußsteig hinuntergetreten, als die Ampel umschaltete. D blieb stehen, und eine Armada von Lastkraftwagen, massig wie Elefanten, setzte sich mit ihrer weihnachtlichen Last schwerfällig in Bewegung. Da geschah es. D schrie plötzlich auf und warf beide Arme nach vorn, als wollte er mit raschem Zugriff etwas retten. Dann sprang er mitten zwischen die Fahrzeuge und wurde zu Boden gerissen. Stumpf sah ich vom Fußsteig aus zu.

»Das war Selbstmord – er hat sich umgebracht!« sagte eine bebende Stimme neben mir.

Ich hatte keine Zeit, darüber nachzudenken, ob es vielleicht Selbstmord gewesen war. Binnen einer Minute war die Kreuzung zur Hinterbühne eines Zirkus geworden und mit Lastkraftwagen verstopft, die sich im Kreise bewegten wie Elefanten.

Ich kniete neben D nieder, hielt seinen blutenden Körper in den Armen und zitterte wie ein junger Hund. Ich wußte nicht, was tun; ein Polizist war herangestürzt und wieder davongerannt.

D war nicht tot; es war noch schlimmer. Er lag im Sterben, in diesem schmutzigen Matsch, der einmal heller Schnee gewesen war, und verströmte sein Blut und etwas, was aussah wie der Saft eines Baumes. Der dunkle Schneehimmel riß auf, und im majestätischen Licht einer spanischen Pieta sah das Blut meines Dienstherrn wie ganz gewöhnliche Schmiere aus. Inzwischen hatte sich eine Menschenmenge angesammelt. Melodiefetzen von »Jingle Bells« schwirrten über unseren Köpfen wie aufgeschreckte Tauben. Ich kniete neben D, lauschte angespannt in keine bestimmte Richtung und hörte Schreie in der Ferne. Die Menge aber stand schweigend in der Kälte, als gingen diese Schreie sie nichts an. Nie wieder habe ich an einer Straßenecke so angespannt gelauscht, niemals wieder solche Schreie gehört.

Schließlich kam ein Krankenwagen, und mein Dienstherr wurde bewußtlos hineingehoben. Er war voller Blut und Schmutz; sein Körper schien in dem Schock dahingewelkt zu sein. In seinen weißen Tennisschuhen sah er aus wie ein verletzter Blinder. Zusammen mit einem Arzt, einem Krankenträger und einem überheblich und arrogant wirkenden jungen Mann meines Alters bestieg ich den Krankenwagen. Es stellte sich heraus, daß der Arrogante der Fahrer des Fernlastzuges war, der D überfahren hatte. Der Verkehrsstau wurde immer ärger, als der Krankenwagen über die Ginza fuhr (laut statistischen Angaben, die ich kürzlich las, soll es an jenem Heiligabend dort Rekordstaus gegeben haben). Fast jeder, der die Sirene hörte und stehenblieb, um uns vorüberfahren zu sehen, blickte gleichermaßen umsichtig und feierlich besorgt. In einem Winkel meines benommenen Kopfes überlegte ich mir, daß es das sogenannte undurchdringliche japanische Lächeln, dessen Existenz so wahrscheinlich anmutet, in Wahrheit nicht gibt. Inzwischen lag D bewußtlos auf der wackligen Trage und verblutete.

Als wir im Krankenhaus ankamen, trugen einige Krankenwärter D rasch in den hinteren Teil des Gebäudes. Der Polizist von der Kreuzung tauchte aus dem Nichts wieder auf und stellte mir ruhigen Tons viele Fragen. Dann durfte ich zu D. Der junge Fernfahrer hatte das Zimmer bereits gefunden und saß im Korridor auf einer Bank gleich neben der Zimmertür. Ich setzte mich zu ihm, und wir warteten lange. Zuerst brabbelte er nur etwas von den vielen Lieferungen, die er noch zu erledigen hatte, nach etwa zwei

Stunden aber begann er mit überraschend kindlicher Stimme über Hunger zu klagen, und meine Feindseligkeit ihm gegenüber milderte sich. Wir warteten noch eine Weile, da erschien der Bankdirektor mit Frau und drei Töchtern, die alle für eine Party herausstaffiert waren. Ohne uns zu beachten, gingen sie hinein. Alle vier Frauen waren dick, plump und rotgesichtig; sie erinnerten mich an Ds ehemalige Frau. Ich wartete weiter. Nun waren schon Stunden vergangen, und die ganze Zeit hatte mich ein Verdacht gepeinigt: ob mein Dienstherr von Anfang an vorgehabt hatte, sich umzubringen? Ehe er sich das Leben nahm, regelte er alles mit seiner ehemaligen Frau und seiner ehemaligen Geliebten, verbrannte seine Notenmanuskripte, fuhr durch die Stadt und nahm Abschied von Stätten, die ihm vertraut waren. Hatte er mich nicht angestellt, weil er bei alledem einen gutmütigen Helfer brauchte? Verhinderte er nicht, daß ich seinen Plan durchschaute, indem er ein Ungeheuerbaby erfand, das im Himmel schwebte? Mit anderen Worten: War es in Wirklichkeit nicht meine einzige Aufgabe gewesen, D bei seinem Selbstmord zu helfen? Der junge Fernfahrer war, den Kopf an meiner Schulter, eingeschlafen und zuckte alle ein, zwei Minuten wie vor Schmerz zusammen. Ihn quälte wohl ein Alptraum, weil er mit seinem Lastzug jemand überfahren hatte.

Draußen war es stockfinster, als der Bankdirektor in der Tür erschien und mich rief. Ich zog meine Schulter unter dem Kopf des Fahrers heraus und stand auf. Der Bankdirektor zahlte mich für den Tag aus und ließ mich dann ins Zimmer treten. D lag auf dem Rücken. In seinen Nasenlöchern steckten Gummiröhrchen, als sollte es ein Scherz sein. Beim Anblick seines Gesichts schreckte ich zurück: es war dunkel wie geräuchertes Fleisch. Aber ich konnte nicht umhin, den Zweifel auszusprechen, der mich so ängstigte. Ich rief meinem sterbenden Dienstherrn zu: »Haben Sie mich nur angestellt, damit Sie Selbstmord begehen konnten? War die ganze Sache mit Agui nur Tarnung?« Und mit tränenerstickter Stimme hörte ich mich zu meiner eigenen Überraschung hinzufügen: »Ich war nahe daran, an Agui zu glauben!«

Da, als die Tränen meinen Blick zu trüben begannen, sah ich auf Ds gedunkeltem, eingefallenem Gesicht ein Lächeln. Es könnte spöttisch gewesen sein oder freundlich verschmitzt. Der Bankdirektor führte mich aus dem Zimmer. Der junge Fernfahrer schlief ausgestreckt auf der Bank. Beim Hinausgehen steckte ich ihm die tausend Yen, die ich verdient hatte, in die Jackentasche. Am Tag darauf las ich in der Abendzeitung, daß der Komponist gestorben war.

Und dann kam dieses Frühjahr, und ich ging die Straße entlang, und eine Schar erschrockener Kinder warf plötzlich mit Steinen. Es geschah ganz unvermittelt und unprovoziert, ich weiß nicht, wodurch ich sie bedroht hätte. Was immer es war – die Angst machte diese Kinder zu Killern, und ein Junge traf mich mit einem faustgroßen Stein am rechten Auge. Ich sank auf ein Knie, preßte die Hand ans Auge und fühlte einen Klumpen aufgerissenen Fleisches. Mit dem unversehrten Auge sah ich, wie das hinabtropfende Blut gleichsam magnetisch vom Straßenkot aufgesogen wurde. Da spürte ich, daß ein Wesen, das ich kannte und vermißte, hinter mir sich vom Boden löste – ein känguruhgroßes Wesen – und in den tränenblauen, den noch winterlich spröden Himmel emporstieg. Auf Wiedersehen, Agui, flüsterte mein Herz. Und ich wußte, daß mein Haß auf die erschreckten Kinder fortgeschmolzen war und daß diese zehn Jahre meinen Himmel mit Gestalten bevölkert hatten, die in elfenbeinweißem Licht strahlten und wohl nicht alle rein und unschuldig waren. Als ich, von den Kindern verwundet, das Licht eines Auges hingab, wurde ich für dieses so eindeutig selbstlose Opfer mir der Gabe belohnt, für einen Augenblick ein Wesen wahrzunehmen, das aus den Gefilden meines Himmels herabgestiegen war.

1964

Vom Flußpferd gebissen

Am 28. Februar 1972 wurden nach Geisel-
nahme und neuntätiger Belagerung durch
die Polizei in einem Landhaus am Asama-
Vulkan die führenden Köpfe der japani-
schen Rengo Sekigun-ha (»Vereinigte
Rote-Armee-Fraktion«) verhaftet. Die
Gruppe hatte zuvor in ihren Stützpunkten
zwölf der Genossen nach erzwungener
Selbstkritik »hingerichtet«.

Ich war in unsere Berghütte gefahren. Sie liegt hinter
einem Moorbirkenwald, weshalb vom Asama nichts
zu sehen ist, aber wenn der Vulkan Feuer speit, häuft
sich auf dem Dach die Asche. Gleich am ersten Tag
im Lokal unten an der alten Landstraße, wo es außer
Soba- und Udon-Nudeln Tagesgerichte wie schwei-
nernes Ingwerbratfleisch gibt, wurde ich beim Lesen
der Zeitung eines Blattes, das seine Abonnenten in
der engbegrenzten, näheren Umgebung zu haben
scheint, von einer Geschichte in Bann gezogen, die in
mir gewisse Imaginationen auslöste. Imaginationen
sind zumeist von der Art wenig wahrscheinlicher,
wunderlicher Erinnerungsfragmente. Hier jedoch,
hatte ich den Eindruck, sprach mich etwas an, das zu-
innerst eine große emotionale Kraft besaß. Ich will
daher über die Herkunft meiner zwar wunderlichen,
doch durchaus wahrheitsgemäßen Erinnerungsfrag-

mente beziehungsweise darüber berichten, wie es dazu gekommen war, daß ein Blick in jenes Blatt solche Imaginationen auslösen konnte.

Was ich in der Zeitung entdeckte, war ein Artikel, in dem es hieß, in der Nähe der Schiffsanlegestelle Nationalpark Murchison Falls in Uganda sei ein junger Japaner von einem noch nicht ausgewachsenen Flußpferdbullen gebissen worden, er habe eine erhebliche, von der rechten Schulter bis zur Hüfte reichende Verletzung erlitten. Der Verleger der Lokalzeitung, zugleich sein eigener Chefredakteur, hatte auf Einladung der JAL eine Europatour unternommen, die Reise dann aber auf eigene Kosten bis nach Afrika ausgedehnt. Sein Reisetagebuch erschien in Fortsetzungen rechts oben auf der ersten Seite. Da es selten geschah, daß einer vom Flußpferd gebissen wurde, der Verunglückte zudem ein Japaner war, hatte sich der Verleger aufgemacht, den jungen Mann zu besuchen, der inzwischen, mit verheilten Wunden und einigermaßen wiederhergestellt, in den Touristenbungalows als Faktotum arbeitete. Ja, geschrien habe er, und wie wahnsinnig, sagte er; mehr über den Unfall zu reden hatte er keine Lust, begann nur, auf die Bemerkung des Verlegers hin, daß er am Fuße des Asama eine Zeitung herausgebe, seltsam sehnsüchtig dies und das zu fragen, die Bodenverhältnisse betreffend oder das Wetter. Aus der näheren Umgebung stammte er dem Dialekt nach auf keinen Fall; als ihn daher der Verleger über seine Beziehungen zur Asama-Landschaft aushorchen wollte, verstummte er völlig. Er schreibe, sagte der Verleger, für die Zeitung ein Reisetagebuch; wenn er, der junge Mann, darauf bestehe, daß sein Name da nicht genannt werde, könne er ihn ja – nachdem er in der Eingeborenensprache den Beinamen »der Held, der mit dem Flußpferd kämpfte« erhalten hatte –, entsprechend als »unseren Helden« bezeichnen, auf welche Weise die bewußte Geschichte schließlich dann zustande gekommen ist.

In meinen Imaginationen werde ich zwar, so habe ich mich entschlossen, diesen selben Decknamen für ihn benutzen, tatsächlich jedoch handelt es sich bei ihm, bei dem in Uganda von einem Flußpferd gebissenen »Helden«, um einen jungen Mann, mit dem ich früher einmal, wenn auch nur flüchtig, zu tun hatte, allerdings so, daß ich mich frage, ob nicht größtenteils ich die Verantwortung für seinen Afrikatrip und dafür zu tragen habe, daß er dabei von einem Flußpferd aus dem Nationalpark gebissen wurde.

Persönlich begegnet bin ich dem »Helden« nie, wir wechselten mehrmals Briefe miteinander, ich schickte ihm die Schrift eines Zoologen, wobei ich ihm, das Buch zum Anlaß nehmend, meine Sicht der Dinge mitteilte. Mehr, so kann ich sagen, war nicht zwischen mir und ihm, und auch das ist schon etwa zehn Jahre her. Hingegen hatte ich zur Mutter des »Helden« – oder um sie so, wie wir es als Studenten gewöhnt gewesen, nämlich wiederum mit einem Spitznamen zu benennen: zu unserer »Madame Heldin« – gemeinsam mit Freunden aus dem Grundstudienkurs an der Universität eine Zeitlang einen sehr vertrauten Umgang gehabt. Eines Tages nun, die Verbindung war längst abgebrochen, wir alle, um die sie sich damals gesorgt, hatten eine Anstellung gefunden

oder unser Leben als Wissenschaftler fortsetzen können, kam – bemerkenswerterweise an mich gerichtet
– eine Nachricht von der »Madame Heldin«. Danach
war ihr jüngster Sohn in einen schweren Zwischenfall, ein seinerzeit zweifellos ganz Japan erregendes
Ereignis verwickelt gewesen, und sie schrieb: Auf der
Suche nach jemandem, von dem ich hoffen kann, daß
er meinem augenblicklich in einer Anstalt festgehal-
tenen Sohn durch einen Briefwechsel neuen Mut ver-
leiht, habe ich – ich wüßte keinen, der dafür geeigne-
ter wäre – an Sie denken müssen, den ich ehedem so
gut gekannt habe; Ihre Anschrift erfuhr ich bei der
Zeitung.

Noch am selben Tag rief ich unter der Telefon-
nummer an, die mir die »Madame Heldin« in ihrem
Brief für eine Kontaktaufnahme genannt hatte. Es
war keine von den Hilfsorganisationen, bei denen es
pauschal um die Aufarbeitung des Falles ging, um die
Folgen aus den Schießereien, die die von der Polizei
in die Enge getriebene Führungsgruppe angefangen,
oder aus den in den Trainingscamps der Organisation
vorgefallenen Lynchmorden, dem Hintergrund des
Ganzen. Vielmehr handelte es sich um eine kleine
Vereinigung, die in ihren Reaktionen nicht die Spur
von Ideologie erkennen ließ; das Telefon befand sich
in einem Privathaus. Dort nun belehrte man mich,
wie ich bei einem Briefwechsel mit dem »Helden« zu
verfahren hätte. Vom Standpunkt der auf bewaffneten Kampf eingeschworenen jungen Leute aus, die
den Zwischenfall herbeigeführt hatten, verdienten
ich und meinesgleichen als »Nachkriegsdemokra-
ten« nicht eigentlich kritisiert, sondern regelrecht

verspottet zu werden. Obendrein hatte ich, was noch schlimmer war, vorwiegend sentimentale Gründe, wenn ich mich mit einer Art aufgesetzter Emphase zu einem solchen Unterfangen drängte. Und in der Tat: Traf ich mich, was gelegentlich geschah, mit den Freunden aus dem Grundstudium, so kam noch jedesmal die Rede auf die »Madame Heldin«, wobei sich dann herausstellte, daß wir alle ihr gegenüber an einem schlechten Gewissen trugen. Wie grausam haben wir uns doch aufgeführt, und das aus keiner anderen Ursache, als weil wir unsere Jugend leben wollten! Ein Gedanke, der sich mit den Jahren immer tiefer in mir festgesetzt hatte. Also begann ich, verstrickt in solche Empfindungen, dem erst siebzehn Jahre alten, mithin noch minderjährigen »Helden«, den sie dennoch als Mitbeteiligten an der Affäre behandelt und eingesperrt hatten, zu schreiben.

Es war ein Brief ungefähr folgenden Inhalts. Möglich auch, daß ich hier zusammenziehe, was in den ersten zwei, drei Briefen stand, denn da dazwischen keine Antworten kamen, könnte es sein, daß mir das in meiner Erinnerung zu einem einzigen, allerersten Brief geworden ist. Gemeinsam mit einigen anderen Kommilitonen habe ich, schrieb ich, während der letzten Zeit an der Grundstudienabteilung so manche herzliche Bewirtung durch Deine Mutter erfahren. Damals, zehn Jahre nach dem verlorenen Krieg, gab es noch das System der Essenbons, mit denen man in die Speiselokale ging, und entsprechend verpflegten wir uns, indem wir in den einfachen Garküchen, wie sie unsereins frequentierte, gegen einen Bon ein erheblich verbilligtes Stammgericht erhielten. Nun stand unmittelbar neben dem Studentenheim für Auswärtige ein Haus, in dem Deine Mutter ganz allein wohnte, und es bildete sich die Regel heraus, daß wir, eine Gruppe von fünf, alle aus verschiedenen Studiengängen, aber gemeinsam mit Französisch als zweiter Fremdsprache befaßt, an jedem Samstag von ihr eingeladen wurden und sie uns zu essen und auch ein wenig Alkohol vorsetzte. Wofür wir reihum die Verpflichtung auf uns nahmen, Deiner Mutter von Montag bis Freitag die Anfangsgründe des Französischen beizubringen. Überdies war abgemacht, daß wir uns samstags während des gemeinsamen Essens stets über »Kulturprobleme« unterhielten, um Deine Mutter in das Gebiet einzuführen. Voller jugendlichem Hochmut, wie wir waren, scheuten wir uns nicht, große Reden über Literatur und Politik von uns zu geben, und Deine Mutter, ohne sich mit einem Wort einzumischen, hörte zu. Das ging so ein ganzes Jahr; alle Samstage, außer in den Ferien und um die Examenszeit, genossen wir dank unserer Gönnerin, Deiner Mutter, ein üppiges Mahl. Sollte ich Dir in Deiner jetzigen Lage durch meine Briefe irgendwie zu helfen imstande sein, so bin ich dazu gern bereit. Ja, wirklich wäre ich glücklich, wenn ich auf diese Weise meinen herzlichen Dank dafür abstatten könnte, daß uns Deine Mutter einst eine so liebevolle Behandlung angedeihen ließ …

Es gab aber auch Dinge, von denen ich in dem Brief nichts erwähnte. Sie standen im Zusammenhang mit unserem undeutlich empfundenen schlechten Gewissen der »Madame Heldin« gegenüber, mit der Erinnerung an die der eigenen Jugend anhaftende Grausamkeit. Nie hatten wir ernsthaft zu begreifen versucht, aus welchen Motiven heraus sie so spät und ganz auf sich gestellt zu studieren begann; wir hatten geglaubt, es fehle ihr nur einfach an einer zuverlässigen Perspektive bei der Rekonstruktion ihres Ichs. Vor allem aber: Wir besaßen gar nicht die Fähigkeiten, ihr Französisch beizubringen. Dessen ungeachtet gingen wir auf ihren Vorschlag ein und ließen uns jeden Samstagabend das Essen auftragen, ja, manchmal bestellten wir uns sogar bestimmte Gerichte.

Unsere »Madame Heldin« gehörte der Generation an, die ihre Jugend in der Kriegszeit verbracht hatte, sie war also fünfzehn, sechzehn Jahre älter als wir und hatte unmittelbar nach Kriegsende auch geheiratet. Doch nachdem sie sieben Ehejahre lang den Gedanken nicht losgeworden war, ihr Leben werde, wenn es so weitergehe, sinnlos gewesen sein, ließ sie sich, obwohl sie zwei Kinder hatte, scheiden, übertrug alles ihrem Mann und kam von Hokkaido in die Hauptstadt. Ihr Urgroßvater, weithin bekannter Schüler des Doktor Clark, hatte mit seiner Milchwirtschaft und seinen Apfelplantagen großen Erfolg gehabt, jedenfalls hatte das von ihm reichlich ererbte Vermögen ihren Vater zu einer solchen Expansion des Unternehmens veranlaßt, daß in den ersten Nachkriegsjahren auch in Tokyo eine Niederlassung eröffnet wurde. In Wahrheit war es dieses Geschäftslokal, ein offenbar tätig-ruhendes Büro, das die »Madame Heldin« bewohnte und wohin sie in ihrer Eigenschaft als Telefonwache ein Gehalt geschickt bekam. Die

Summe ermöglichte es ihr, uns zu den samstäglichen Abendmahlzeiten einzuladen.

Sie war, wie bei einer Frau, die das Blut der Hokkaido-Kolonisatoren geerbt hat, nicht anders zu erwarten, hochgewachsen und kräftig; in ihrem privaten Gemach neben der Spiegelkommode hatte sie – ich habe es gesehen – ein Foto aufgestellt, das ihren Urgroßvater, den Meisterschüler des Dr. Clark, im Cutaway zeigte: die männlichen, dabei ein wenig altmodischen, dem Unternehmer wohl anstehenden Züge, die gewölbte Stirn, die Augen mit den dichten Brauen, die entschlossen wirkende Nase – das alles besaß die »Madame Heldin« mit ihrem Urgroßvater gemeinsam. Nur war sie eben eine Frau, ausgestattet noch dazu mit geradezu ungewöhnlich gekräuseltem Haar, einem Erbteil, wie sie zu sagen pflegte, ihrer Mutter, die (worüber sie eines Tages gewiß einen Roman schreiben werde) nicht die rechtmäßig angetraute Gemahlin ihres Vaters, sondern das Dienstmädchen gewesen sei. In Anbetracht all dessen waren wir Freunde nie darauf gekommen, die »Madame Heldin« als Frau, als weibliches Sexualwesen wahrzunehmen. Nicht daß sie für uns in einer Reihe mit den Männern stand, auf jeden Fall hatte ich von ihr einen Eindruck wie von einer Art übergeschlechtlichem Menschen, und ich glaube, die Freunde teilten dieses Gefühl. Dabei war die »Madame Heldin« keineswegs häßlich zu nennen. Das einzige Auffällige bestand in einer dünnen, bräunlichen Narbe, die sich von den scharf konturierten Lippen aus wie etwas Heißes übers Kinn triefend hinabzog bis zur Kehle, und noch jetzt, wenn ich sehe, wie von dem auf den

Teller gehäuften Stew eine Spur überläuft, erlebe ich, daß mir die vom schlechten Gewissen bestimmte Erinnerung mit einem Schlage wieder lebendig wird ...

Wir unsererseits nahmen es, wie gesagt, auf uns, der »Madame Heldin« ins Französische einzuhelfen (kaum daß wir selbst mit dem Erlernen dieser Sprache angefangen hatten), und an den Samstagabenden während der Mahlzeiten und danach unterhielten wir uns über »Kulturprobleme«. Dieser Begriff ließ – allein schon deshalb, weil der Vorschlag dazu von der »Madame Heldin« selber stammte – deutlich erkennen, daß sie sich in Hokkaido nach der Scheidung einen Plan zurechtgelegt hatte und mit welchem Zielbewußtsein sie nach Tokyo gekommen war. Sie trachtete danach, mit allen nur denkbaren »Kulturproblemen« der Gegenwart vertraut zu werden. Also engagierte sie eine Gruppe Studenten aus der Grundstudienabteilung der Universität Tokyo, benutzte die jungen Leute als Vermittler der französischen Sprache sowie besagter »Kulturprobleme« und gewährte ihnen dafür mit der Bewirtung an den Samstagabenden ein Stück häuslicher Atmosphäre. Die »Kulturprobleme« in ihren vielfachen Facetten in sich einzusaugen, das mußte der Weg sein, die während des Krieges fruchtlos verbrachten Jahre, die Jugend in ihrer Essenz nachzuholen ...

Ich bin nun mal eine Langsamstarterin, lautete eine ihrer ständigen Redensarten. Kurzum, die Diskussion der »Kulturprobleme«, wie sie sie meinte, bestand in einem solchen, mit geistvoll witzigen Worten durchmischten Geplauder über Aspekte von Kunst und Gesellschaft.

Zu den Erinnerungen, die sich für mich um den Begriff der »Kulturprobleme« ranken, zählt die folgende, sehr persönliche Episode. Eines Tages, als ich an der Reihe war, die »Madame Heldin« zu unterrichten, fragte sie mich – manche meiner Freunde hatte sie auf dieselbe Weise verführt –, ob ich nicht einmal außerhalb der Samstage Lust hätte, mit ihr zu Abend zu essen; dazu schenkte sie von dem Apfelwein ein, den ihre Firma daheim produzierte, und bot mir an, bei ihr zu übernachten. An dem Tag hatte ich Gides »Die enge Pforte« mitgebracht, den ersten Roman, den ich mit Blick ins Lehrbuch in der Originalsprache gelesen hatte. Wie an den Samstagen, aber nun die »Madame Heldin« und ich allein, aßen wir, und nach dem Essen redete ich über Gide, wobei ich die eine oder andere Stelle aus dem Original übersetzte. Als es zum Schlafengehen kam (in dem Haus, einem kleinen zweigeschossigen Gebäude, befanden sich unten das Büro und eine lagerartige, mit Apfelweinkartons vollgestopfte Kammer, im Obergeschoß hingegen der Raum, in dem wir die »Kulturprobleme« zu diskutieren pflegten, sowie das Privatgemach der »Madame Heldin«, das ihr zugleich als Schlafzimmer diente), holte sie zweimal Bettzeug aus dem Wandschrank und breitete es in dem nach vorn gelegenen Zimmer nebeneinander aus. Sie hatte schon die Lampe gelöscht, da fiel von der Straße noch immer ein Licht herein, und ich bemerkte, wie es Schatten warf, einer ließ die von den Lippen der »Madame Heldin« über ihr Kinn bis zur Kehle reichende Narbe anschwellen. Tatsächlich hatten wir uns – daher diese Erinnerung – auch in den Betten sogleich einander zugekehrt und das Gespräch über die »Kulturprobleme« fortgesetzt, bis die für gewöhnlich auf die Rolle der Zuhörerin konzentrierte »Madame Heldin« den Gesprächsfaden verloren zu haben schien; jedenfalls geriet plötzlich ihre knorpelige Kehle in Bewegung, als müsse sie etwas hinunterschlucken, und dann fragte sie mich: Was ist denn nun aber mit den Problemen der Sexualität? Da gehören Sie wohl zu den Indifferenten, oder?

Ich und ein »Indifferenter«? O nein, in Wahrheit war ich alles andere als das. Meine sexuellen Schwierigkeiten waren unendlich groß. Ich hatte mich in die jüngere Schwester eines Freundes von der Oberschule verliebt, aber daß sich in meine Gedanken an sie sexuelle Dinge einschlichen, das schmerzte mich. In unserer Gruppe gab es welche, die offen erklärten, sie seien im Bordell gewesen; bei mir jedoch, angefangen mit dem oben erwähnten psychologischen Dilemma und ganz zu schweigen vom ehedem kaum ohne Schuldgefühle zu verkraftenden Masturbieren, verschlimmerte sich das Leiden nur noch. Als ich mich jetzt an dieses Leiden erinnerte, stieß ich mit unwillkürlich verärgerter Stimme hervor: Das hat doch, finde ich, mit den »Kulturproblemen« nichts zu tun!

Die »Madame Heldin« neben mir, der große, stattliche Körper wie erstarrt vor Scham, seufzte leise, und ich meinerseits gab mir alle Mühe einzuschlafen, während ich doch, mir schwirrte auf einmal der Kopf davon, die endlos kreisende Folge langgehegter Triebphantasien durchlief oder mir vorstellte, wie ich mit der Sexualität als solcher ins Handgemenge geriete.

Auf die Idee, daß, nur einen Meter von mir entfernt, die sichere Möglichkeit bestand, meine sexuellen Probleme zu lösen, und zwar realiter, nämlich an dem weiblichen Fleisch und Blut, das dort lag, dem einer Mittdreißigerin, darauf kam ich einfach nicht ...

Bald nach Jahresanfang, die inoffizielle Entscheidung über unsere Aufnahme in die eigentlichen, in Hongo gelegenen Fakultäten war heraus, begann man im Wohnheim mit der Belegung der Zimmer für das neue Studienjahr, wobei, wer es wünschte, natürlich bleiben konnte, aber alle von unserer Gruppe entschieden sich wie verabredet dafür, in ein Logierhaus umzuziehen. Für Fakultätsstudenten waren die bei einem Job zu erreichenden Bedingungen um einiges günstiger, zudem rückten wir ja jetzt in der Stipendiatenreihe ein Stück nach vorn, so daß wir darauf rechneten, die Logiskosten schon zusammenzukriegen; wie auch immer, mit dem Übergang nach Hongo brauchten wir, so hatten wir uns in den Kopf gesetzt, zur Vertiefung unseres Denkens und unserer Aufnahmefähigkeit jeder ein Zimmer für sich. Der Auszug unserer Gruppe aus dem Wohnheim bedeutete zugleich die Auflösung des Kreises, der sich an den Samstagabenden von der »Madame Heldin« hatte bewirten lassen, um danach über »Kulturprobleme« zu diskutieren. Natürlich wurde mit den neu ins Wohnheim Einrückenden über eine Fortsetzung verhandelt; doch der April nahte, und noch hatte sich offenbar keine Nachfolgegruppe gebildet. Mit jedem Jahr hatte sich die Ernährungslage gebessert, so daß wir uns nun in einer Zeit befanden, in der ein Abglanz davon selbst auf dem Level der Studenten zu bemerken war.

Schließlich lud die »Madame Heldin« keine Grundkursstudenten der Universität mehr ein, sondern versammelte eine Gruppe neuer Art um sich, der auch Firmenangestellte angehörten; der Französischunterricht fiel weg, nur die Samstagabende behielt man bei und traf sich dann wie einst zur Abendmahlzeit. Nach abermals einem Jahr, ich hatte das Gefühl, auf die meisten der ehemaligen Mitglieder mußte das höchst befremdlich wirken, war es zwischen der »Madame Heldin« und zwei Männern aus der Gruppe zu sexuellen Beziehungen gekommen, und zu guter Letzt, als ihr die Sache allzu kompliziert wurde, war sie selbst nach Hokkaido in ihr Elternhaus zurückgekehrt. Dergleichen Neuigkeiten sprachen sich herum. Ihre Partner waren ein Angestellter und ein Architekturstudent von der Kunstakademie gewesen, aber offenbar hatte keiner von beiden die Verantwortung für die geschwängerte »Madame Heldin« übernommen und sie selber nicht besonders hartnäckig darauf bestanden. Wodurch sie mir wiederum einen eher »männlichen« Eindruck machte. Diese Entwicklung der Dinge jedenfalls führte dazu, daß ich genau siebzehn Jahre später von ihr, der damals nach Hokkaido heimgekehrten, mit einem Kind niedergekommenen »Madame Heldin«, eine Nachricht erhielt, betreffend die Lage des jungen »Helden«, bei dem es sich um niemand anders handeln konnte als um jenes Kind.

Sie schreiben an einen Unbekannten, weil es Ihnen um Material für Ihre Romane geht, stellte ich mir vor, und obwohl mein Erzieher das unhöflich fand, habe ich Ihnen nicht geantwortet. So etwa begann der erste Brief, den ich von dem »Helden« erhielt. Aber inzwischen, fuhr er fort, weiß ich, daß meine Mutter Sie darum gebeten hat, und da meine Mutter mir schrecklich leid tut, bin ich also mit einem Briefwechsel einverstanden. Drei Wochen nach Ihrem Brief hat sie mir die Umstände erklärt. Nun ja, sagt sie doch selber von sich, daß sie eine Langsamstarterin ist. Was meine Mutter bedrückt, ist die Tatsache, daß Sie und Ihre Freunde, obwohl Sie bei den Demonstrationen mitgezogen sind, heute jeder auf seinem Gebiet Karriere gemacht haben, ich jedoch, der ich bloß in die Nähe der Bewegung geriet, allein deswegen schon in der Grube gelandet bin und nicht mehr herauskann; wieso, fragt sie sich, haben dagegen Sie das geschafft? Ich glaube zwar, es ist längst zu spät, aber meine Mutter findet, ich solle mir zeigen lassen, wie man lebt, ohne in die Grube zu stürzen. Es ist nicht nur zu spät, ich sitze auch bereits in der Grube und kann nicht mehr heraus; trotzdem, und wäre es, um nicht noch tiefer zu fallen: Ich bitte Sie, belehren Sie mich!

Ich verwahre sämtliche Briefe des »Helden«; da ich allerdings die Zustimmung des Schreibers nicht eingeholt habe, werde ich sie diesmal, ohne erneutes Lesen und ohne unmittelbare Zitate, nach dem mir erinnerlich gebliebenen Inhalt, in der mir erinnerlich gebliebenen Diktion zu reproduzieren versuchen. Der so entstandene Text hat daher mit den Originalen kaum etwas gemein. Eine Verletzung der Urheberrechte an den Briefen des »Helden« ist also wohl ausgeschlossen. Im ersten oder zweiten Brief übrigens hieß es in einem auf gesonderter Zeile stehenden Postskriptum: Ich bin mit einem Briefwechsel einverstanden, falls jedoch allzu inquisitorische Fragen hinsichtlich der »Affäre« gestellt werden, was dann ja auch die »alten Genossen« beträfe, soll, das bedinge ich mir aus, meine einmal gegebene Antwort darauf genügen.

Kurzum, von einem bestimmten Punkt an begann der Briefwechsel, dem der »Held« nur sehr unwillig, ja mit einer für sein Alter geradezu erstaunlichen, übergroßen Vorsicht zugestimmt hatte, eine spürbare Lebhaftigkeit zu entwickeln. Einer der Anlässe hierzu lieferte das Fäkalienproblem.

Zunächst fragte ich den »Helden«: Du sagst, Du seist in die Grube gestürzt und könntest nicht mehr heraus? Solltest Du mit der Grube den Ort meinen, an dem man Dich zur Zeit eingesperrt hält –, früher oder später, das ist sicher, kommst Du frei. Und bist Du erst heraus, beginnst Du aufs neue in der realen Welt zu leben, Du wirst erwachsen. Ich will damit nicht behaupten, Du hättest Dinge, wie daß Du Dich mit Deinen »alten Kumpanen« in die eisig kalten Berge verkrochst, um dort das theoretische Rüstzeug aufzupolieren oder für den bewaffneten Kampf zu üben, hättest überhaupt Dein Dasein Schritt für Schritt seit der Kinderzeit und bis dahin nicht als reale Welt durchlebt. Andererseits wirst Du zugeben müssen, bis ihr herunterkamt, bis man euch im Zusammenhang mit der Schießerei der Führungsgruppe und den Lynchmorden verhaftete, war euch da oben in den Bergen das Leben in der realen Welt zu etwas zunehmend Entfernterem, zuletzt zur völligen Abstraktion geworden. Diese Abstraktion nun – denn Dir kann das, direkt oder indirekt, auf keinen Fall angelastet werden –, sie trug Schuld am Tod so mancher »alter Kumpane«, Männer und Frauen, sie war es auch, nicht wahr, die euch, von der gruppenpsychologischen Mechanik in die Enge getrieben, unfähig machte, deren Sterben als das von lebensgroßen, von konkreten menschlichen Wesen zu begreifen. In meinem Brief schrieb ich nicht wörtlich so, doch entspricht es dem, was ich dachte. Nachdem Du Dir, fuhr ich fort, dies klargemacht hast, solltest Du, um Dich auf ein wahrhaft neues Leben in der realen Welt vorzubereiten, gründlich überlegen, was Du nach Deiner Freilassung von dort eigentlich tun, womit Du anfangen willst. Nehmen wir an, Du kehrst auf die Oberschule zurück, möchtest dann studieren; da wäre es gut, Du würdest Dich, sofern man Dir in Deinen augenblicklichen Verhältnissen die individuelle Wahl des Studiengegenstandes erlaubt, auf ein Gebiet konzentrieren, das Du Dir selber ausgesucht hast. Ich stelle Dir das für Deine Studien nötige Material, die Nachschlagwerke und so weiter gern zusammen und schicke sie Dir, Du brauchst mir nur mitzuteilen, worauf Du Dich von nun an einzulassen gedenkst. Schrieb ich ihm. Die »Madame Heldin« übrigens hatte mir berichtet, ihr Sohn interessiere sich für die Zoologie.

In seinem nächsten Brief gab mir der siebzehn-, achtzehnjährige Junge darauf eine wie beklommen wirkende, schrecklich mutlose Antwort. Habe ich, seit ich geboren bin, wirklich irgend etwas getan? Ich glaube nicht. Ob ich künftig irgendwas unternehmen werde? Kann ich mir nicht vorstellen. Nichts habe ich getan, habe untätig herumgelungert, und dabei bin ich in die Grube gestürzt. Die Grube, das ist allerdings der Ort, an dem ich mich jetzt befinde, diese ganze Welt ist es. Nein, dazu, was ich hiernach anfangen könnte, fällt mir nichts ein. Und wenn ich die Zeit, die ich draußen bin, der Zeit zurechne, die ich hier drinnen war, ergibt das eine solche Länge, daß es nicht auszudenken ist. Schrieb der »Held« an mich. Solange ich hier eingeschlossen bin, brauche ich nicht darüber nachzudenken, was ich tun soll; also lebt es sich leicht. Im ganzen Verlauf der »Affäre«, in die ich hineingeraten bin, war nur eines, nämlich dies, solcherart, daß ich sie als angenehm empfand.

Im weiteren zog ein Abschnitt meine besondere Aufmerksamkeit auf sich, in dem der »Held« von sich aus, und zwar mit einer Spur von Selbstironie, wie man sie von einem Jungen in seinem Alter nicht erwartet hätte, über die »Affäre« berichtete. Zum ersten Mal, es ging um den Brief, in dem ich ihm jene Überlegungen mitgeteilt hatte, zeigte er eine positive Reaktion. Gegen Schluß seines Antwortbriefes schrieb der »Held«: Daß ich in die Organisation eintrat, geschah, ich weiß nicht recht wie, während ich mit Freunden von der Mittelschule verkehrte. Bis wir tatsächlich tief in den Bergen ankamen – schon immer hatte ich einmal eine Bergtour machen wollen –, hatte ich lediglich gemeint, meine Freunde zu begleitet, die sich dort zu einen Stützpunkt begaben. Da ich nun beim Theoretischen nicht mithalten konnte und für das Kampftraining nicht die Kraft besaß, andererseits aber Angst hatte, man würde mich zur

Selbstkritik auffordern, übernahm ich die Reinigung von Stützpunkttoiletten. Das hat mir dann das Leben gerettet. Unter den Ermordeten, die Frauen eingeschlossen, war so leicht niemand zu finden, der ähnlich unnütz gewesen wäre wie ich …

Ich meinerseits schrieb ihm, daß ich in den Tagen damals wie angenagelt vor dem Fernseher gesessen und auf die pausenlosen Direktübertragungen vom Schauplatz der »Affäre« gestarrt hatte. Seitdem habe ich ständig darüber nachdenken müssen. Und wenn ich mit der Zeit, wie ich glaube, ein zunehmend schärferes Bild von der »Affäre« gewann, so kam das von einer dort gezeigten Szene. Ich sah gerade einen zusammenfassenden Filmbericht, der dem unausweichlichen Zusammenbruch bis hin zur aktuellen »Affäre« nachging. Der Film setzte ein in einem von den jungen Leuten der Organisation besetzten Stützpunkt in den Bergen, und darin kam die Szene vor, die mir einen so tiefen Eindruck machte. Auf der Rückseite der Unterkunft hatte man an dem zu einem Tümpel hinabführenden Hang eine Kloake angelegt. Die Kamera war nur einen Augenblick darauf gerichtet, und der Reporter kommentierte das stirnrunzelnd mit den Worten: Welche Erbärmlichkeit drückt sich in diesem Wust von Unrat aus. Ich im Gegenteil empfand so etwas wie Bewunderung für die Methode, mit der hier große Quantitäten menschlicher Exkremente geschickt gestaut worden waren, um sie unter Verwendung von Quellwasser in den Tümpel abzuleiten. Wenn eine Vielzahl junger Männer und Frauen als Gruppe in den Bergen zusammenleben, ergibt sich nun einmal eine solche Masse von Fäkalien, deren man sich entledigen muß. Das ist völlig natürlich. Ihre Ideologie, ihre Aktionen zu kritisieren, dafür mochte es Gründe geben, aber war es nicht unredlich, ihren Kot zu einem moralischen Problem zu machen? Eher hätte man in diesem Plan und seiner praktischen Ausführung – nämlich wie die Fäkalien aus dem Haus zu schaffen, wie sie durch einen eigens angelegten Graben in den Tümpel zu leiten wären – zu Recht etwas durchaus Menschliches entdecken können.

Da ich so empfand, fehlte mir für die Bemerkung des Reporters jedes Verständnis. Und noch jetzt war dies derart in mein Gedächtnis eingeprägt, daß ich an den »Helden« schrieb: Solltest Du es gewesen sein, der jene Anlage erdacht, eingerichtet und beaufsichtigt hat, so warst Du alles andere als unnütz, Du warst, schrieb ich, in den Augen Deiner »alten Kumpane« gewiß ein hochgeachteter Könner. Zumindest hast Du keinen Grund, Dich selber herabzusetzen, wie Du es in Deinem Brief getan hast. So schloß ich den meinen, in der Hoffnung, ihn damit aufgemuntert zu haben.

Nach der bis dahin gültigen Regel pflegte er nach Erhalt eines Briefes von mir zwei, drei Wochen verstreichen zu lassen, bevor er sich zu einer Antwort aufraffte, so daß seit Beginn unseres Briefwechsels bereits ein halbes Jahr vergangen war; diesmal jedoch kam postwendend eine zudem lebhafte und inhaltsreiche Antwort. Der Brieftext als solcher war zwar nicht länger als sonst, dafür hatte er auf besonderen Blättern das Umbauprojekt für die Stützpunkttoiletten, ferner die ausgearbeiteten Grundrisse der ge-

samten, nach seiner Vorstellung schrittweise zu ver-
wirklichenden Abwasseranlage, sowie eine An-
sichtsskizze beigefügt, auf der sogar die ringsum stehenden Bäume und Sträucher eingezeichnet waren.

Der »Held« schrieb dazu: Als die Stützpunkttoiletten nach fünf Tagen überliefen (es waren WCs, direkt darunter hatte man eine große Sickergrube ge-
graben, aus der, konnte man bei dem aus grobem La-
vagrus und Vulkanasche bestehenden Boden annehm-
men, das Zeug sogleich ins Erdreich fortgesogen
würde; Abwasserrohre und dergleichen gab es nicht;
wenn allerdings – hier urteile ich nach Erfahrungen
in unserer eigenen Berghütte – derartige Spülklosetts
von mehreren Dutzend Personen benutzt wurden,
war es unvermeidlich, daß sie binnen kurzem vollie-
fen), da machte er, der »Held«, sich daran und hob,
selber von Kot beschmiert, auf der Rückseite der Toi-
letten einen Abzug aus, um die aufgestauten Fäkalien
über den mit steilem Gefälle bis zu dem Tümpel hin-
abreichenden Hang abfließen zu lassen. Gleichzeitig
legte er von einer reichlich sprudelnden Quelle her
eine Rinne, aus der sich ständig frisches Wasser in die
Sickergrube ergoß. Mit dieser Vorrichtung erreichte
er, daß die Ausscheidungen sich nicht von neuem
stauten, sondern stracks hinunter in den Tümpel
flossen.

Liefe auch der Tümpel voll, würde wohl, dachte er,
nichts anderes übrigbleiben, als abermals einen Abzug zu schaffen, nämlich zu dem daneben vorbeirau-
schenden Wildwasser, was freilich angesichts der
Menge der einzuleitenden Fäkalien den Argwohn der
Anwohner flußabwärts erregen könnte. Deshalb

hatte der »Held« für künftighin die auf dem zweiten Blatt dargestellte Abwasseranlage entwickelt; der Abzug vom Tümpel zum Wildwasser sollte eine Art Stufenkanal sein, wobei die einzelnen Stufen bildenden Abschnitte zunächst aus einer in voller Breite eingepflockten Bambuspalisade entstanden, hinter der bei zunehmender Verengung dünnere Bambusstäbe und Reisig einzusetzen wären. Mit der Zeit, so die Idee, würde der Kot, während er sich durch diese Zäune ergoß, mehr und mehr zerkleinert werden und schließlich nichts an erkennbaren Formen zurückbehalten.

Nachdem die Gesamtanlage in solch detaillierten Zeichnungen wiedergegeben war, genügte als Erklärung ein einfacher Text. Ich habe, hieß es nur, den in der Abbildung 1 dargestellten Umbau durchgeführt; für die Zukunft plante ich, den Entwurf aus Abbildung 2 zu realisieren. Und im Ton einer ergänzenden Anmerkung: Das Problem war der Winter, da herrscht in den Bergen eine strenge Kälte; und sobald die Quellwasserzuleitung einfriert, funktioniert das Ganze nicht mehr. Das war jeden Morgen, wenn ich aufwachte, meine größte Sorge.

Damals, im Zusammenhang mit der »Affäre«, wurden in den illustrierten Zeitungen Zeichnungen veröffentlicht, in denen mit leichtem Comic-Touch die Beteiligten die Situation während jener in der Regel mit brutalem Lynchmord endenden Tribunale erzwungener Selbstkritik schilderten. In der Voruntersuchung hatte man sie, weil die Verhafteten die genaueren Umstände nicht schriftlich wiederzugeben vermochten, als Erkenntnismittel verwendet. Die Bilder verdeutlichten die innere Leere der durch die

Grausamkeit des Erlebten völlig ihrer Sprache beraubten jungen Leute, sie mußten beim Betrachter natürlich eine tiefe Abscheu erregen, obwohl sie in Wahrheit vielleicht nur Sache einer Generation waren, die sich selbst besser in Darstellungen nach Art der Comics als in einer Niederschrift auszudrücken verstand. Auch der »Held« gehörte dieser Generation an, aber in seinem Falle konnte man, nämlich aus den erwähnten Projektzeichnungen, den Eindruck gewinnen, in ihm treibe, ungeachtet der irrsinnigen Scheußlichkeit des Erlebten, ein frischer Sproß ans Tageslicht.

Um diese Zeit saß ich einmal in einer Bürgerversammlung neben einem mit der Planung besserer Abwassersysteme befaßten Wissenschaftler, der sich von seinem Fachgebiet her seit langem an der Bewegung gegen die Umweltverschmutzung beteiligte. Ich erklärte ihm in aller Kürze die Ausgangssituation und bat ihn um eine Beurteilung der von dem »Helden« in seinen Zeichnungen dargestellten beiden Entwürfe: zu dem bereits ausgeführten Umbau sowie zu der für die Zukunft projektierten Fäkalienentsorgung. Der Wissenschaftler hörte mit sichtlichem Interesse zu und meinte dann: Nun ja, in einer kalten Gegend liegt das Problem in der Tat darin, daß das Wasser gefrieren kann. Dann fuhr er, nachdenklich formulierend, mit seiner Antwort fort: Für das zweite Projekt braucht es jemanden, dem keine Plackerei zuviel ist, denn wenn man sich nicht ständig tummelt und um die Anlage kümmert, wird sie nicht funktionieren. Immerhin, die Vorstellung, Organisches wie die menschlichen Ausscheidungen in einen Fluß zurückzuleiten, damit sie im Wasser zu Nährstoffen werden, das ist eine durchaus konstruktive Idee. Freilich kommt es auf die Lage des Flusses und seine Beschaffenheit an.

Und dann, erklärte dieser Wissenschaftler – wobei er zugleich in ein schallendes Gelächter ausbrach – mit einer eher von einem Praktiker zu erwartenden Unbefangenheit, eine Allgemeinbildung verratend, die unter der Oberfläche verborgen, aus einem komplizierten Gefältel zu bestehen schien: Die Extremisten heutzutage, sie sind ja wohl alle Marxisten-Leninisten. Was Wunder also, daß sie das dort seit der proletarischen Literatur gängige Menschenbild übernommen haben. Etwa von Hayama Kaju (so las er, der Wissenschaftler, die Namensschriftzeichen des Erzählers Hayama Yoshiki), der, Sie werden sich erinnern, in seinem Roman »Menschen auf See« einen solchen Helden wie aus der Legenda aurea auftreten ließ, nicht wahr? Einen Mann, der behauptet, wenn es Gott gäbe, könnte er ja doch ebensogut im Pißpott sitzen, und sich deshalb mit Eifer bemüht, die Schiffstoiletten zu reinigen. Beim Streik allerdings den Kapitän mit dem Seemannsmesser bedroht …

Daß der junge »Held« auf eigenen Wunsch in Hokkaido die Viehzucht-Oberschule besucht hatte, dann aber plötzlich nach Tokyo gefahren und der Bewegung beigetreten war, daß er von Natur aus die Tiere liebte und die Viehzucht-Oberschule in der Absicht ausgewählt hatte, an der Universität in derselben Richtung weiterzumachen, all das wußte ich aus dem

Brief der »Madame Heldin«. Nun hatte ich, ebenfalls um diese Zeit, in einem Aufsatz die Vermutung (eher war es eine Frage an die Fachzoologen) geäußert, bei Konrad Lorenz könne es nach meinem Eindruck einen Zusammenhang geben zwischen seinem Leben während der Nazizeit und dem, was als die letztendliche Qualität von seiner hochgelobten jüngsten Arbeit erscheint. Daraufhin erhielt ich von dem für seine Einführung in die Lorenzschen Aufklärungsschriften bekannten O. einen persönlichen Brief sowie einige seiner Werke zugesandt. In eines der Bücher legte ich – und zwar bei dem Kapitel, in dem, fußend auf Erfahrungen einer Afrikareise, von einem Zusammenhang zwischen der Lebensweise des Flußpferdes und den organischen Substanzen im Wasser, dem Flußpferdkot als einer Energiequelle für die Wasserfauna und -flora und somit der ihn einschließenden biologischen Nahrungskette die Rede war – ein rotes Papier und schickte den Band dem »Helden« zu. Zoologie ist für mich ein völlig fremdes Gebiet, so daß ich mir keineswegs sicher war. Der »Held« hingegen interessierte sich für Tiere, weshalb er ja die Viehzucht-Oberschule hatte absolvieren wollen; andererseits war er in den Bergen während des Stützpunktlebens von sich aus darauf gekommen, wie die Exkremente seiner »alten Kummpane« zu entsorgen wären, hatte sogar eine Vorrichtung erdacht, durch die der Fluß dabei nicht etwa verschmutzt, sondern im Gegenteil angereichert würde. Wäre es daher nicht möglich, daß er, der »Held«, daran und an O.s Theorie anknüpfend, die Chance für sich selber entdeckte: zur Flucht aus seiner Grube? Jedenfalls war das meine Hoffnung, eine unbestimmte zwar, von der ich mir jedoch dringend wünschte, daß sie in Erfüllung ginge. Der Kloputzer in »Menschen auf See«, mit Kot besudelt, aber ganz auf die Suche konzentriert und hartnäckig dabei, die verstopften Rohre freizukriegen, denkt voller Befriedigung: So fühl' ich mich nun einmal richtig wohl, jeder fühlt sich da wohl. Und der »Held«? Auch er erinnerte sich doch gewiß nicht nur daran, wie er in die Grube stürzte, sondern gedachte ebenso und mit einigem Vergnügen jener Tage, als er im Stützpunkt droben in den winterlichen Bergen all sein Bemühen darangesetzt hatte, die Ausscheidungen der »alten Kumpane« zu beseitigen; so daß mir von daher die Wiederherstellung seiner Tatkraft, die in der realen Welt etwas anderes als eine Grube sähe, durchaus vorstellbar erschien. Dies war, um es noch einmal zu sagen, meine Hoffnung.

Zudem berichtete O. über das Leben der Fluß-pferde folgendes: Selbst phlegmatisch wirkende Geschöpfe wie sie können notfalls eine Menge flinker Behendigkeit entwickeln. Darin lag etwas, das einen in seinem Herzen betrübten Menschen aufzumuntern vermochte. Und indem ich gleichfalls eine Zeit der Schwermut durchlebte, des Helden eigenes, derart erbarmenswürdiges Schicksal bedenkend und so mancherlei aus jenen Tagen erinnernd, da seine Mutter, die selbst vom Sohn bedauerte »Madame Heldin«, alles versuchte, um von uns jungen Leuten »Kulturprobleme« zu assimilieren, indem ich also Schwermut auf Schwermut häufte, brachten mich O.s Texte auf die unkomplizierteste Weise dazu, wieder Mut zu schöpfen.

Wie denn, hätte sich nun etwa, Resultat unseres Austauschs, eine neue, die Herzen befreiende Entwicklung im Verhältnis zwischen dem »Helden« und mir bemerkbar gemacht? Nein, die Dinge nahmen einen ganz anderen Verlauf. Eines Tages, der unmittelbare Anlaß mußte wohl die Tatsache gewesen sein, daß der »Held« in seinen Briefen an mich als einen Dritten die Details der Fäkalienentsorgung, das heißt: die Wahrheit über das gemeinsame Leben mit den »alten Kumpanen« im Stützpunkt oben in den Bergen enthüllt hatte, erhielt ich eine Nachricht von jener Vereinigung, die eine kleinere Gruppe der an der »Affäre« Beteiligten, darunter den »Helden«, unterstützte. Man bitte mich, hieß es da (und diesmal in einer ungeschminkt politischen Diktion), von einem weiteren Briefwechsel mit dem »Helden« abzusehen. Nach Hokkaido an die »Madame Heldin« hatte man, schien es, im selben Sinne geschrieben, jedenfalls teilte sie ihrerseits mir mit, sie wünsche, daß ich vergesse, worum sie mich, ihren Sohn betreffend, gebeten habe. Abrupt endete der Briefwechsel; wann und wie der »Held« von dort, wo man ihn festgehalten hatte, herauskam – und er mußte ja freigelassen worden sein –, auch darüber hat mich nie irgendeine Nachricht erreicht. Ich dachte gelegentlich an die »Madame Heldin«, das ist wahr, doch dies beruhte auf der eingangs geschilderten, einer Wunde vergleichbar dumpf schmerzenden Erinnerung, und von mir aus den Kontakt zu suchen und ihr schön zu tun, nur weil ich mich nach dem Befinden ihres jüngsten Sohnes erkundigen wollte, dazu war ich nicht der Kerl ...

Im letzten Sommer nun, kaum daß ich in unserer Berghütte angelangt war, entdeckte ich den Artikel über den in Uganda von einem Flußpferd gebissenen Japaner. Und wirklich war in dem von O. verfaßten Buch vom aktiven Verhalten der bei der Schiffsanlegestelle Nationalpark Murchison Falls lebenden Flußpferde die Rede gewesen. Sobald, hieß es, die Grüngewächse im Wasser zu Klumpen zusammenwuchern, kommt es zu Überschwemmungen. Da ist es die Aufgabe der sich in dem nassen Element heftig tummelnden Flußpferde, Gassen durch das Gewucher zu bahnen und dem Strom so wieder zum Fließen zu verhelfen. Dichtauf folgen ihnen die Labeo-Fische; sie ernähren sich von dem, was die Flußpferde an Pflanzen vom Ufer hereinreißen, sowie von deren Exkrementen. Auf diese Weise erfüllen die Flußpferde ihre Funktion innerhalb der natürlichen, biologischen Nahrungskette Afrikas. O.s Bericht hatte etwas überaus Verlockendes. Zu sehen, wie die Flußpferde, hinter jedem ein Schwarm von Labeos, wild drauflos schwimmen, um in dem klumpigen, die Flut hemmenden Grüngewucher neue Abflüsse zu öffnen, dabei als die nutzbringende Materie ihren Kot ringsum verstreuend –, mußte das dem Menschen nicht Auftrieb geben? Vielleicht war dieser Eifer der Tiere ja tatsächlich imstande, in jemandem, der die Aktion aus einer solchen Nähe beobachtete, daß er leicht von einem jungen, ungestümen Flußpferdbullen gebissen werden konnte, eine geradezu heldenmäßige Begeisterung auslösen?

Erbe des Charakters seiner Mutter, einer Langsamstarterin, wie sie selber zugab, wäre der schließlich an den Ufern des Nils angelangte junge Mann also, stellte ich mir vor, durch die Beobachtung des draufgängerischen Verhaltens der Flußpferde – und vorausgesetzt allerdings den Versuch, aus der eigenen Grube herauszukriechen –, in einen Zustand geraten, der in ihm – wie wenig wahrscheinlich auch immer – einen emotionalen Rausch entfachte. Die ihm von dem Flußpferd beigebrachte Wunde, hieß es, sei verheilt, inzwischen habe der junge Mann seine Arbeit aufgenommen.

Erinnerung und Imagination

Als am 13. Oktober 1994 bekannt wurde, die Schwedische Akademie der Künste habe den mit umgerechnet 1,5 Millionen Mark dotierten Nobelpreis für Literatur dem japanischen Erzähler und Essayisten Kenzaburo Oe zugedacht, war das für viele, zumal hierzulande, eine Überraschung. Zum zweiten Mal geht diese Auszeichnung nach Japan; 1968 fiel sie an Yasunari Kawabata, der als »Modernist« im Neuen die Fortentwicklung der besonderen japanischen Ästhetik beschwor. Der Westen reagierte hierauf weithin mit dem bequemen Mißverständnis, Kawabata sei ein »Traditionalist«; bequem deshalb, weil so das alte Exotik-Klischee beibehalten werden konnte. Diesmal ist das anders. Gegenüber den Werken von Kenzaburo Oe verfängt solche Ausflucht nicht. Sie sind gewiß nicht weniger japanisch, doch ihre Fremdheit geht uns an; dieser Autor provoziert. Das ist es, was die Stockholmer Entscheidung so überzeugend macht. Oe gehört wie García Márquez und andere zu denen, die die Weltliteratur neu instrumentieren.

Im kommenden Januar werden es genau sechzig Jahre (nach ostasiatischer Kosmologie ein abgeschlossener »Zyklus«) sein, daß Kenzaburo Oe im Dorf Ose, gelegen in einem weltfernen Waldtal auf der West-Insel Shikoku, in ein eher ärmliches bäuerliches Leben eintrat. Er war der dritte Sohn unter sieben Geschwistern. Mit neun verlor er den Vater, als er zehn war, erschienen die amerikanischen Besatzer im Tal – mit Konserven, Comics und Demokratie. Letztere, mit der »Friedensverfassung« von 1947 institutionalisiert, wurde dem Heranwachsenden zur großen Hoffnung und später dem Mann zum radikalen Richtscheit seines Denkens. Der Sechzehnjährige redigierte die Oberschulzeitung und schrieb Gedichte; zwei Jahre später ging er nach Tokyo, studierte (Französisch), verfaßte Bühnenstücke und erste Erzählungen. Mit dreiundzwanzig, noch vor dem Examen, erhielt er für die Erzählung *Der Fang* den Akutagawa-Preis.

Kurz vor Kriegsende setzen Dörfler in einem Waldtal (das dem von Ose ähnelt) einen den Absturz seines Bombers überlebenden schwarzen GI wie ein Tier im Keller des Gemeindehauses gefangen; sie fütterten ihn, sie lassen es zu, daß ihn die Kinder begaffen, ja sogar ihn ausführen – eben wie ein fremdes Tier, und wie ein solches wird er, als er sich aufbäumt, erschlagen.

Natürlich kann man sagen: Hier haben Norman Mailer, Faulkner, Sartre oder wer immer Pate gestanden; der junge Oe kannte sie. Aber entscheidend ist doch, daß er mit Texten dieser Art (es folgten mehrere, zum Teil bis zu Romanlänge, in denen es um jugendliche Outsider geht) sein Handwerkszeug, seine besondere Technik des Erzählens entwickelte. Im Mittelpunkt steht in der Regel eine dem eigenen Ich nah verwandte Figur; sie sucht sich, in Vergangenem wurzelnd, mit Traumata belastet, in Richtung auf eine selbstbestimmte, aber auch von gegenwärtigen

Widrigkeiten mitbedingte Zukunft »freizuschwim-
men«. In einem Essay von 1966 formuliert Oe: »Wie
das Vergangene erinnert wird, wie die Erinnerungen
an das Vergangene zur Bewahrung, zur Neubelebung
ausgewählt werden, daraus bestimmt sich in der gegenwärtigen Realität die Seinsweise dessen, der die
Erinnerungen besitzt. Oder: Die Lebensart dieses
Menschen in der gegenwärtigen Realität entscheidet
über die Methode seiner Auswahl aus den Erinnerungen. Gleichzeitig indessen und im Blick auf die
Zukunft gesagt, liegt in der Imagination, die sich die
zukünftige Realität vorstellt, das Zukünftige aus-
wählt, eine Kraft, durch die sich die Seinsweise dieses Menschen bestimmt. Oder wiederum: Die Lebensart dieses Menschen in der gegenwärtigen Realität entscheidet über die Imagination von Zukunft.
Daher denn diejenigen, die durch ein Verzerren der
Vergangenheit, durch ein einseitiges Erinnern ihre eigene gegenwärtige Seinsweise abzuschirmen versuchen, auch hinsichtlich der Zukunft letztlich nur die
einseitige Auswahl aus strikt beschränkten Vorstellungen von Zukünftigem zum Ziel haben …«

   Zwei Jahre vor diesem Essay, 1964, hatte Kenzaburo Oe den Roman veröffentlicht, mit dem er – wie
er neulich erklärte – sein »Jugendwerk« für abgeschlossen betrachtete. Der Titel lautet: *Eine persönliche Erfahrung* (deutsch 1972). Ein Mann, junger
Lehrer, wird – als er schon fast entschlossen ist, eine
Flucht-Reise nach Afrika zu unternehmen – Vater eines behinderten Kindes. Der kleine Sohn leidet an einer blasenartig ausgetretenen Gehirnhernie, die ope-
rieren zu lassen er, der Vater, sich entscheiden müßte.

Aber er flieht, nun tatsächlich. Er verkriecht sich in die »Wohnhöhle« einer verwitweten, ehemaligen Kommilitonin, eines zu allem bereiten »Weibchens«, das scheinbar zu heilen imstande ist, was der »Monster-Sohn«, »den Kopf mit Binden umwickelt wie der verwundet von der Front zurückgekehrte Apollinaire«, in ihm und an seiner Männlichkeit zerbrochen, verwüstet hat.

Das Buch spielt vor einem weit zurückgenommenen Hintergrund aus Demonstrationen (gegen den amerikanisch-japanischen Sicherheitsvertrag), politisch gefärbten Linguistenzirkeln und wiederkehrenden Atombombenversuchen. Die um das »Monster« angeordnete Gruppe von Figuren agiert sozusagen exemplarisch für die Menschheit und deren Überlebens-Entscheidungen. Daß am Schluß dann doch operiert wird, was dem Kind zu einer wenigstens »pflanzenhaften« Existenz verhilft, und die junge Familie sich mutig wieder zusammenfindet, mag – wie Yukio Mishima, der Dramatischere, kritisch anmerkte – eine strukturelle Schwäche bedeuten; aber mit solchen »Kehren« muß man bei einem Moralisten rechnen – es entspricht seiner Art der verpflichteten Ehrlichkeit. Und hier gilt das im besonderen Maße: 1963 kam Oes ältester Sohn Hikari (»der Leuchtende«) mit einer ebensolchen Gehirnhernie zur Welt; der Roman folgt also genau dem oben beschriebenen Prinzip von Erinnerung (des real bereits Fixierten) und Imagination (des zunächst in der Fiktion verharrenden zu Erwartenden).

Tatsächlich hat Oe, der Essayist, sein Imaginationsprinzip nicht etwa vorab entwickelt, gleichsam als eine Theorie, aus der dann die Erzählung allmählich hätte erwachsen müssen; vielmehr entstand es als Ableitung aus dem Erzählvorgang und also im nachhinein. Das Motiv des »Monster-Sohns« zum Beispiel hat er zuerst in der im vorliegenden Band enthaltenen Erzählung *Agui, das Himmelsungeheuer* benutzt; sie erschien sechs Monate nach der Geburt des behinderten Kindes. Wenn man nun den wiederum nur sechs Monate später publizierten Roman *Eine persönliche Erfahrung* damit vergleicht, wird deutlich, welch erhebliche Strecken Wegs der Autor von den jähen Schroffen des Bestürztseins hin zum detaillierteren, zwar nicht beruhigten, aber doch wesentlich ausgeglicheneren Plateau des Romans zurückgelegt hat – eben an der Hand der Imagination.

In den folgenden Jahrzehnten pendelte der Großteil des Erzählwerks Oes zwischen den beiden Topographien Dorf im Waldtal und Familie mit »pflanzenhaftem« Kind in der Großstadt hin und her. Immer neue Ringe treibt die Imagination um diese Kontrastpunkte: Über ein Dutzend Romane, zum Teil mehrbändige, auch Erzählungen, nicht genauer klassifizierbare Texte und Serien von Essaybänden entstehen. Drei Jahrzehnte Engagement für und gegen prägen sein Schreiben: für die Atombombenopfer, für das koreanische, das vietnamesische, das Volk von Okinawa, gegen Militarismus und Tennoismus, gegen das Atom in jeder Verwendungsart, gegen allen Konformismus; aber niemals votiert er für eine Partei.

Mehr und mehr tendiert Oe jetzt zum Langroman. Gleichzeitig sinkt die Zahl der Erzählungen; sie bleiben schließlich ganz aus. Erst mit dem *Klugen Regenbaum* (1980) beginnt er eine neue Serie von Kurzprosa. Es sind die Jahre, in denen er wiederholt zu Gastvorlesungen nach Hawaii und auf den nordamerikanischen Kontinent eingeladen wird: Eine Erweiterung auf neue, »Fremdheiten« erfassende, sie bewältigende Motive und Stoffe ist die Folge, oder zumindest werden wie im *Sündenbock* ältere Typologien in die frisch erlebte Welt »da draußen« verlängert. Woraus im übrigen auch gegenläufig die oft als eng empfundene innerjapanische Welt schärfere Konturen erhält, etwa wenn Oe in *Vom Flußpferd gebissen* die Nachwirkungen des fernöstlichen RAF-Terrorismus durchleuchtet.

Ohne daß es die westliche Öffentlichkeit bemerkt hätte, ist Oes Werk ins Riesige angewachsen. Wir werden einiges nachzuholen haben. Eine gute Startlinie hierfür stellt der zweite, ebenfalls schon länger auf deutsch vorliegende Roman dar. Er entstand zu Beginn seiner literarischen »Mannesjahre«, wurde 1967 publiziert und kam über eine englische Fassung zunächst nach Ost-Berlin als *Der stumme Schrei* (Verlag Volk und Welt 1980) und noch im gleichen Jahr unter dem Titel *Die Brüder Nedokoro* in die Bundesrepublik.

In der *Persönlichen Erfahrung* waren die sinnverweisenden Bilder zum einen das »Schlachtfeld« (und der Apollinaire-Vergleich), zum anderen die Fluchtburg »Wohnhöhle«. Bereits auf den ersten Seiten des *Stummen Schreis* (wörtlich: »Wurzel-Ort«) kehrt das Höhlenbild wieder. Mitsu (beinahe ein Alter ego des Autors) verkriecht sich nachts in eine Baugrube

vor seinem Haus in Tokyo, um über sein »pflanzenhaftes« Kind, über den Selbstmord seines Freundes,
über sich selbst zu meditieren. Als darauf beide Brüder mit Anhang zurück ins Waldtal fahren, um das
Erbe anzutreten, bleibt Mitsu der Passive und findet
sich zum Schluß abermals in einer Höhle oder Grube
wieder. Im »Speicherhaus« des elterlichen Anwesens
stößt man auf einen Unterschlupf, den vor hundert
Jahren, in einer Zeit der Aufstände, der rebellische
Bruder des Urgroßvaters genutzt hatte. Er war nach
dem Zusammenbruch der von ihm angezettelten Re-
volte also nicht »über Wald und Berg« davongegan-
gen, wie die Familienlegende behauptete, sondern
hatte die letzten Jahrzehnte seines Lebens still-
schweigend da unten eingeschlossen gehaust – Zeuge
einer mit dem kommenden Unheil des Krieges (im
20. Jahrhundert) schon schwanger gehenden Zeit und
dabei selbst doch ein aus der Zeit Gerückter. Mitsu
hockt sich eines Nachts in den hundert Jahre alten
Staub, und in der Dunkelheit kommt es ihm vor, als
sähe er – wie bei einer Gerichtsverhandlung, in der er
der beschämte Angeklagte ist – unzählige Augen auf
sich gerichtet. Die Augen der schuldhaft oder schuld-
los Umgekommenen, die Augen des rebellischen
Vorfahren, die Augen derer, die – anders als er selber
– »mit der Hölle in sich fertig geworden sind. … Und
all diese Augen verbanden sich zu einer leuchtenden
Kette und begannen, sich als das in Wahrheit Ver-
bürgte in meine Erfahrung einzugraben … Ich
würde fortleben, Todeskämpfe der Scham unter dem
Licht dieser Sterne erleiden und furchtsam wie eine
Ratte mit meinem einen Auge auf eine düstere und

zweideutige Außenwelt schauen …« Denn – und das ist Mitsus wie Oes Fazit – die eigene Wahrheit in ihrem vollen Umfang kann ein Mensch bestenfalls in der Stunde seines Todes wissen und erkennen.

In diesem Herbst 1994 hat Kenzaburo Oe erklärt, nachdem sein Sohn Hikari, der Behinderung zum Trotz, aus seinem angeborenen absoluten musikalischen Gehör zum anerkannten Komponisten geworden ist, sei für ihn das Thema Sohn abgeschlossen. Daß er, wie es gelegentlich hieß, einen »Romanverzicht« geleistet habe, kann nur ein Mißverständnis gewesen sein. Wer Oe kennt, sieht ihn vor sich: lächelnd zunächst, mit leicht schräg gehaltenem Kopf, bis er, durch eine Kleinigkeit provoziert, mit besorgt aufgerissenen Augen und sich fast überstürzender Eloquenz seinem Gegenüber in die Parade fährt.

Man hat gefragt, was dieser neue Nobelpreisträger aus dem fernen Japan uns denn wohl zu geben habe. Die Antwort ist einfach, ja banal: Wir brauchen ihn.

Siegfried Schaarschmidt
Oberursel, im Oktober 1994

Inhalt

Die Übersetzungen stützen sich auf folgende Originalausgaben:
»Der kluge Regenbaum« (ATAMO NO II' AME KI'), »Der
Sündenbock« (MIGAWARI YAGI NO HANGEKI), aus:
Kenzaburo Oe »GENDAI DENKI SHU«, erschienen im Verlag
Iwanami Shoten, Tokyo 1980. Copyright © Kenzaburo Oe; »Agui,
das Himmelsungeheuer« (SORA NO KAIBUTSU AGUI), aus:
»Comtemporary Japanese Literature. Edited by Howard Hibbett,
Alfred A. Knopf, New York 1977. Copyright © Kenzaburo Oe;
»Vom Flußpferd gebissen« (KABA NI KAMARERU), aus:
»Bungakukai«, Tokyo 1983. Copyright © Kenzaburo Oe.

Die Deutsche Bibliothek – CIP-Einheitsaufnahme

Oe, Kenzaburo :
Der kluge Regenbaum : Vier Erzählungen / Oe, Kenzaburo.
Aus dem Jap. von Buki Kim u. Siegfried Schaarschmidt u. aus dem
Engl. von Ingrid Rönsch. – Berlin: Verl. Volk und Welt, 1994
ISBN 3-353-01018-1

Schutzumschlag-/Einbandgestaltung: Lothar Reher
Gesetzt aus der Garamond, Linotype
Satz: deutsch-türkischer fotosatz, Berlin
Druck und Bindearbeiten: Clausen & Bosse, Leck
Printed in Germany
ISBN 3-353-01018-1